DILE ADIÓS A LA VIRGEN

José Abreu Felippe (La Habana, 1947), poeta, narrador y dramaturgo. Se exilió en 1983, vivió unos años en Madrid y en la actualidad reside en Miami. Ha publicado, entre otros, *El tiempo afuera* (Premio Internacional de Poesía Gastón Baquero, 2000) y *El tiempo sometido* (2016), que reúne su poesía escrita entre 1973 y 2016. Como dramaturgo, ha dado a conocer *Amar así* (1988), *Teatro* (1998), que reúne cinco piezas y *Tres piezas* (2010). Premio Baco de Teatro (2012). Cuenta con dos volúmenes de relatos, *Cuentos mortales* (2003), *Yo no soy vegetariano* (2006) y *Confrontaciones* (2018). Además, ha publicado novelas que conforman la pentalogía *El olvido y la calma*, donde se narra la vida de un personaje desde su nacimiento hasta su muerte. El volumen *121 lecturas* (2014), reúne una selección de reseñas de libros publicadas en Miami. En unión de sus hermanos, los también escritores Nicolás y Juan, dio a conocer *Habanera fue* (1998), un homenaje a su madre fallecida en un accidente. *Poesía exiliada y pateada* (2016), es una selección de textos de siete poetas cubanos fallecidos en el exilio.

José Abreu Felippe

DILE ADIÓS A LA VIRGEN

De la presente edición, 2018

© José Abreu Felippe
© Editorial Hypermedia

Editorial Hypermedia
www.editorialhypermedia.com
www.hypermediamagazine.com
hypermedia@editorialhypermedia.com

Dirección de la colección Mariel: Juan Abreu
Edición: Ladislao Aguado
Diseño de colección y portada: Herman Vega Vogeler
Imagen de cubierta: Steve Johnson
Corrección y maquetación: Editorial Hypermedia

ISBN: 978-1-948517-18-8

A PROPÓSITO DE LA COLECCIÓN «MARIEL»

Hay una Cuba de antes de 1980 y una Cuba que comenzó a nacer a partir de 1980. En esa Cuba de antes de 1980, los que huían de la isla, se consideraban exiliados. En la Cuba posterior, sobre todo a partir de la década de los 90, eso fue cambiando y surgió la figura del emigrante del castrismo cubano. Algo que a mí siempre me ha parecido insólito, de una dictadura se huye no se emigra.

Los libros que he agrupado en esta colección, pertenecen, literariamente hablando, a esa Cuba anterior a 1980: sólo pueden haber sido escritos por exiliados de la dictadura cubana. No quiero decir que sean mejores ni peores, sólo señalo que pertenecen a una época y a una Cuba que ya no existe, o de la que ya queda muy poco, y que comparten cierta mirada sobre los tiempos que a los autores les tocó vivir, amén de una saludable furia.

Algunos de los escritores que agrupo en esta colección, que se publica gracias a la iniciativa y al interés de Editorial Hypermedia, salieron de la isla durante el Éxodo del Mariel, otros lo hicieron un poco antes o algo después del gran éxodo marítimo. Pero todos pertenecen a esa Cuba que producía exiliados políticos, fugitivos, y no emigrantes. A mi entender, estas obras se alimentan, enriquecen e iluminan unas a otras, y ayudan a definir y a comprender el tiempo que a sus autores les tocó padecer. Por eso las he reunido aquí.

Juan Abreu

A la memoria de Gabriel Cabrera Castellanos (1952-2018)

Los hombres tienen contados sus días.
Todo cuanto hacen no es más que viento.
Gilgamesh

Lo mejor del hombre es el espanto.
Goethe

1

Los caracoles y los círculos, agosto de 1983

…pero ahora estaba repasando la conversación con Carlos Miguel mientras caminaban por la Avenida del Puerto rumbo a la Iglesia de las Mercedes y se sentía eufórico. No era solo la muy documentada y clásica capacidad para soportar el dolor y las adversidades (en la que ostentaba un doctorado), sino también una sensación injustificada de bienestar que no podía ni quería disimular a pesar de la paranoia, a pesar de la cercanía del mar con sus olores que lo transportaban hacia eras nada imaginarias. Un estado físico perfecto, como si todos los chacras se hubiesen puesto a girar al unísono (remolinos pintados de optimismo, de exaltación, de entusiasmo, de placidez); como si la serpiente lo estuviera vivificando ya. Estaba eufórico (tal vez sin excesiva razón o demasiado pronto), a pesar de todas las cosas malas en las que no quería pensar ahora; y de las buenas, allá por la prehistoria, antes de nuestra era, en los tiempos benévolos. Tenía que recordar el precepto bíblico, que los muertos entierren a los muertos, dejar a Hugo en paz, a sus fieles difuntos descansar en la otra galaxia que ya habían hecho todo lo que pudieron (y más también). En el reino actual de monjas y VW más valía que pensara en los vivos, en esos que estaban por ahí, sosteniéndolo, apoyándolo, en la recta final. Thais la primera, envuelta entre la canela y la vainilla, cabalgando, trotando sobre su cintura, inyectándole ganas de seguir, porque no hay nada, Bicho Raro, solo este instante y hay que morirse con ella dentro (la alegría de vivir, como decía La China, no seas mal pensado), porque mañana, dentro de un rato, ni siquiera sabemos si estaremos, si seguiremos siendo. Abel, el amigo entre los amigos, a pesar de su cara larga, de sus cambios de humor, de sus turbios silencios, de su machismo a ultranza. Arturo, un recordatorio de lo que apenas quedaba atrás, ese estado intermedio donde todavía era fácil, entre otras cosas, echarse a llorar en público: puro instinto, energía y un cuerpo con la belleza de la juventud, ahí, a su alcance. Rafael la Mano del Muerto con sus enormes güevos asimétricos, su pinga corva como una hoz sin el martillo (que si la estirasen le llegaría a media pierna) y su obsesión con Francia. Reina, Rita, Amado, Monguito, El Chino, Abilio y todos los demás, que en este tiempo fueron entrando y saliendo de su vida y su cuerpo, de su cerebro y de su espacio. A pesar de las monjas, una vez más y siempre, claro, acechando, jodiendo meticulosamente hasta el final de los finales. Pero Octavio no quería pensar más en eso, lo que necesitaba era gritar, sacar todo aquello que lo estremecía de felicidad sin importarle que el muchacho que lo acompañaba fuera o no fuera policía, pellizcarle la cara, halarle la barba, quizás hasta atreverse a agarrarle un güevo en plena calle. Sin pesar en la chapa (HO2916) del VW amarillo que acababa de doblar delante de sus ojos (¿o fue una visión?, ¡pasó tan rápido!). Porque ya todo estaba a punto de definirse, si Dios y la Virgen y todos sus Santos lo querían, y no pasaba nada más, no surgía ninguna nueva complicación. Sería el fin de la espera, de las colas, de la resistencia. El tiempo visto así se había ido volando; pero no, no se fue volando (volando se fue René), sino todo lo contrario. Se fue machacándole los güevos segundo a segundo, minuto a minuto, hora a hora, día a día (así los anotaba en sus hojas de libreta), y él siempre alerta, siempre vigilante, con los nervios a punto de reventar.

Toda su vida, que repasaba ahora, había estado marcada por un círculo. Un círculo enfermizo que se abría y se cerraba (siempre el mismo y siempre diferente), y que había estado presente desde que vio el rostro de su madre por primera vez. Un círculo que Octavio no fue capaz de descubrir en las argollas que tintineaban en los brazos de Tata Torres y que muchos años después (en otro mundo, otro planeta, otra dimensión, otra clase de infierno) se rompería al cerrarse de golpe contra el asfalto. Un círculo que se proyectaba, por la boca de la lámpara de luz brillante, en el cielo negro que, de noche, hacía sudar a su padre y que después le rajaría la cintura. ¿No vendría al final la imagen metálica de un enorme círculo, como una aureola, alrededor de su cabeza? Demasiados círculos para una sola vida, multitud de círculos ascendiendo como una espiral en una calle pobre sin asfaltar y sin aceras, con una zanja por donde todas las aguas y todos los deseos se escurrían. Ahora se estaba cerrando el último círculo (al menos en esta parte del infierno) pero Octavio aún no lo sabía. ¿Así que en mariguana todos los recuerdos, en el humo que asciende y se hace denso? Círculos de todos los tamaños y todos los colores. En uno viene bajando de la loma un adolescente desnudo. Ya había escampado y su madre y él, desde la ventana de la sala de la casita, frente a la zanja, lo ven pasar. Trae un ladrillo en cada mano y mira sin ver hacia delante. Los pocos transeúntes después del aguacero se apartan espantados y lo dejan seguir. Su madre empieza a llorar por el muchacho. Está loco, seguro se escapó del sanatorio, pobrecito, dice, pero Octavio se deja llevar por otras imágenes. Ve los mismos círculos que le enseña Manuel recostado a la pared del fondo. El muchacho se abre toda la portañuela —menos el botón de arriba—, mete la mano y los extrae; se ven blancos y lisos contra la tela negra. En otro hay dos cubos donde la leche y la sangre se confunden. Santi bombea las ubres de la vaca y la leche golpea sonora contra el latón. Como ráfagas, como palos contra la espalda, como los chorros en el orgasmo, regidos por el ritmo cardiaco y la vía láctea entera. En un tercero cae la sangre del carnero degollado, que se queja y lo mira pero no se muere. Ante sus ojos los tres círculos se aproximan y se cortan (como en los gráficos de la teoría de conjuntos) y otra vez su madre está llorando y lo llama. No entiende por qué le mete aquellas monedas en la mano. ¿A que no sabes quién te manda estos quilos? ¿A que no sabes? Se lo llevaba del mismo parque donde intentaba colgarse de las argollas igual que lo hacía Mongo.

Círculos a donde huir y de donde escapar. Octavio mira el pequeño altar de yeso de su difunta madre. Es el mismo que le regaló su tío Atardo. Pequeño, de esos que sirven para las esquinas de los cuartos. Allí están sus Santos, los de ella (cuando alguien venga me los mandas, le dijo en una carta). También hay un lazo hecho con guano bendito y una pequeña imagen (metálica, gris) de la Virgen de Fátima que había ganado cuando niño, en un concurso de su parroquia recitando de memoria la definición de infierno (según el catecismo). Y estampas de San Lázaro, Las Mercedes y Santa Bárbara, escoltando los libros (tres tomos de las obras completas de Martí) que cubiertos con un tapete tejido por su madre, servían de base a la imagen de la Virgen de la Caridad del Cobre. Una talla antigua de madera, algo descascarada la pintura en la capa, la corona torcida y sin brillo, faltan los remos de los pescadores. En un costado, un pomo con una piedra de la Caridad y unos cuantos quilos. Echa un par más que saca del bolsillo y sacude un poco el polvo (es tarea imposible acabar con el polvo en aquella casa vacía). Prende la vela, es pequeñita, apenas sobresale sobre el plato de su única taza de café (sin asa). Después va al comedor, toma agua, y vuelve al primer cuarto donde está el altar. Una pared da para la calle, al jardín donde hace siglos había una mata de diamelas y donde dibujó en la tierra un círculo peludo con un hueco en el medio. La otra a un pasillo que la separa del Comité de Defensa de la Revolución de Teresa Carrillo. Cae la tarde y el cuarto con las ventanas cerradas está ya prácticamente en penumbras. Entonces no lo piensa más y se arrodilla, por primera vez en no se sabe cuántos milenios, extiende los brazos con las palmas hacia arriba y levanta la cabeza hacia el altar con los ojos cerrados. Quiere hablar con la Virgen como lo hacía su madre y comienza a balbucear, a construir palabras que apenas pronunciadas se desmoronan sin elevarse, caen por su propio peso. La Virgen permanecía ajena, impasible, como si no entendiera nada y él hablando como un imbécil. Con su madre no pasaba así. Ella se arrodillaba y daba la impresión de que estaba secreteando con una vecina. Decía que de sobra sabía que no tenía que explicarle nada porque ella era santa y todo lo veía. Siempre había estado ahí, acompañándola, de barrio en barrio, de cuarto en cuarto, de miseria en miseria. Su madre la cargaba bajo el brazo, a donde quiera que fueran a vivir. Jamás se olvidaba de ella, le ponía flores y velas, le rezaba y le hablaba mucho. Los demás no, porque eran demasiado jóvenes y para ellos el tiempo no pasaba igual. Solo de vez en cuando se acordaban, cuando estaban en problemas, enfermos o con algún temor. Como él ahora (se acuerdan de Santa Bárbara cuando truena, protestaba su madre). Entonces alzó la voz: Si es verdad que existes y que puedes verme por dentro sabes que todo esto es verdad. Mírame aquí acabado, tan poca cosa, arrodillado, yo que era tan engreído, tan prepotente y tan soberbio, humillándome ante ti para pedirte que me dejes reunirme con mi madre, con mi familia y con Hugo, que todos podamos estar juntos otra vez. Si no lo haces por mí, hazlo al menos por ella. Amén. Y después empezó a rezar un avemaría atrás del otro hasta que la mente se le fue para otro lado, no pudo mantener la oración en la cabeza, le entró sueño y se quedó dormido recostado a la cama, al pie del altar.

El martes siguiente cuando fue a ver a Miranda (por la guarfarina de los bolos) le preguntó que para dónde era que se había mudado Osvaldo, el tata que los había rayado hacía ya unos cuantos años. Para Oriente, le dijo su amigo; no podría ayudarlo en ese barretín. Así que empezó a experimentar por otras vías, otros caminos, otras fronteras, visitó cuanto santero, espiritista y palero le recomendaron. Eso sin contar que Abel le estaba prestando libros relacionados con el ocultismo, la acupuntura, la teosofía y el yoga, que aunque no lo convencían mucho y se mantenía muy escéptico, lo distraían (a parte del factor aventura). De vez en cuando iba a casa de Emilio, un amigo de Abel, verdadero experto en la materia, y aprendía cosas nuevas, ejercitaba el cuerpo y la mente, y sus horizontes se ampliaban. Entre paleros, espiritistas y santeros encontró de todo, desde vividores y estafadores (la mayoría), gozadores entusiastas (un mulato imponente empezó despojándolo con escoba amarga y terminó deshollinándolo), hasta gente buena con deseos de ayudar. Hacía todo lo que le mandaban, despojos, velas, baños con flores y perfumes, se rogó la cabeza y se pasó varios huevos que había que romper en las cuatro esquinas, depositó ofrendas en el río, en el mar y donde confluían, en el cementerio y en la loma, al pie de la ceiba y en el monte, en la finca donde antes iba a cazar. Hizo de todo, menos matar animales. Ya no mataba ningún animal por pequeño que fuera. Al final, a punto de darse por vencido, conoció a Alberto, palero y babalao. Aquello fue el principio de la euforia que lo estremecía hoy, un arco del círculo que hablaba con caracoles. Ahijado del legendario Arcadio, vivía, como era de esperar, en Guanabacoa. Un día Emilio le contó de un muchacho que en el examen médico para el servicio militar le habían detectado un tumor inoperable en el cerebro. La madre, después de agotar todos los recursos de la ciencia fue a ver a Arcadio, que vivía por detrás de la cárcel de mujeres de Guanabacoa, y el hombre lo curó. Emilio vio las dos placas, el antes y el después, con y sin tumor. Le dijo que Arcadio ya estaba retirado o había muerto (dicen que sus cosas, como las de Andrés Petit, están en un museo de su ciudad), y le habló de Alberto. Con mucho tacto, Octavio fue reuniendo datos, preguntando, hasta que se empató con alguien que lo conocía (Manteca, uno de los asiduos al póquer de los viernes y que tenía hecho santo, le dio la dirección). Yo hablo con él y después te digo cuando puedes ir, si es que puedes, le advirtió Manteca.

Sábado de noche. Llegó puntual y un muchacho muy lindo, de unos catorce años, descalzo y sin camisa, lo condujo a través de una casa de madera muy vieja a punto de caer, hasta un patio techado. Aquello parecía una cueva con el techo muy blanco, pero las paredes eran puro monte. Selva tupida y olorosa donde abundaban los marpacíficos. En el centro una mesa larga y estrecha y al fondo, contra lo verde, estaba Alberto con la cabeza baja como si estuviera meditando o durmiendo. Era un mulato muy gordo, casi una esfera, de piel clara y rasgos infantiles. No era posible calcularle la edad, podría ser un niño o un anciano, su voz era suave, pausada, con muchos silencios. Le dijo que lo estaba recibiendo por Aniceto (Manteca) porque ya él no revisaba a nadie, estaba retirado, tenía la vista borrosa y la cabeza se le iba, pero que había preguntado, había pedido permiso y lo habían autorizado, él no sabía por qué, sus muertos, sus santos, ellos y ella, sobre todo ELLA, dijeron que lo hiciera, que lo viera. Las manos eran como erizos de mar caminando despacio sobre la mesa, extendiendo un paño blanquísimo, moviendo la bolsa de tela donde estaban los ojos y las bocas (el sonido y la furia, la realidad y el deseo, el olvido y la calma), colocando una cabeza de muñeca, una piedra, un hueso, una semilla. Octavio enseguida pudo ver que de aquel hombre salía otro que él conocía muy bien. Las olas iban dejando espuma sobre el paño y el viejo se agachaba aquí y allá recogiendo los caracoles que vestirían (protegerían) la ermita. La ermita que ya se erguía sobre la mesa con su boca oscura y sus columnas como pingas durísimas sosteniendo un reloj detenido para toda la eternidad en la una y cuatro minutos. Y Octavio, otra vez niño, con el pan aún caliente bajo el brazo, se arrodillaba a la entrada para hablar con Dios, porque dentro estaba Dios, desde adentro le hablaba Dios y su voz sonaba como las olas. Su padre le abría las manos y en una colocaba una piedra pómez y en la otra un ojo de buey y la boca se la llenaba de peonías, santajuanas y semillas de marañón y toda la playa la sembraba de cabezas de muñecas. Su padre las coleccionaba y ahora lo miraba malicioso mientras, también de rodillas, escarbaba su mina secreta en la loma y extraía la bolsa (un cordel cerraba la abertura: vidrios, pedacitos de vidrio) y la agitaba delante de sus ojos mientras pedía el auxilio de todos sus muertos y sus santos, empezando por el que abre y cierra los caminos. Un camino que atravesaba el placer donde estaba la caseta derruida y la poceta. El niño observa como la mujer se alza en la punta de los pies para acercarse a la cara del hombre que permanece en lo oscuro. Sin duda quiere decirle algo extremadamente importante que él no debe oír. Después la aprieta por la cintura y se funden con la oscuridad. Bolas transparentes, bolas todas iguales, que él le traía, bolas lanzadas contra un círculo mientras Alberto comenzaba su invocación: Con licencia de abuela Tata, de abuela Blanca, de abuela María la del Vedado, de Ta Rogelio, de Clotilde la Bruja y de

Rosario la Bruja, de Arcadio Palocruzado rayado en la prenda Buey Suelto, de Ma Pachilanga, El Bolo, Ta Antón, Nañá Bulukú, Taita Gaitán, Santa Flora de la Merced, Florinda Pastor, Tata Perico, José Tomá, Tiembla Tiembla, Jesús, María y José, Santo Niño de Atocha, Santo Niño de Praga, el Hermano José, San Lázaro, Santa Bárbara, Andrés Quimbisa y su báculo sagrado, Santo Cristo del Buen Viaje, San Pedro y San Pablo, San Francisco de Asís, San Juan Bosco, La Virgen de la Candelaria, La Virgen del Rosario, Santa Filomena, San Luis Beltrán, el Ánima Sola, San Benito de Palermo, San Silvestre del Monte, Mamá Canasta, Ayalúa y Saibeke, Ma Lydia Cabrera, Tronco Seiba, Monte Carmelo, Padre Cachimba, Doña María, Boma Sere, Ma Sofía y Ta Avelino, Gallo Ronco, San Roque, San Sebastián, San Nicolás de Tolentino, Santa Acela, Ma Micaela, el arcángel San Miguel, Santa Ana, San Hipólito, Santa Rita, Cuatro Vientos Vrillumba Congo, San Gabriel y San Felipe, San Antonio Dagoberto y Santa Maximiliana de la Concepción. Todos mis muertos y mis santos y mis guías espirituales y su Ángel de la Guarda. Alberto se sopla las manos y vuelve a tirar y el niño desnudo mira a la mujer y le ofrece miel de aguinaldo. Ella lo toma de la mano y los dos entran (para Octavio es la primera vez) por la boca de la ermita. Dentro hay una calle circular que contiene los mares y los ríos. Todo era viejo y lindo a la vez, no había árboles ni cielos. Entraron en la primera casa que era en La Lisa, con una ventana de barrotes que se alzaba desde el suelo hasta el techo. Sintió deseos de asomarse aunque sabía lo que iba a ver, el ronroneo de un cilindro azul. Salió y entró en la segunda casa. Una cuartería a un costado de la loma de la iglesia en Jesús del Monte. El Padre

Gasolina le embarraba el rostro de cascarilla mientras lo bautizaba. Salió y entró en la tercera casa. Un cuarto con divisiones de cartón en los altos de la botica. Una palangana con una nata de churre y una ventanita alta donde colgaban macetas con flores. A medio camino entre el solar de Tata y la fuente de bordes carnosos al pie de los laureles. Salió y entró en la cuarta casa. Mantilla, un mangal, un carnero que nunca termina de morir (Cordero de Dios que quitas los pecados del mundo, ten piedad de nosotros). Salió y entró en la quinta casa. Barrio Azul, una casita de madera con el techo de papel agujereado, una zanja que era un abismo para los niños y los ríos que venían de la loma. Salió y entró en la sexta casa. También en Barrio Azul, de mampostería, con unos muebles estirados y blancos y el piso como un tablero de ajedrez. En ninguna había nadie, todas estaban vacías. Salió y entró en la séptima casa que terminaba junto, pared con pared, a la primera, lo que significaba que le había dado la vuelta completa a la rotonda (siempre el mar y los ríos en el centro) y que cerraba el círculo. Se detuvo, no reconocía nada, ni cosas ni seres, había rostros nublados y cuerpos extraños que no podía definir. Solo a la mujer, otra vez frente a él, que le habla al oído, que le dice que sí, que lo conseguirá, que podrá irse de aquel infierno y que esta sería su nueva casa. Después dice nueve palabras que él no entiende. Y al final: tendrás aviso, tendrás prueba, antes del 8 de septiembre, y luego, antes de irte, volverás conmigo y Carlos Miguel al Barrio de Campeche. Te enseñaré las siete villas y se cerrarán los círculos, por ahora, para que puedas partir en paz. Entonces se da cuenta de que es ella la que le ha hablado por la boca de Alberto, que sonreía. Cuando llegues a donde llegues, le dice ahora Alberto, quiero que me hagas un favor. Quiero que me mandes Vitamina C, que la necesito y aquí es muy difícil, casi imposible de conseguir. Alberto recoge los caracoles, roza con la punta de los dedos los bordes de las copas de agua, se pasa la mano por la frente sudada. Toca los collares, se quita el gorro blanco. Te voy a preparar un resguardo porque lo vas a necesitar, no todo va ser fácil, hijo, es un camino largo *(the long and winding road)*. Gracias, Alberto, y cuente con eso, el primer dinero que consiga será para comprarle sus pastillas. Cierra los ojos y después todo se le confunde y cuando viene a ver está corriendo por la Avenida del Puerto hacia la parada de la ruta 1, sin importarle nada, ni los carros que le cruzan por delante ni sus chapas, ni aquel imbécil disfrazado de extranjero que se tapa la cara con el periódico…

2

...pero ahora estaba repasando la conversación con Carlos Miguel mientras caminaban por la Avenida del Puerto rumbo a la Iglesia de las Mercedes, y otra vez el olor a mar lo transportó lejos. A otro mundo, otro planeta, otra dimensión. Estaba eufórico recitando en la mente el escueto telegrama de Inmigración: *Presentarse en la dirección abajo señalada a la hora y fecha indicadas para tratar asunto de su interés.* El único asunto de su interés era la autorización de salida que le permitiera largarse de aquel infierno rodeado de agua por todas partes. El agua, las aguas, los ríos, los mares, la lluvia, todo mezclado. Y en ellas, con ellas, las excursiones a una finca en Guanabacoa (tierra de aguas) con los muchachos de la escuela y las escapadas hasta la costa. Él y Lázaro Rico sobre los dienteperros y años después, durante la Campaña de Alfabetización, aquellos días que pasó en Varadero, los atardeceres con la espuma llegándole a los pies en viejas sillas de madera pintadas de diversos colores. También La Concha, con su madre y su padre, todavía palpables, y Guanabo con sus hermanos, todos difuntos. En Viriato, con Dimas, nadando desnudos con las trusas amarradas a la muñeca. Y en Santa María, finalmente, Hugo con una perreta (existe una foto); quién recordaba ya el porqué. Cómo añoraba ahora aquellas cóleras súbitas e impredecibles que se disipaban con la misma rapidez con la que hacían erupción. ¿Qué estaría haciendo Hugo en ese instante? Alejó la idea. Era preferible que no pensara en Hugo, que lo dejara existir fuera de su cerebro porque si lo traía, si lo filtraba en su memoria, las cosas se torcían y el simple hecho de vegetar, de machacar el día a día, se le hacía más difícil mientras resistía y esperaba. Era mejor sentir el olor del mar con los ojos cerrados, como en la prehistoria, cuando se arrodillaba a la puerta de la ermita de Barrio Azul, con el pan aún caliente bajo el brazo, y soñaba con otra iglesia de resonancias extrañas. Del fondo, como en el patio de Alberto, brotaba la voz de Dios y Octavio se ensimismaba y se dejaba llevar por otras olas. Olas de mares muertos. Mares bellísimos, cómplices, plácidos o sudorosos, de cuando los tiempos, los seres y las cosas eran benévolos.

¿El tomate era benévolo? Bueno, el sabor del tomate maduro recogido allí mismo quizás. O el tomate verde con sal, pero no el tender las sogas ni el claveteo de aquellas empalizadas infinitas bajo un sol que no respetaba nada, la sed y las risas imbéciles de aquellos hombres que clavaban estacas, contando los mismos chistes soporíferos, las mismas historias de mujeres buenísimas, del culo o las tetas que tenían, de cómo se meneaban, del tubo que les habían dado. Luego, todos erotizados se rascaban los ombligos peludos, se secaban el sudor con la manga y saltaban con una facilidad asombrosa para la pelota. Ahí sí que Octavio trataba de visualizar por lo menos un chacra (Ajna), comenzaba a sincronizar los golpes de mandarria con el ritmo de su respiración, tratando de crear una campana de silencio alrededor de su cabeza que lo preservara de bolas y *strikes*, de carrera, *out*, ¡ponchado! y el resto de esa nomenclatura del espanto. ¡Tres golpes de mocha y lo tiró pa la tonga! ¡A tres trozos no sé qué! Octavio odiaba la pelota con toda sus vísceras, si fuese un juego que durase noventa minutos como el fútbol, quizás fuese más tolerante. El fútbol era algo absolutamente estúpido, pero tenía un fin religiosamente cronometrado que se agradecía. La pelota no, la pelota era un mal interminable. Podía durar horas y horas y más horas. Empezar por la tarde y borrar toda la programación nocturna incluida la película del sábado (Octavio la veía en casa de Abel), que era lo único que se podía soportar en la televisión; eso, y algunos viejos programas musicales extranjeros, pero que aquí resultaban la última novedad. Casi siempre una película de acción norteamericana, generalmente absurda, pero donde, a veces, alguien decía, *vamos a tomarnos un martini*. ¿Un martini? ¿Qué coño sería un martini? ¿A qué sabría? La copa y el gusto con que lo saboreaban presagiaban placeres comprometedores. En otras cosas se podía ver, de paso, una calle engalanada para Navidad, con muchas luces y extraños andariveles. O gente apurada comprando boletos en aeropuertos atestados para viajar a lugares míticos y prohibidos. ¿Pero por qué la policía no hacía nada por impedirlo? Octavio disfrutaba imaginando los colores en el televisor ruso. La pelota le hacía la competencia a Mario Rodríguez Alemán, quien se hizo famoso por impedir hasta donde pudo que se viera en Cuba *El Hombre elefante* de David Lynch —habría que preguntarle al enjundioso crítico el porqué; Octavio, en un rapto de furia, escribió un artículo titulado *Mario Rodríguez Alemán versus El hombre elefante* y se lo mandó a Hugo inmediatamente— y echarle a perder la noche a cualquiera. Si alguno de los dos fallaba por distracción o agotamiento, todavía quedaban los apagones.

Pero lo peor de la tomatera fue que duró poco, solo una semana, el tiempo justo para que Octavio se apareciera en las oficinas a cobrar su primer sueldo. Muy sencillo todo, le pidieron su carnet de identidad, primorosamente marcado con una R en la primera página, le pagaron y le dijeron que no volviera más. Que ese trabajo era para los revolucionarios y él era una escoria con intenciones de abandonar el país. A partir de entonces tuvo que seguir la misma rutina, levantarse a las cinco y media de la mañana vestido con ropa de trabajo, para que Teresa Carrillo, la celosa Presidenta del Comité de su cuadra, pudiese informar a las autoridades competentes que el antisocial que ella «atendía», seguía asistiendo a sus labores agrícolas y que todavía no era necesario aplicarle la peligrosidad. Una vez al mes lo citaban de la Zona y él enseñaba el papel —magistralmente falsificado por Abel— que probaba que seguía vinculado laboralmente.

Abel le había demostrado ser un buen amigo. Cuando todos los otros dejaron de visitar su casa y los vecinos bajaban la vista cada vez que se cruzaban en la calle para no verse forzados a un comprometedor saludo,

Abel que hasta ese entonces limitaba su relación a un cordial hola qué tal, un día se le acercó en la parada de la guagua y se puso a conversar con él. Hablaron de libros, de cómo le iba a su difunta familia, y del trabajo en la tomatera. Abel era un muchacho más o menos de su edad, muy bajo de estatura, pero muy fuerte. Hacía quince piscinas y practicaba boxeo todos los días en el Ciro Frías y el vecindario lo respetaba porque no lo pensaba ni un segundo para enredarse a los piñazos con cualquiera. Tenía un carácter muy explosivo. Decía, relamiéndose, que le gustaba pelear con gente bien grande para oír el estruendo que hacían cuando caían. Ahora estaba casado con Lourdes y tenían una niña de cuatro años, pero a los dieciséis se había casado por primera vez, para escándalo de la familia, nada más y nada menos que con Zoraya (una flor en la papaya) famosa en todo Barrio Azul por lo chusma que era y que le llevaba como veinte años. Ella, por su parte, se había casado siete veces y tenía siete hijos, uno con cada marido. Cada niño llevaba el nombre del padre, así Nestico era el hijo de Nestor, Manolito el hijo de Manolo, Pedrito el hijo de Pedro, Cuquito el hijo de Cuco, y el quinto, que era Abelito, el hijo de Abel. La boda había sido por todo lo alto, en el Palacio de los Matrimonios de Víbora Park, el mismo donde se casó Liriano y famoso por la misteriosa desaparición de un Utrillo (ya se hablaba del Fantasma del Palacio de Víbora Park), con Zora vestida de novia primorosa y los hijos aguantándole el velo. También el divorcio había sido memorable: ella y Abel fajados a las trompadas en pleno bufete colectivo. Después Zoraya (la de la flor en la papaya) se volvió a casar, tuvo otro hijo, se divorció, se volvió a casar y tuvo otro hijo, con el que alcanzó el esotérico siete. Abel tenía un rostro muy hermoso, los ojos medio achinados, verdosos y muy brillantes, los labios grandes y gruesos, el pelo lacio y negro. Sus manos eran enormes con las uñas más duras que Octavio había visto en su vida. Era un suplicio contemplar a Lourdes echada en el suelo rompiendo cortaúñas, tijeras y alicates tratando de mochar aquellas lajas de acero. A cada rato Abel le caía a patadas por cualquier tontería, pero después se les veía acaramelados y felices. Todos vivían en casa de la madre de Abel y ahorraban para comprar materiales con el fin de hacer un bajareque en el patio de Tronco, el padre de Lourdes. El mismo viejo los había embullado para que lo levantaran aunque todos sabían que era ilegal y por lo tanto peligroso. Pero la cosa iba lenta porque los materiales había que conseguirlos en bolsa negra y no era fácil.

Nada es fácil. Los martes era el Día Bolo. Octavio se levantaba tempranito como siempre pero ese día caminaba hasta La Palma, para hacer tiempo, y allí coger la 89 para Calabazar. Todavía sentía cierta alegría cuando cruzaba el parque y seguía el trillo entre unos edificios que habían construido donde antes estaba el placer de la poceta que de niño, siempre con miedo, atravesaba para ir a misa. Ya no había nada, ni monte, ni caseta, ni poceta; ni camino había. Solo aquellos horribles edificios con sus tendederas en los balcones y algún que otro borracho mañanero. Pero así y todo era mejor ese camino porque evitaba caras conocidas. Salía a la Calzada de Bejucal casi por la esquina de la iglesia, hacía unos años la habían reformado para modernizarla y el resultado era un cascajo blanco que espantaba hasta a los feligreses. Por curiosidad entró una vez y quedó puesto y convidado. De todas maneras aquello ya nada tenía que ver con la iglesia de su infancia, ni siquiera estaban los mismos curas (ni el Hermano Vicente), que se habían ido o los habían botado, Octavio no sabía. El cura que había ahora exhortaba a «integrarse a la sociedad», le contó alguna vez su madre, que por la cercanía cuando no tenía ganas de ir a alguna de sus iglesias favoritas, la de la Caridad en Salud y Manrique o la de las Mercedes en la calle Cuba esquina a Merced, todavía siguió yendo a la de Barrio Azul hasta la víspera de su partida. ¿Tú sabes lo que es eso, mi hijo? ¡Un cura comunista! ¿Dónde se ha visto cosa así? Ya por la Calzada siempre se detenía aunque fuera un momentico en el solar donde antes había estado el cine Ensueño. Las pajas que se había hecho, que le habían hecho, y que había hecho allí, eran antológicas. Casi enfrente vivía Rafael Acevedo y juntos se arrebataban con las películas de Sarita Montiel —a las de Mary Esquivel, que siempre se las arreglaba para enseñar una teta, no los dejaban entrar—, y se pajeaban en las lunetas con gran ímpetu y mucho sentimiento, mientras ella cantaba aquello de *juró amarme un hombre sin miedo a la muerte, sus negros ojazos en mi alma clavó*. Después venía el cine Palma y pasado el entronque, bastante más allá, casi llegando a la Avenida de Santa Amalia, el Martha, al que casi nunca iba pues era el más caro de todos. Ya en La Palma buscaba por masoquismo a ver si de milagro en algún sitio estaban vendiendo café, frustrado se fumaba un cigarro y a empellones se montaba en la guagua cuando aparecía. El viaje a esa hora, a pesar de la apretazón, lo adormilaba un poco. Se tiraba en la parada del Parque Lenin y de ahí seguía hasta casa de Miranda. Ya su amigo le tenía preparadas las jabas con las botellas, se las pagaba y volvía para La Palma, donde en la cafetería lo esperaba Abel. Ocho botellas, cuatro en cada jaba, con las que harían trueque con los bolos por champú para perros —al menos eso suponían ellos por los perritos pintados en los envases—, que vendían luego a las peluqueras clandestinas. Los bolos los esperaban a una cuadra de donde estaban las postas, porque lo que era al barrio de los bolos en sí, no dejaban pasar. Los bolos lo cambiaban todo, plumas, relojes, camisas, pantalones, zapatos, lo que fuera, por alcohol. Al principio los muchachos pedían jabones, pasta de dientes —cuchillas de afeitar no, porque el hombre llorando que aparecía en la envoltura advertía de la tortura que resultaba afeitarse con ellas, eso sin contar que la mayoría de las veces, nuevas, sin usar, ya estaban oxidadas—, pero pronto dejaron de hacerlo porque esos productos no tenían salida. La gente no los compraba ya que el jabón, en el mejor de los casos, producía urticaria y la ardentía de la pasta en la boca no se podía aguantar. Era como un ácido que iba corroyendo las encías. El gran negocio era el champú para perros. Hasta ahora nadie se había quejado.

Miranda inventaba alcohol de las cosas más insólitas, lo mismo de la guayaba, que del zapote (lo robaba del Parque Lenin), que de la frutabomba, el mango, el maíz, la naranja, la toronja, y hasta del arroz. Él decía que su *sake* era mejor que el japonés, que nunca había probado, desde luego. Para Miranda todo era fermentable, alcoholizable, digerible y por lo tanto vendible. Era un maestro, un verdadero genio del alambique. Lo malo era que casi siempre estaba en nota y era difícil tratar con él. No cerraba ninguna transacción hasta que sus clientes lo escucharan ejecutar un solo de trompeta, ya que suponía, sin razón, que ardían en deseos de disfrutarlo. Así que había que ir para el patio, sentarse a su alrededor bajo la mata de güira, y a joderse con el jodido solo. Octavio lo conocía desde los tiempos del servicio militar obligatorio, juntos purgaron esos años y compartieron patadas y alegrías. Miranda, en aquella época, era un profesional de la fuga, todos los fines de semana desaparecía con su trompeta y volvía el lunes todavía con resaca, soñoliento, y los bajos del pantalón mojados por la hierba de los potreros que había tenido que atravesar. Lo que le hacía perder el siguiente pase y preparar la consiguiente fuga. Y así continuó hasta que lo metieron preso. Tremendo barretín, mi herma- nito, le dijo a Octavio. Fue entonces que su tío Osval- do les advirtió que ya no bastaba con los trabajos y los resguardos, que para su protección los dos tenían que rayarse lo antes posible y no les quedó más remedio que hacerlo. Así que desde entonces eran hermanos de prenda, kimbiseros para más detalle, discípulos lejanos pero directos —por la rama de Cuatro Vientos— del mismísimo André Petit. Las cruces se borran por fuera pero no por dentro, repetía Miranda.

Cada uno cogía un cartucho con los tubitos de champú y se iba a hacer el recorrido por sus zonas. Abel se ocu- paba de Párraga, Mantilla y El Calvario, donde tenía muchos contactos (allí vivía Abilio el carnicero, que también era bolitero y asiduo al póquer de los viernes). Octavio atendía El Vedado, Los Pinos y una parte de La Habana Vieja donde vivía Reina, una bruja con volcán uterino, que desde que lo descubrió en la esquina del Jigüe, en una cola para comprar croquetas, se enamo- ró de él. Después resultó que la mediotiempo (pasada) era un híbrido entre la María Caturra y la Rita de su barrio juntas, una matrona del contrabando, el tráfico de divisas y la bolsa negra, que cuando cogió confianza le compraba todo el cargamento de champú para revenderlo ella misma a las peluqueras de La Habana. Claro, a Octavio le convenía, pero siempre separaba los suficientes para mantener sus compromisos (Amado), y los pedidos de sus clientas fijas de Los Pinos. En ese tipo de negocio había que cumplir. Reina era una cosa con aires de gran dama decadente. Una especie de puta de abolengo. Se pasaba el día abanicándose mientras escuchaba con lágrimas en los ojos a Roberto Carlos en una casetera, la primera que veía Octavio en su vida. Cuando el muchacho llegaba, subía las escaleras hasta el segundo piso, tocaba a la puerta y enseguida Reina lo recibía, con una sonrisa, un beso y una limonada helada. Primero los negocios, tanto por tanto te toca tanto, y Octavio guardaba el dinero en la media. Luego iban para el cuarto, la bruja cerraba todas las ventanas creando una semipenumbra sofocante, ponía su canción preferida, se metía en el baño y salía con un refajo plateado con lentejuelas. Jamás se desnudaba; eso sí, obligaba a Octavio a encuerarse —lo único que no se quitaba era las medias— y a echarse sobre ella. Entonces cuidadosamente se subía el refajo y se escarranchaba. De fondo, sonando, *cuéntame tu historia, di de tus amores, de tus desengaños, háblame de tus deseos, del sueño escondido que no se realizó*, y ahí Octavio no lo pensaba más, que sea lo que Dios quiera, se encomendaba a Siete Rayos, Sarabanda, Tata Fumbe, pero sobre todo a Chola Wengue y Mama Choya, madrecitas no me abandonen (porque sabía lo que le esperaba) y, solo entonces, le empujaba el viandazo mientras Roberto Carlos seguía suplicando que le contara la historia, *aquí sobre mi hombro y ven sin tus recelos, sin re-*

mordimientos. El muchacho siempre salía con la pinga ardiendo, aquella bruja tenía la papaya más seca y más áspera que ojos humanos vieran.

Reina lo mimaba pero sin exagerar. A veces hasta lo invitaba a almorzar. Un día, después de una templeta casi apocalíptica —por delante y por detrás con doble venida— la bruja, muy conmovida, metió la mano debajo de la almohada y sacó un sobre manila.

—¿Tú tienes dónde mover esto?

A Octavio se le volvió a parar la irritada pinga y los güevos se le recogieron: eran cien dólares en billetes de a veinte.

—El cambio está en la calle a siete por uno, pero si los caminas bien, hasta a ocho o nueve te pueden dar. Yo quiero cinco, lo otro es para ti, ricura.

—Claro —dijo Octavio, que era la primera vez que veía dólares en vivo y en directo, y se los guardó en la media—, pero sería para el martes. ¿Está bien?

—Sí, no hay apuro. Yo no creo que te vayas a esfumar por cien dólares.

—¿Qué tú crees?

Casi a las seis regresaba a la casa provocando bastante ruido alborotando los perros y demorándose en el portal para que Teresa Carrillo lo viera o lo escuchara. Lo primero que hacía era ir a su cuarto, mover la coqueta y guardar el dinero debajo de una losa preparada con ese fin (bueno, antes se utilizaba para guardar manuscritos). Lo segundo era asearse; por vagancia a veces, otras para ahorrar alcohol, no calentaba el agua. Se bañaba con un cubo de agua, lo tenía bien medido, ni una gota más. Lo que ahora le preocupaba era la pinga, que hasta media zaraza se le quedaba, roja, arañada, de tanto bombear entre aquellas lijas de esmeril. Por pena no le decía que se echara un poco de manteca aunque fuera;

pero a la Reina le gustaba sufrir, sentirla, que le doliera. Sería para llorar más con Roberto Carlos y los palos de ron que se metía a escondidas: era una puta trágica. Cuando terminaba se comía un pedazo de pan duro con cualquier cosa, se ponía un pantalón viejo que había recortado para estar más cómodo y se sentaba en el portal, sin camisa y en chancletas, a coger fresco y a ver pasar la gente. Ya había vendido lo poco que quedó cuando se fueron los últimos: hasta la máquina de escribir. Total, para qué la quería si ya no podía escribir. Cuando la tenía se veía forzado a utilizarla de día y con el radio a toda voz para que Teresa Carrillo no lo oyera teclear. Tarde en la noche, que era cuando él se sentía a gusto escribiendo, no lo podía hacer porque el radio molestaba al vecindario —según uno de los informes de Teresa Carrillo a la policía y por el cual le habían hecho una «seria advertencia»—, y por las mañanas se suponía que estaba trabajando de cara al campo. Además, qué iba a escribir. ¿Novelas, cuentos, otro tipo de mamotreto imbécil por el estilo? ¿Y dónde los iba a esconder? Ya estaba cansado de tanta tensión. De quemar, de romper. De cargar con paquetes de un lado para otro. La policía no lo dejaba en paz y su único objetivo en la actualidad era esperar y esperar. La espera era un modo de vida. Consistía en mantenerse vivo y fuera de las manos de la policía. Resistir y esperar. Resistir vivo y esperar el día bendito en que pudiera salir de aquel infierno. Las monjas sabían que el peor castigo que le podían imponer a un cubano era negarle la salida del país. Tan conscientes estaban de su arma letal que no perdían la oportunidad de amenazar con ella: estate más tranquilo que estate quieto porque NO te vas. La vida, lo que se llama la vida, había acabado en 1980, cuando poco a poco la casa se fue haciendo pedazos, se fue rompiendo, se fue haciendo mierda. La casa y la familia eran una misma cosa y habían estallado, volado en pedazos. Primero sus hermanos, luego Hugo, por último sus padres. Todos se habían ido y Octavio se había quedado solo en aquella casa que ahora le parecía inmensa. Su casa, su familia, se habían convertido en fieles difuntos velados perennemente por las monjas. Rostros en fotografías, voces repitiendo las mismas preguntas, ¿estás bien?, ¿y ustedes cómo están?, después de una desesperante ceremonia que comenzaba a las doce de la noche en casa de su tía Aracely en El Vedado. A esa hora en punto había que empezar a marcar el 9 en el disco del teléfono, una y otra vez, durante horas, para ver si con suerte entraba la operadora antes que se acabara la cuota de llamadas correspondiente al siguiente día (o se le hinchara el dedo). No siempre se conseguía, a veces a la tercera noche intentándolo salía la operadora para decir que ya se habían otorgado todas las llamadas. Entonces volver al otro día a ver si hay suerte esta vez. Y coño, a las cuatro de la madrugada al fin, qué maravilla, la operadora anota el número de Hialeah, que con quién desea hablar, que no es persona a persona, que con cualquiera que salga. ¿El código de Miami? El 305. Y ya se sabe, la llamada la ponen en cualquier momento a partir de las siete de la mañana hasta las doce de la noche. A la hora que a ellos les salga de sus cojones —o de sus papayas—, sin importar que se suplicó, que por favor, si es posible, que sea después de las seis de la tarde porque por el día no hay nadie en la casa de mi familia, están trabajando. Silencio por respuesta, ya colgaron. A esperar, a esperar, maestro graduado en espera permanente: en la cola de la pizzería, en la cola de la guagua, en la cola de Inmigración, en la cola del policlínico, en la cola de las tiendas. La cola eterna, La vida en cola, La vida es una cola, cola, cola, La larga cola, La cola entera, Cola total, Vida colera, Mi vida es una cola, Cola vital, serían magníficos títulos para su obra maestra en proyecto (hipotético y futuro). Él y su tía de rodillas junto al teléfono rezando para que la llamada la pongan después de la seis de la tarde y haya alguien; pero no, a las cuatro en punto la ponen. Nadie contesta el teléfono, dice la puta operadora, y Octavio tiene unos deseos inmensos de cagarse en su madre, pero trata de que su voz suene melosa, seductora, y le ruega otra vez con favor y todo, que si fuera tan amable e intentara repetirla más tarde, aunque sabe que de cien veces solo una la repiten. Pero la hija de puta la repite, sí, pero a las cinco y media de la tarde y tampoco hay nadie en la casa, ay, y ahora sí que no, qué va, ciudadano —basta el solo hecho de solicitar una llamada a los Estados Unidos para dejar de ser compañero y convertirse en ciudadano—, hay mucha gente en turno. Que pruebe mañana. Que no la volverá a repetir, que la llamada solo se puede repetir una vez. Tavi, no te encabrones, sobrinito, no cojas lucha, le dice su tía. El sábado yo a las doce voy a tratar de cogerte la llamada y te aviso para que vengas, el domingo seguro están ahí y puedes hablar. Mueve la cabeza. Total, todo ese esfuerzo para conversar TRES MINUTOS con el TIEMPO VENCIDO amenazando sonar en cualquier momento, seguido de un corte abrupto sin oportunidad para despedirse ni para nada, y acabar con los nervios desflecados. Y Octavio sale como alma que lleva el diablo y del impulso que lleva cuando viene a ver ya está en Coppelia, pero con el hígado como lo tiene, explota si se pone a hacer aquella cola monstruosa que como una serpiente se enrosca y se enrosca hasta perder la cabeza y la cola. Y valga la cola redundante. Pasa por el baño público de Coppelia y allí están las mismas locas de siempre cercando todo el urinario como estatuas. Así no puede mear, con gente mirándolo, y vuelve a salir más encabronado de lo que entró. Las paradas repletas, el calor, el Yara con otra perra cola que llega a la esquina de abajo de la Facultad y dobla, y todo para ver *Vida privada*, una película rusa de un tal Raizman (lo que hay que hacer para coger un poco de aire acondicionado), la sed, bronca en la puerta de la pizzería de enfrente porque un tipo se quería colar. Caminar hasta el malecón, Rampa abajo, acercarse al mar. La tarde cayendo y él acordándose de cuando caminaba con Hugo desde Solmar a La Punta y los mocos saliéndose. Esperar y resistir, esperar y resistir, repite. La tarde también cayendo por la finca y él que sigue en el portal arrascándose la pinga irritada que le pica. Mejor ponerse a leer a Dostoievski (*Crimen y Castigo*) aunque sea temprano. Sin televisión no encontraba otra diversión fuera de los libros (radio, muy poco), pero a Octavio le gustaba más leer de noche, acostado, hasta que se le cerraban los ojos, después de garrapatear casi en clave los sucesos del día en una libreta. Como no quería tener papeles escritos en la casa por miedo a más registros, cuando se le juntaban tres o cuatro páginas de esa especie de Diario, las metía en un sobre y se las mandaba a Hugo para que se las ordenara y se las guardara. Cuando salga, siempre le decía, me servirán de apoyo para escribir mi novela infernal. Ya tenía el título, nada de colas en el título, se llamaría *Dile adiós a la Virgen* y empezaría con él y Carlos Miguel caminando por la Avenida del

Puerto, en peregrinación a la Iglesia de las Mercedes.

Sí, nada era fácil. Los viernes era Día de Póquer. Eso fue, en parte, lo que le puso punto final a su experimento con Thais.

—No puedo contigo, Bicho Raro, mejor recojo mis matules, me voy por donde vine y tan amigos como siempre.

Todo había empezado en diciembre del 81, cuando no pudo más aguantar la soledad, el deseo de otro cuerpo, de una compañía vieja y se fue a Lawton, a tres cuadras del matadero. Allí estaba Thais como siempre con su olor a vainilla o a canela según el tiempo o los vaivenes del mercado, sus nalgas durísimas, su café y el insustituible *Big 15* de Paul Anka, cargando con un divorcio traumático y un hijo maricón perdido que ahora debía de andar por los veinte y pocos.

—Tú no cambias, Bicho Raro.

El espantoso diciembre ya intimidaba con sus insufribles flores de aguinaldo trepando por las cercas y el frío y aquellas ganas tremendas de gritar o de cortarse el cuello, que solo trotando sobre aquel cuerpo que lo recibía con un gusto del carajo, que le sacaba riquísimo la leche mientras lo besaba pidiendo más y más, podría vencerlo, superarlo, sobrevivirlo.

—Estrújame toda, Bicho Raro, hazme sentir que estoy viva todavía —gritaba poniendo cara de actriz mexicana años 50.

Habían pasado casi diez años. Antes de conocer a Hugo iba a menudo, templaban mucho y conversaban poco, que es lo ideal en una relación de ese tipo. Tomaban «lechita», una asquerosidad que ella tenía la virtud de convertir en ambrosía, a base de ron, leche condensada, leche evaporada o de vaca si no se conseguía la evaporada, huevos y un poco de vainilla, mientras encueros, tirados en el piso de la sala escuchaban a Paul Anka cantando *Put your head on my shoulder.* Diez años es mucho tiempo, pero en Thais no habían dejado demasiadas huellas. Debía de andar por los 47, acercándose irremediablemente a los 50, pero la mulata seguía moviendo el cuerpo que había que joderse. Los mismos ojos, el mismo pelo negro teñido y reteñido, unos labios gruesos que le recordaban a los de Abel, las mismas uñas larguísimas pintadas de un rojo chillón, y aquel olor dulzón, íntimo, familiar. Sin embargo, la casa sí había envejecido, las paredes eran un desastre y hasta los muebles parecían del tiempo de la colonia (de la otra). El tocadiscos roto (la aguja), y ¿el consolidado?, bien gracias. En el cuarto la foto del hijo sobre la mesita de noche y en la cama la misma sobrecama de chenilla. Hugo le ocupaba casi todo su tiempo libre —cuando aquello Octavio trabajaba en una imprenta y el difunto en una fábrica de merucos y zapatillas—, pero así y todo cuando sentía deseos de estar con una mujer se escapaba hasta Lawton. Un día llegó, le abrió el hijo al que no conocía, Thais no estaba. Era una divina criatura, pero muy femenina para el gusto de Octavio. En trusa, porque acababa de venir de la playa, eso dijo, y se agarraba sin el menor disimulo la enorme masa piramidal, apenas semioculta tras la mínima tela, y, obviamente, loca (la masa, se sobreentiende) por liberarse y desafiar las alturas con sus 45° por encima de la horizontal. No tuvieron que hablar mucho, la madre estaba para Alamar y tardaría, si quería podía esperarla, que él se iba a dar un bañito rápido. Acabó dándole con ganas por el culo a la belleza que se halaba los pelos y se mordía la boca para no gritar. Después se fue sin esperar a la madre. No había vuelto más hasta ahora.

No le parecía correcto templarse a la madre y al hijo alternativamente. Empezó a visitarla de nuevo, a veces se quedaba a dormir. Le contó a grandes rasgos lo que le estaba pasando. Thais desde siempre odiaba toda aquella mierda, pero estaba resignada. Tenía que aguantar y disimular. ¿Quién la iba a reclamar a ella?

—¿Y qué es de la vida del muchacho? —señaló hacia la foto.

El rostro de Thais se ensombreció y demoró mucho en responder.

—Se iba en una balsa con unos amigos y los cogieron. Le echaron cuatro años. Estuvo un tiempo en el Combinado, allí lo visitaba y cuando le tocaba le llevaba lo que rapiñaba, pero un día, sin avisar, lo trasladaron para Boniato. Allá no he podido ir todavía. Eso es el fin del mundo y con el transporte como está, figúrate. El padre, al que tanto le olía el culo que cuando estaba becado ni por aquí venía, no quiere ni oír hablar de él. Como si se hubiera muerto. Siempre fue un hijo de puta, no sé por qué me extraña.

—Tú sabes que toda mi familia se fue, yo estoy solo y esperando que me llegue la salida. Así que no puedo brindarte nada, solo mi espanto, que según Goethe (*Fausto*) es lo mejor del hombre. Pero si quieres podíamos intentar vivir juntos. Un tiempo, a ver qué pasa.

—No quiero que los vecinos empiecen a hablar. La hija de puta del Comité me tiene echado el ojo, por lo de mi hijo y por el negocio de los perfumes. Tú sabes que mi prima sigue trabajando en Suchel y me consigue de todo, desde Bebito hasta Diamante Negro. Ya sabe que te has quedado a dormir aquí. Te ha visto salir por la mañana.

—No cojas lucha con eso. Ve para mi casa, dando vueltas por aquí, claro, para que no te vayan a quitar esto.

—Déjame pensarlo. Ahora, ven, hazme el amor, anda.

—¿Eh, qué es eso de «hazme el amor»? Antes era yo el que lo decía y tú la que me soltabas lindas obscenidades que yo te criticaba. ¿Te acuerdas?

—Cómo me voy a olvidar de eso, Bicho Raro.

—Yo las disfrutaba, créeme.

—Lo sé.

La siguiente semana, cuando fue, ya Thais tenía una jaba detrás de la puerta.

—Aquí metí unos trapitos y otras cositas que me hacen falta. Tampoco me puedo volver loca y empezar a mudarme porque sospecharían.

—No te preocupes, no necesitas nada.

Vinieron unas semanas felices, aunque no es lo mismo verse para templar que la convivencia. Octavio no estaba acostumbrado a dormir con nadie, no le gustaba, y mucho menos que le tiraran una pata por arriba o que un codo punzándole las costillas lo hiciera saltar. Tenía el aliento de un volcán, le gustaba dormir metiéndole la nariz en el cuello y cada vez que resoplaba, pensaba que lo iba a achicharrar. Eso sin contar que a lo mejor a ella se la antojaba templar cuando él no tenía ganas o viceversa. La sábana se ponía más caliente de lo habitual, el calor se hacía insoportable, y le costaba más trabajo quedarse dormido. La suerte era que Octavio tenía un sueño muy profundo y cuando caía en él, podían tirar la bomba atómica que no se enteraba. Un domingo, muy tempranito, se encontró con que Thais le echaba agua y lo sacudía intentando desesperadamente que volviera a la vida. Por la noche habían entrado por el patio unos ladrones, el ruido despertó a Thais que empezó a dar alaridos y a golpear con la escoba a los intrusos —un par de negritos de La Perla que todavía ni se venían— que huyeron despavoridos. Vino la policía, todo el vecindario en vilo, hasta Teresa Carrillo se coló en la sala con Javier el Gambao, y Octavio se enteró al otro día. ¡Tú estás muerto! ¡Estás muerto!, se quejaba Thais atacada y llorando a mares.

—Vamos, titi, que no es para tanto.

Horrorizada, ella se encargó de darle de alta en la bodega y en la carnicería. No podía creer que Octavio no lo hubiera hecho desde que le denegaron la salida. Tampoco lo había hecho en el Comité Militar —por lo que todos los meses tenía que presentarse a renovar un comprobante que le habían dado cuando «sufrió» baja por Salida Definitiva del País, que sustituía su Carnet Militar de Reservista hasta la partida—, ni como votante en su Circunscripción. Todas las últimas veces se habían puesto bastante pesados en el Comité Militar y Octavio había tenido que inventar unos cuentos increíbles para que le renovasen el jodido papel, que Inmigración le exigía mantener vigente (vencía cada 30 días).

—Por eso estás tan flaco, no comes, te vas a enfermar —peleaba Thais.

Ella era un ama de casa espectacular, siempre que Octavio regresaba de sus vagabundeos visitando peluqueras furtivas, tenía algo que comer esperándolo. Claro, Thais no se tragaba mucho que el enrojecimiento de la pinga era producido por el roce del pantalón de caqui; que era una tela muy áspera, se quejaba él. Echados en la cama, Thais cogía el aparato con las dos manos —que enseguida se disparaba—, y lo estudiaba con los espejuelos de leer puestos. Lo viraba para un lado, para el otro, lo descabezaba y después se lo lavaba con manzanilla fría. Lo que la desconcertaba era que cuando empezaba visiblemente a mejorar hacia el fin de semana, al extremo que ella misma se levantaba la angustiosa, impuesta y rígida restricción (abstinencia) dándole adecuado uso al material, el martes, sin falta, recaía. Volvía a estar aquel bicho todo amoratado, que parecía que le habían caído a palos.

—Vas a tener que ir al médico para que te mande algún antibiótico.

A Octavio se le encendió el bombillito con la miel de abejas (en realidad la idea se le ocurrió leyendo a Petronio). Un martes se presentó en casa de Reina, con mucho alarde, haciendo un chan chan chan a modo de fanfarria, y todo misterioso sacó del cartucho la botella de miel de abejas (ella no podía ni siquiera imaginar el trabajo que le había costado conseguirla ni lo que había pagado), se desnudó en la misma sala y le dijo:

—Hoy los negocios se quedan para el final —la puta, recogida en sí misma sobre el butacón, no salía de su asombro—, primero quiero romper este cráneo que tengo contigo desde la primera vez. No me digas que no, que estoy arrebatado.

Acto seguido se le acercó y vertió, generosamente, miel sobre toda la pinga.

—Mama, puta, mama, que eso es bueno para la garganta.

Reina enloquecida no atinó ni a ponerse el refajo de lentejuelas, se abalanzó sobre la cosa, ahora doblemente dulce, con tal desesperación que casi se atora. Octavio no lo dilató, fueron para la cama y al segundo embarre, se la sacó bruscamente de la boca y la penetró. Se le fue suave, sin problemas. A partir de ese día, después de la mamadera, con disimulo, se la enchumbaba bien antes del viandazo. Desde luego, Octavio tuvo que hacer enormes sacrificios, porque cuando la vieja le cogió el gusto al jueguito nuevo, primero —sobre todo cuando la cisterna cogía agua—, se dejaba caer unas gotas de miel en los pezones para que el muchacho la lamiera, pero después se empeñó en que se la sacara del pozo seco (del flácido brocal hacia adentro). De cualquier forma el rasponazo semanal terminó por desaparecer y Thais estaba contentísima y maravillada con su posesión que volvía a lucir tan fresca, activa y rozagante como siempre. Maravillas de la manzanilla, decía.

—Metiéndole a la carne cruda eres una fiera, titi, una caníbal.

Lo que la sacaba de quicio era todos aquellos hombres silenciosos encerrados en uno de los cuartos, los viernes, jugando cartas. Sobre las seis empezaban a hacer su aparición los personajes, de uno en uno, con largos intervalos para no levantar sospechas. Siempre el primero que llegaba era Abel, serio, con las cartas en el bolsillo trasero del pantalón. Saludaba a Thais cortésmente y se sentaba en una de las sillas alrededor de la mesa que estaba en lo que antes era el cuarto del difunto Liriano y ahora otra vez comedor, junto al hueco que daba a otro espacio vacío. Allí soñaron alguna vez con construir un estudio y una biblioteca, pero los tiempos se precipitaron con el asilo de Félix y Elsa en la embajada de Perú, y todo lo que siguió, el Mariel, el caos, la soledad. Las ampliaciones se quedaron a medio terminar, las paredes sin repellar. Ahora en ese espacio había otro hueco, un acceso a lo que fue el miniapartamento de Félix, que tenía hasta su entrada independiente por el portal. Otro hueco en la sala, otra entrada sin marco, abierta a golpes de mandarria y perfilada un poco con una hacha por el pobre Julián (zapatero amigo de la familia que hacía poco se había ahorcado en su cuarto), de modo que toda la casa se comunicara. Convertirla en una unidad con varias puertas, evitando así que Javier el Gambao y el Calvo de la Zona lograran sellar la parte de Félix, como querían. *Casa dejada, casa sellada*, era la orientación «bajada». Aquello fue otra gran bronca que habían ganado. Una gran bronca y una pequeña victoria. Las ventanas, de persianas tipo Miami que daban a la calle, estaban clausuradas con unas tablas atravesadas y unos cuantos clavos, ya que los mecanismos de cierre jamás se habían podido conseguir. Lo único que quedaba verdaderamente aislado era un cuartico en el patio donde dormía Octavio. Un rincón mínimo donde antes fue feliz. Su madre, despertándolo con el café y Negrito que se colaba y empezaba a pasarle la lengua por la cara. Negrito era una mata de pelos, ni los ojos se le veían. Cuando le crecían mucho se le hacía como una lana dura que había que cortar con una tijera. Era un perro muy lindo y cariñoso. Era su perro. Un día, mucho antes de que comenzara el caos, levantó el gancho de la puerta y entró a la sala. Venía cansado del trabajo y lo que vio lo dejó frío. Su madre y su hermana estaban sentadas en el suelo y su perro entre ellas. Su madre lo miró pero no dijo nada, su hermana lloraba histérica. El perro abrió los ojos, se alzó sobre sus patas delanteras como hacía siempre que lo veía, e intentó caminar hacia él pero no pudo. Octavio soltó el paquete de hojas (que a diario se robaba de la imprenta) y se inclinó sobre el animal. Estaba jadeando y de pronto como que perdía el control de todos sus movimientos y empezaba a convulsionar.

—Lo envenenaron —dijo su madre—, le di un poquito de leche, traté de que tragara aceite para que vomitara pero nada. Yo creo que se está muriendo.

Octavio cargó a su perro y lo apretó fuerte. El animal tuvo unas convulsiones más, dejó escapar la lengua por un lado de la boca, y después se fue estirando y se aflojó.

—Déjalo, Tavi, ya está muerto.

Su hermana ahora chillaba y él se levantó como una furia, salió al portal y comenzó a cagarse a gritos en la madre del hijo de puta o la hija de puta que había sido, mirando para la puerta de Teresa Carrillo. Su madre, a duras penas, halándolo por la camisa logró entrarlo y cerrar la puerta.

—No resuelves nada con eso, San Lázaro la va a castigar. El que la hace la paga, Dios es muy grande. Tienen que haberle tirado algo ahí, en el jardín, porque ese perro no salía de la casa. Ven, no llores más, vamos a enterrarlo en el patio antes de que lleguen tus hermanos.

—Seguro fue un pedazo de carne con estricnina. Para eso sí tienen carne los hijos de puta. Si este fuera un país normal estas cosas no pasaban.

—No empieces.

—Le hubiéramos podido inyectar vitamina K. ¿Pero de dónde coño vamos a sacar vitamina K?

Estaba enterrado ahí mismo, donde muchos años después levantaría su cuarto. Fue al escaparate, sacó la colcha blanca y la colocó sobre la mesa como si fuera un mantel. Eso amortiguaba cualquier ruido. Estaban casi todos, Germán medio en nota como siempre. El Chino, con la camisa en el respaldar de la silla. Monguito, frotándose las manos. Abilio el carnicero, pasándose la mano por la calva. Rafael gagueando y con las manos sudadas escondidas debajo de la mesa. Octavio se sentó en una esquina.

—Hoy no viene Manteca, así que vamos a empezar.

Abel tenía dos juegos de cartas, unas Bicycles viejísimas (y marcadas) que utilizaba para trucos que sabía hacer y para practicar los distintos juegos. Y otras casi nuevas, que eran las que utilizaban en el póquer de los viernes. Octavio estaba haciendo su propio mazo. El difunto Hugo hacía varios meses que se las estaba mandando y ya casi tenía las 40 cartas que necesitaba. Nada de 2, 3 o 4, solo los Ases, las del 5 al 10 y J, Q y K. Eran unos ejemplares preciosos que le hacían brillar los ojos a Abel, con los números y los símbolos bien grandotes. En el lote con matasellos del día 9, que estaba entrando ahora, llegaron el 7 de corazón con el que completaba los cuatro 7 y el 10 de trébol, con el que ídem los 10. La casa (es decir, Octavio) cobraba diez pesos por jugador, así que siempre tenía asegurada su ganancia. Thais se metía en el cuarto de atrás y no asomaba la cabeza a no ser que la llamaran. Octavio, aunque le gustaba mucho el juego, casi nunca participaba. Se dedicaba a vigilar, a mantener el orden. Salía al portal y se fumaba un cigarro buscando moros en la costa. Todos los jugadores —a veces llegaban a siete, pero lo normal eran cuatro o cinco— eran gente seria, que sabían lo que arriesgaban, y por lo tanto guardaban la forma. El más joven era Rafael la Mano del Muerto, un flaco (jabao, fuertecito) de pelo largo y ojos oscuros, al que, como a Arturo, había conocido en casa de María Caturra. Tenía diecinueve años y una obsesión enfermiza por todo lo que oliera a Francia, al extremo que cuando se enteró de que Octavio chapurreaba el francés le cayó con la pituita para que le diera clases. Acordaron, después de mucho tira y afloja, pruebas de confianza y también de mucha insistencia por parte del futuro *élève*, que fueran los lunes y los jueves, dos horas, de ocho a diez de la noche, veinticinco pesos al mes. Rafael, hablando de los problemas que tenía con la mulata con la que vivía (una enfermera que trabajaba en el Hospital Nacional), de sus negocios (era lechero, pero vendía más por su cuenta que para la empresa) o de Francia, alcanzaba una fluidez y una locuacidad increíbles, pero cuando estaba nervioso, tomado, drogado o tratando de elaborar ideas, gagueaba que daba grima oírlo. Era, según lo que parecía ya una tendencia de la época, salvaje, desinhibido, polifacético y algo excéntrico. Un día, en una clase, casi sin venir a cuento, le dijo que a los doce años le habían «operado un güevo» y con la misma se bajó los pantalones y se los sacó por un costado del blanco y abultado calzoncillo atlético, para enseñarle la cicatriz.

—Un güevo me quedó más grande que el otro, ¿ves?

El güevo que se suponía «normal» ya de por sí era una cosa fuera de serie. El otro era más grande todavía, sin embargo el conjunto mantenía cierta voluminosa, peluda e impactante armonía. Octavio observó el fenómeno con fingida cortesía, sin mostrar particular interés. Rafael enseguida se compuso la ropa y volvió a sentarse a su lado. En noviembre Octavio conocería (en profundidad), la hoz sin el martillo.

—Lo importante es que funcionen bien, ¿no?

—En eso no hay ningún problema, eh.

Rafael, a veces, no siempre, como para que no se acostumbrara, se aparecía con un litro de leche. Él mismo lo guardaba en el refrigerador antes de seguir para el cuarto. En verdad que la leche no le faltaba a Octavio, cuando no era Rafael era su tía Ena la que se aparecía con un par de litros. O si no, Eloísa que desde la partida de su madre, venía todos los domingos con una lata de leche (que cambiaba por cigarros) y dos pesos. Al principio Octavio no podía soportarla, le recordaba a su abuela Blanca y su obsesión por Lola, pero después, cuando la fue conociendo mejor, llegó a quererla y a preocuparse cuando no venía a visitarlo. Su hija Lola se había casado con Ricardo y tuvieron un hijo, Ricardito. Su marido fue a parar a la UMAP y prácticamente enseguida que salió pudo marchar a Miami como preso político. En uno de los primeros barcos del Mariel volvió a recoger a su mujer y su hijo, que ya era un adolescente a punto de cumplir los quince, y por lo tanto en peligro de caer en edad militar. Al llegar Lola al exilio se enteró de que Ricardo había rehecho su vida, se había juntado con otra mujer con la que tenía una niña. No obstante le alquiló una casita para ella y su hijo; pero Lola enfermó (esto parece una telenovela castrista, pero es la asquerosa realidad) y empezó a hacer gestiones por la Cruz Roja Internacional para que Eloísa fuera a verla (la idea era, desde luego, que se quedara con su hijo; ya sabía que se iba a morir). Eloísa le contaba siempre la misma historia (como si fuera la primera vez) llorando a gritos, de cómo se arrodilló en Inmigración con los papeles (certificados médicos que avalaban el cáncer terminal) para que le autorizaran la salida, de cómo juró que regresaría, que no se iba a quedar, que qué iba a hacer una vieja inútil allá, que aquí tenía su casa, pero todo fue en vano. No la autorizaron a viajar. Lola murió y su madre se refugió en los Testigos de Jehová (en su casa funcionaba un Salón del Reino clandestino). Siempre venía a visitarlo con la Biblia, una lata de leche y los dos pesos. La lata de leche la guardaba de reserva, y desayunaba con lo que le traía Rafael o Ena. En ocasiones se le acumulaban varios litros. Rafael constantemente tenía broncas con su mujer y se le notaba deprimido y con poca cabeza para el francés o para cualquier cosa. Revisaban las tareas que le había puesto Octavio del Mauger (*Cours de la langue et de civilisation françaises*, tomo uno) y de pronto se levantaba y se iba. Al cabo de una hora regresaba con los ojos enrojecidos y las pupilas dilatadas por la marigua-

na. La compraba en La Perla, se metía en cualquier matorral a fumársela y quedaba hecho un zombi. A veces
le daba por reír, otras por llorar (también se ponía muy
agresivo) y la mayoría por dormir recostado a la mesa.

—Rafa, a ti no te asienta eso, te hace daño.

—Yo voy a matar a esa negra que se la da de mulata, se la
pasa haciéndome brujerías, eh. Donde quiera hay un plato
o una cazuela con pelos, eh. Me los corta cuando estoy
durmiendo, hasta los pendejos. Me esconde los calzoncillos sucios, eh. Yo le voy a cortar el cuello, mira, ¡te lo juro!

—y sacaba la sevillana que siempre llevaba.

—¿Por qué no te vas y te acuestas? Mañana tienes que
levantarte temprano.

—Yo lo que tengo ahora ganas, eh, es de caerle a puña-
ladas a esa hija de puta, eh. Mira, mejor deja que se me
pase un poco, si me voy así es peor.

—Bueno, como quieras. En otro momento podemos
recuperar la clase.

—No te preocupes por eso, yo te pago igual

—No lo digo por el dinero.

Ahora lo veía frente a sí, del otro lado de la mesa, hermoso y
gagueando cualquier imbecilidad y sentía lástima por él.

Abel no le respondió nada a Octavio, tampoco hacía
falta, todo el mundo conocía las reglas y sabía cómo
era la cosa. El plante a peso. Tuvo que dar varias manos
antes de que alguien pudiera abrir el juego.

—Abro —dijo Monguito.

Tendría unos treinta y cuatro o treinta y cinco años y
una extraña historia. Octavio lo conocía del barrio y
cuando los sucesos de la embajada de Perú, hizo buenas migas con su familia. Trabajaba como profesor de
Matemáticas en una FOC y el día 5 de abril (Viernes
Santo) de 1980, no lo pensó dos veces y se metió en la

embajada. A la semana salió, como casi todo el mundo, con el Salvoconducto Definitivo. Aguantó varios mítines de repudio encerrado en su casa —incluso uno de sus propios alumnos—, y vio como poco a poco iba disminuyendo la cantidad de barcos que quedaban en el puerto de Mariel, hasta que se cerró la salida. Nunca lo llamaron y acosado por la ley de peligrosidad tuvo que ir a Inmigración para renunciar a la salida y le permitieran trabajar. Por supuesto, jamás pudo volver a dar clases. No me dejaron salir porque soy negro, se quejaba y Octavio le recordaba que a los hueseros, otros vecinos, que eran asilados como él pero blancos, tampoco los llamaron nunca. Te pusiste fatal, mi hermano, lo consolaba, ya vendrán tiempos mejores. Hay que resistir y mantenerse vivo.

—Paso —dijo El Chino.

El Chino era muy amigo de Abilio el carnicero, que fue quien lo trajo. Había nacido en Barrio Azul y por allí deambuló hasta los dieciséis o diecisiete años, que se casó y se fue a vivir a Centro Habana; pero seguía bajando mucho por el barrio a ver a la madre, que envejecía en la misma casita de su infancia, al doblar de la carnicería. La primera vez que vino a jugar y Abilio se lo presentó, Octavio le estrechó la mano y le dijo lo de siempre, que los amigos de sus amigos eran bienvenidos. Era un par de años mayor que Octavio, así que andaría por los treinta y tres o algo así. Trigueño, de piel lisa y muy oscura, algo le quedaba de su antigua belleza. Octavio lo miró a los ojos pero no vio recuerdos. El Chino no lo reconocía, no se acordaba de él. Sin embargo, Octavio volvió a estremecerse al darle la mano. Fue antes de la campaña de Alfabetización, por lo tanto tendría entonces doce o trece años. Había ido a la carnicería a un mandado y vio que El Chino, desde la ventana del portal de su casa, le hacía señas. Octavio iba en short, descalzo y sin camisa. El Chino lo invitaba a jugar parchís.

—Un ratico nada más —le contestó Octavio—, porque voy a hacerle un mandado a mi mamá y no me puedo demorar mucho.

Atravesaron toda la casa, que era larga y estrecha, hasta el cuarto del fondo. Allí había una cama pequeña y una cómoda (barnizada) con su espejo. Una puerta abierta dejaba ver el baño. El Chino, que también estaba en short, descalzo y sin camisa, puso el tablero sobre la cama y se sentaron a jugar. Octavio todavía recordaba que le costaba trabajo hablar, que temblaba y que la belleza de aquel muchacho le hacía bajar la vista. No tenía claro cómo ocurrió todo, solo algo sobre otro juego, donde él era el enfermo y El Chino el médico. Le dijo que se acostara y que no podía mirar. Después oyó palabras sueltas que no tenían sentido en su memoria, y sintió un roce de manos sobre su espalda palpándolo, como si lo reconocieran o lo acariciaran. Luego cómo le bajaba el short, cómo se acomodaba sobre él, cómo le entreabría las piernas y lo penetraba. Tenía mucho miedo, sobre todo de que fuera a llegar la madre y los sorprendiera, pero no quería que parara, solo extender lo más posible lo que estaba ocurriendo, que no tuviera fin. No era la primera vez, pero todo lo anterior, comparado con aquello que estaba sintiendo, era juego de niños. Para colmo, El Chino le metía una mano por abajo y le agarraba los güevos. En un momento, casi al final, estuvieron arrodillados sobre la cama, Octavio mirando en el espejo de la cómoda cómo el adolescente se movía orgulloso detrás de su cuerpo, apretándolo con una mano por la cintura a la altura del ombligo y la otra más abajo, bombeándolo con desesperación. Aquello no se repitió, ni siquiera lo vio más —aunque lo buscó—; luego Octavio se fue a alfabetizar, vino el servicio militar, y nuevos cuerpos: cuerpos con la pinga parada soltando leche y cuerpos desgarrados y sangrantes, cuerpos uniformados inyectándose luz brillante en las venas para escapar del horror o cortándose a machetazos los tendones, ahorcándose o disparándose en la rodilla como Escalona. Y otra vez el cuerpo de Daniel (Camagüey 1968, 32 kilómetros a caballo), muriéndose contra su pecho, cuerpos a oscuras y cuerpos bajo la luz. Y el cuerpo de Tony —a las tres sale el entierro— muerto de un disparo en la Posta Uno y Enrique Martínez acribillado cuando intentaba escapar de Isla de Pinos, y más pingas paradas y sin parar. Mucha sangre, mucha desolación, demasiado espanto. Y ahora El Chino estaba ahí y no lo reconocía, se lo había templado y no sabía quién era.

—Doblo —dijo Octavio.

—Van —dijo Germán.

El dinero se acumulaba en el centro de la mesa. Billetes de a uno, de a cinco y de a diez. Después del descarte, las apuestas siguieron subiendo.

—Pago por ver —dijo Abilio.

Rafael tenía unas míseras dos parejas, *la mano del muerto* (que lo perseguía), para más desgracia. Germán estaba tirando un farol, Octavio enseñó un trío —Abilio y Monguito botaron las cartas cuando lo vieron—, lo de El Chino era una escalera al 10.

—*Full* —dijo Abel, casi sin abrir la boca para acabar con la expectación.

—¿Tú sabes lo que es tener que comerse un trío de Cucas?

—Coño, es raro ver tantas buenas jugadas a la vez —dijo Monguito.

—Bueno para el ganador.

Abel contó una vez que al «Salvaje» Bill Hickock, un pistolero famoso, amigo de otro Bill, el «Búfalo» Bill, lo mataron a traición —un tiro por la espalda—, jugando póquer. Cayó al suelo aguantando sus cartas, dos parejas, de Ases y Ochos, y que desde entonces a esa combinación se le llamó así, *la mano el muerto*. Por su parte Rafael discutía que el verdadero origen del póquer nada tenía que ver con el viejo oeste norteamericano, que su verdadero origen era, desde luego, francés. Que los gringos querían ser los inventores de todo, desde la bombilla (Edison, según él, no era más que un ladrón de inventos) hasta del póquer.

—Sí, Muerto, ya ahora sabemos que unos rusos, cuyos nombres no podemos pronunciar, lo inventaron todo. ¡Hasta las cuchillas de afeitar que se oxidan antes de usarse! —dijo Abel.

—¡Lágrimas de Hombre!

—Caballero, vamos a cambiar el disco —dijo Octavio.

Eran casi la una de la mañana y Thais, toda desgreñada, se asomó al comedor y le abrió los ojos a Octavio, señalando un minúsculo reloj en la muñeca. Las ventanas estaban bien cerradas, pero por entre el fibrocemento y las vigas la luz se escapaba al exterior. No era conveniente. ¿Qué podían hacer varios hombres hasta tan tarde en la casa de un antisocial? Nada bueno, pensaría Teresa Carrillo.

—Con esta cerramos —dijo Octavio.

Rafael, que no había ganado ni una mano (ni con la del muerto), hizo un gesto pero no dijo nada. Se despidieron en silencio y se fueron todos a la vez. Octavio se quedó un rato en el portal, a oscuras, viendo cómo se alejaban y tratando de adivinar cualquier movimiento extraño. No se oían ruidos de carros, no había nadie en ninguna esquina, ni siquiera la guardia de la bodega, y eso que en lo que iba de año la habían asaltado siete veces (a razón de una por mes, coincidiendo con la entrega de la cuota). Entró, pasó el pestillo, recogió la colcha y la guardó en el escaparate. Cuando estaba contando el dinero, Thais se le acercó por la espalda.

—Bichi, esto no va a traer nada bueno. Tanto va el cántaro a la fuente hasta que se rompe.

—No te preocupes, titi, mira: ¡Sumando lo de la casa, casi trescientos pesos!

—Esto no me gusta nada. Apaga la luz y vamos a dormir.

Hacía mucho calor en el cuarto, Thais se abanicaba con un periódico, Octavio empezó a juguetear, le abrió las piernas y la penetró. Entonces empezó a llover, un aguacero imprevisto y monumental que tronaba contra el techo. Thais soportaba el embate sin mucho entusiasmo y Octavio descargaba toda la energía, toda la tensión acumulada durante el juego, con unos movimientos casi desesperados mientras dejaba que el sopor de la lluvia lo aturdiera. HO2916, HO1903, HO1308, HO2108, HO1005, no podía olvidar esas chapas (la primera era la del VW amarillo), donde quiera se las encontraba. Lo mismo caminando por el barrio, que por el Parque Lenin o por El Vedado. Estaba casi seguro que ya sabían lo que estaba haciendo, de sus visitas a casa de Reina, del trueque con los rusos; pero entonces ¿por qué no lo detenían? Mejor pretexto no iban a encontrar. Era la oportunidad perfecta para desaparecerlo. Aunque tal vez no, después de todo no eran más que unos imbéciles; prepotentes, pero imbéciles. Él se cuidaba, miraba bien, cambiaba varias veces de guagua, buscaba los espacios abiertos, memorizaba chapas y rostros sospechosos. Por lo menos estaba seguro de que el día que salió de la casa con los cien dólares en la media, directo para casa de Amado, no lo siguieron. Amado era un tipo duro, también profesor de Matemáticas como Monguito (de hecho, fue él quien le puso el contacto), más gusano que las lombrices, solía decir, pero que todavía guardaba la forma. Tenía mujer e hijos —un varón y una hembra— y sabía que sus posibilidades de salir de aquel infierno eran remotas. Por lo tanto llevaba la máscara, como tantos. Su casa, en Los Pinos, era de las más bonitas de la cuadra, con un columpio en el patio y todo. Octavio, le suministraba champú todas las semanas y también le vendía pegatinas y bolsas de supermercado de las que le mandaba su madre. Era un buen cliente, nunca regateaba, hombre a todo como decía Monguito. Cuando Octavio le preguntó si conocía a alguien que caminara candela brava, Monguito se sonrió y le dijo:

—Tú también lo conoces.

—¿Quién?

—Nuestro socio Amado.

Amado lo llevó hasta el patio.

—El dueño quiere 8, así que si nos vamos con 9, me busco una tierrita.

Amado asintió con la cabeza, se guardó el dinero sin contarlo en su presencia y le dijo que lo esperara. Al rato se apareció con un sobre de carta (aéreo) tan abultado que no se podía cerrar. Octavio se lo metió en la media como pudo.

—Coño, ¿no tendrás una liga o un pedazo de cordel o algo que sirva para amarrármelo bien?

—Tengo una liga gorda.

—Bárbaro.

De ahí se fue para casa de Reina, sin dar muchos rodeos porque si lo cogían cómo iba a explicar de dónde habían salido aquellos 900 pesos que llevaba arriba, así que se apareció en el edificio fuera de programación.

—¿Eh? ¿Qué pasa? Que yo sepa hoy no es martes todavía —dijo Reina cuando abrió la puerta.

—Déjame pasar, voy directo para el baño que me estoy cagando. Me comí una pizza que me cayó como una bomba.

Se encerró en el baño, contó el dinero, separó sus 400 y guardó los 500 de Reina en el sobre aéreo. Comprobó el estado de la liga y haló la cadena. Esperó unos segundos antes de salir.

—Coño, qué maravilla vivir con una cisterna. En mi casa es a nivel de cubo de agua cada vez que vas al baño. No sé puede cagar mucho, porque figúrate, el agua no alcanza para tanto. Hay que bañarse también y guardar para cocinar, para lavar, para beber, para todo.

—Pero bueno, no me vayas a decir que viniste solo a eso.

—No, también a esto.

—Vaya, vaya.

Reina abrió el sobre y contó el dinero dos veces.

—Si no necesitas el sobre, me quedo con él. Tengo que echar una carta para La Yuma.

—Yo no lo quiero para nada. No tengo a nadie que le pueda escribir —hizo una pausa dramática y después continuó cantando—. *Por qué me arrastro a tus pies, por qué me doy tanto a ti, y por qué no pido nunca nada a cambio, para mí...*

—Porque tú sabes que yo te llevo... Cuando tengas más, me avisas. Ahora me voy.

—Tú siempre estás apurado. ¿No quieres una limonada?

—No, hoy no, de veras, estoy apuradísimo. El martes vengo como siempre.

Entonces fue que vio al hombre (un viejo calvo) en la puerta del cuarto y se puso blanco como la pared. Estaba sin camisa y abrochándose los pantalones. Evidentemente se acababa de levantar.

—Bueno, me voy.

—Adiós.

Salió y se quedó unos segundos escuchando junto a la puerta. Reina se dirigía al tipo llamándolo «mi vida» y se refería a Octavio, «como el muchacho que me vende los limones». ¿Se habría llevado el pase? ¿Habría visto algo? ¿Por qué Reina no le avisó que no estaba sola? Casi seguro que por su apurillo y su historia de que se estaba cagando. ¿O a lo mejor porque era de confianza? No parecía un templante, a Reina no le gustaban los viejos. La lluvia estremecía el cuarto y Octavio se había salido y disfrutaba la humedad de su espalda. Thais respiraba todavía agitada y fumaba un cigarro.

—Bicho Raro, qué rico tú singas.

—No seas vulgar, chica, tú sabes que no me gusta.

—Ah, ¿pero en qué quedamos?

Octavio se echó a reír; la lluvia no amainaba ni traía el sueño. Siempre la lluvia como una patada en los cojones, pensó, como un insulto, como una maldición. Siempre la lluvia como una diarrea inundando La Habana, tupiendo los tragantes de todas las alcantarillas, bajando desde la loma de Barrio Azul hasta el río de Primera, desbordándolo, rebasándolo. Todo empapándose a su paso, periódicos viejos, uñas postizas, un hule a cuadros rojos y blancos, un arroz con almejas, carteles caídos, locales clausurados, un colegio en ruinas, un inodoro desfondado, todo rodando hacia la Calzada de Jesús del Monte, hacia otra loma con una Iglesia y una cuartería en un costado (la tienda de disfraces tiene los cristales rotos, el timbre ya no suena). ¡Píntame mi bigote con un corcho que va a empezar la fiesta! Y la mierda anega el hueco de la escalera y el adolescente está aun insólitamente acostado sobre los escalones. Isabel y Tavi se le acercan, se inclinan sobre la portañuela por donde asoma algo rosado, tenso por la cortina blanca, y una zanja húmeda goteando. Isabel ríe pero Tavi pasa su índice por la zanja y se humedece, lo huele, lo prueba, se lo da a oler, se lo da a probar. Luego saca el botón de su ojal y la masa se dispara, la cortina huye hacia atrás, replegándose y la loma rosada se abre, la zanja se dilata. ¡Corre, Isabel, que están al pasar las carrozas! Y Tavi desnudo, de pie sobre la palangana, sintiendo cómo su madre le echa el agua con el jarrito, suave, despacio, para que no salpique, mira el churre que se acolcha sobre la superficie. Agua de violetas. Mima, déjame bañarme en el baño grande (colectivo), él me cuida y ella accede y el adolescente de la escalera lo lleva de la mano (Octavio se revuelca en la cama), y ya en la bañera lo alza para que pueda ver los techos y las azoteas desde la ventana. En el marco, colgando hacia afuera, hay macetas con flores. Después él le insiste para que le enseñe cómo la campana sale de su funda y el adolescente no quiere, que estate quieto, que no, coño, pero él quiere verla y olerla otra vez. Una ruleta en el güiro, quién da, quién da, quién da. Tiene la piel muy blanca y dos lunares debajo del ombligo; después aquel bigote lacio y muy negro, cómico, contrastando. Ambos se ríen porque casi a la altura de su cara la campana se ve roja y él mete la punta de la lengua en la zanja y prueba el líquido transparente y viscoso (miel de aguinaldo) que gotea. *Dale*, dice Octavio entre sueños, retorciéndose en la cama y el adolescente se sumerge en la bañadera y lo ayuda a sentarse sobre la campana. Una a una las ruedas se van abriendo como serpentinas que caen sobre la calzada adoquinada de Jesús del Monte, como remolinos, la raíz hundiéndose en la tierra. Primero todo se ve rojo en el centro de los cuatro puntos cardinales, un cuadrado amarillo, un buey que antes fue toro, resistir, resistir, mantenerse vivo, y un corrientazo le recorre toda la columna vertebral. ¿Qué ves? Vidrios, pedacitos de vidrio. Y la segunda rueda es la dulzura (miel de aguinaldo), truchas y biajacas, río naranja, ámbar, lluvia cayendo, seis pétalos debajo del ombligo, y Thais huele a vainilla, un cosquilleo y entra más, se aboya en el aire y casi consigue alcanzar el foco del poste de la esquina. Fuego, un carnero que nunca termina de morir y todo se ensancha, se abre, se dilata, y Tina se escarrancha sobre la mesa para que él vea el triángulo apuntando hacia abajo, cuidado, niñito, que con el dedo también se rompe, diez dedos. Y ya casi la tiene en el medio del pecho, viejos carretones carboneros, *antílopes, serpientes de pasos breves, de pasos evaporados*, doce pétalos ahora y cilindro azul, supe que no hay cilindro azul. En la garganta, saborea la miel del aguinaldo, hunde las manos en el agua y toca el pecho, casi se sienta (Octavio se revuelca en la cama), se retuerce entre los eucaliptos. En Viriato, Dimas dice que tiene un calambre y se cuelga en su hombro, y así nadan hacia abajo del puente. Entre los ojos, sabe a la menta de la casita de las infusiones (Herme robando) y no le duele, sino que sigue y sale multiplicado por la cabeza en mil chorros de luz. Una tras otra cada rueda se pone en movimiento para despertar a la serpiente.

—Me estoy viniendo, coño.

—Bichi, despierta, ¿qué te pasa?

—¿Qué?

—Tenías pesadillas y estabas gritando y hablando mierdas.

—¿Qué decía?

—No sé qué de una serpiente.

—¿Cómo?

—Mierdas, qué sé yo.

—Voy a orinar, me duele la cabeza.

—Yo no sabía que le tenías miedo a las serpientes.

—Yo no les tengo miedo.

Octavio se tiró de la cama, abrió la puerta que daba al patio y empezó a orinar con dificultad. Tenía la pinga parada y el chorro salía con mucha presión.

—Menos mal que la lluvia refrescó un poco.

Thais lo contempló mientras volvía a la cama.

—Qué bueno estás, Bicho Raro.

—Déjame, que voy a dormir.

—¿Viste la programación de la cinemateca?

—¿Y desde cuándo a ti te interesa la programación de la cinemateca?

—No me interesa para nada, pero sé que a ti sí.

—Bueno, gracias, pero déjame ahora que tengo sueño.

No sabía por qué después de tanto tiempo le llegaban a la cabeza todas aquellas imágenes de Thais, ahora, precisamente, que estaba esperando al inspector de la Compañía de Electricidad. El contador se había vuelto loco y cada vez la cuenta le venía más alta. Era absurdo, él no tenía casi efectos electrodomésticos. Solo un refrigerador marca Frigidaire que le había regalado a su madre (un Día de las Madres para más detalle) su abuela María, la de El Vedado, cuando todavía vivían en la casita del fondo hace millones de años, un radio, y cuatro o cinco bombillos de 60 bujías; más luzfría en su cuarto, que decían que no gastaba nada. Y con esa mierda pagaba más que Rita, por ejemplo, o que Abel que tenía lo mismo que él, más televisor y un agravante: la madre planchaba para la calle. Una preocupación más y la imagen de Thais saliendo de no se sabe dónde con sus cantaletas. Lo mismo alegre que triste o agitando los modelos RD3 (el rojo y el azul) que Teresa Carrillo insistía que tenía que llenar, por lo menos uno de los dos, porque, ciudadano, la compañerita, digo la ciudadana, se está quedando a dormir en su casa. Y Thais hecha una furia y aterrorizada a la vez, que no podía aguantar a esa arpía. Que no tenía sangre para eso. Y después de varias amenazas (amagar y no dar) un día al fin recogió sus cosas y se largó. Agua pasada. Cuando Octavio llegó del trabajo imaginario vio la nota sobre la cama con un beso estampado con creyón de labios y todo. Era mejor seguir como antes, ella no tenía cabeza ahora para una relación, decía. Estaba preocupada por su hijo, etc. Su casa seguía abierta para él, solo tenía que tocar. Esperaba que pronto le arreglaran el tocadiscos para poder poner su *Big 15* cuando la visitara. Te dejé tu comidita tapadita en la cocina, solo tienes que calentarla. Si no te la vas a comer enseguida, tápala bien que esa cocina está infestada de hormigas y cucarachas (también de ratas y guayabitos). BESITOS, BICHO RARO. Así terminaba. FIN. *Adiós para siempre preciosidad*, como diría Philip Marlowe. Definitivamente él no era un hombre para vivir con nadie. Le gustaba el silencio y la tranquilidad. Que no lo jodieran mucho. Agarró la Cartelera que había comprado el día anterior y se puso a hojearla. Era un bodrio deprimente, pésimamente impreso —apenas cuatro páginas de periódico dobladas—, al extremo que las fotos parecían manchones obscenos, pero de gran utilidad por la información más o menos cultural que traía. Y, además, lo único que había en su tipo: cero competencia. Fue directo a donde aparecían los estrenos. *Hay que matar a Birgitt Hass*, film franco-RFA con Phillippe Noiret y Jean Rochefort. No soportaba las películas de acción ni aunque fueran franco-RFA. Octavio prefería quedarse en la cama con Raymond Chandler. Esto es para Rafael la Mano del Muerto, conmigo que no cuenten, susurró. Pasa la página. Ahí estaba, abajito cuando debería estar arriba y bien grande, siguió protestando: *Lo mejor del cine italiano del 60 y 70.* Del 15 al 21, vaya, de paso, como quien no quiere la cosa, se nos está acabando septiembre. Menos mal que compensaban *Mama Roma* (Pasolini, 1962) con la que era una de sus selectos monstruos, Anna Magnani, y *Julieta de los espíritus* (Fellini, 1964); las dos el jueves 15. El miércoles, *Seducida y abandonada* (Germi, 1963) con el cuerpo —tetas, culo, bollo, cara, todo— enloquecedor de Stefania Sandreli y *Acatone* (1962, más Pasolini viejo: ¿alguna vez podría ver la *Trilogía de la vida* y *Saló,* que ahora ni siquiera sabía que existían?). El viernes 16, *Perfume de mujer* (Riso, 1974) con el incomparable Vittorio Gassman y *La Abeja Reina* (Ferari, 1963) con la Vlady —enfermizas pajas— y Ugo Tognazzi. No las podía ver todas, pero era una buena (tentativa) opción. Ya no estaba para aquellos maratones seguidos que se daban él y Hugo, que entraban a la cinemateca a la primera tanda y se iban a la última para dispararse tres películas seguidas de Antonioni o de Bergman. Terminaban comiendo fresas silvestres en la fuente de la virgen (a veces también violados). O dando gritos en el desierto rojo (generalmente por la sed). O aquellas maravillosas semanas de la cultura checa, alemana, húngara (con los larguísimos planos panorámicos, los caballos y los desnudos abanderados de Miklos Jancso), sueca o de cualquier otro lugar, donde hacían kilométricas colas para ver películas que no sabían de qué trataban (a veces habladas en sueco y subtituladas en alemán o japonés), que no entenderían (a veces espantosas, a veces hermosas), solo por la oportunidad de confrontar algo diferente. De salir de la misma rutina. La semana dedicada a la India —por cierto ya se estaba anunciando una jornada de la cultura de ese país para fin de mes, con Raja y Radha Reddy, esos magníficos intérpretes de danza clásica hindú, que también se perdería porque estaba programada de noche, para el Teatro Nacional, y con ese tema y en esa zona, habría sin duda recogida policiaca y Octavio no se podía dar ese lujo (ni correr ese riesgo)—, con su música y su cultura kármica. De aquellos días ya no quedaba nada. Ahora había que andar paso a paso, *poco a poco, pues ya en los nidos de antaño no hay pájaros hogaño.* Los pájaros de hogaño, sobrevivientes del Mariel (lo aclaraba la consigna: LOS HOMBRES MUEREN PERO EL PARTIDO ES INMORTAL), estaban todos censados en el Comité de Zona —con copia en la estación de policía del Capri— y se movían poco y con cautela. Octavio también había sido un loco feliz y ahora era un cuerdo aburrido, paranoico, cínico y amargado. Eso era lo malo. Lo bueno, que se estaba terminando septiembre y desde el miércoles 7 tenía (tímidas) esperanzas. Ese día, por la tarde, estaba como casi siempre sentado en el muro del portal. Saludó con la mano a Arturo cuando pasó con su primo hacia Primera. Los miraba, cuando el ángel de los telegramas le sonó el pito en la oreja. No lo había oído llegar. Entró para leerlo fuera de la vista pública y fue derechito al primer cuarto donde estaba el altar esquinero. Prendió la luz y leyó las dieciocho palabras dieciocho veces seguidas: *Presentarse en la dirección abajo señalada a la hora y fecha indicadas para tratar asunto de su interés.* Estaba clarísimo. El único asunto de su interés era largarse de aquel infierno. Debía «presentarse» el lunes 12 a las siete de la mañana. Faltaban cuatro días sin contar lo que restaba del miércoles 7 y las primeras horas del lunes 12. ¡Cuatro días! 96 horas, 5,760 minutos, 34,560 segundos, ¡Dios mío, toda una eternidad! No era la primera vez que Inmigración lo citaba, por lo menos dos telegramas más le habían llegado antes y para nada. Iba, le daban el C8, le rezaban el Sermón de las Veinte Palabras y lo mandaban para la casa a seguir esperando. Era parte de la Guerra de Nervios, pero ninguno de los anteriores decía aquello de tratar «asunto de su interés». Tendría que consumir los 34,560 —¿habría algo simbólico en aquellos 3,4,5,6 consecutivos seguidos de un 0? Eran cuatro dígitos, los cuatro días de espera, y después un cero—. Era mejor sumarle los segundos comprendidos entre el instante mismo en que recibió el telegrama y las siete de la mañana del lunes 12 para romper el maleficio numérico, si es que había alguno. Porque el 0 era nada, 0 cualquier cosa (el Cero *o* el Infinito). Lo desalentador era que no miró la hora cuando recibió el telegrama; por otro lado, que la citación fuera para las siete, no significaba en lo absoluto que esa fuera la hora en que lo atenderían. Entonces, para el cálculo ¿debería tener en cuenta la hora impresa de la citación o la hora física, real, de la entrevista? Era un problema bien difícil. Tendría que meditar al respecto. Puso el telegrama en el altar, se arrodi-

lló y estuvo rezando un rosario completo de agradecimiento (llevando la cuenta de los avemarías con los
dedos de la mano izquierda y los padrenuestros con los
de la derecha, pues no tenía rosario). Debería seguir su
vida normal, pero como medida preventiva este viernes no habría póquer, tendría que avisarle a Abel, ni el
fin de semana iría por la cinemateca (un lugar nefasto:
saliendo de allí había caído preso por primera vez en
agosto de 1968). A lo sumo se metería en el Moderno,
que tenía un buen aire acondicionado y el mejor y más
seguro baño del pueblo. Necesitaba relajarse y nada
mejor que un poco de ejercicio. Lo más importante era
no decírselo a nadie, absolutamente a nadie. Alberto
había sido bien preciso en ese punto. En boca cerrada
no entran moscas.

Ese lunes, para su asombro, no lo hicieron esperar mucho como otras veces. El oficial que lo atendió revisó
en silencio su expediente y sin decir ni una palabra le
entregó un modelo con una raya (su nombre en tinta
azul), donde se le daba instrucciones a los organismos
y organizaciones pertinentes de darle baja al ciudadano de referencia por *salida definitiva del país*. Después
extrajo el pasaporte, que estaba presillado a una de las
carátulas del expediente, se lo entregó y le hizo un gesto con la mano que podría significar lárgate antes de
que me arrepienta. Salió de allí con la cabeza dando
vueltas, con ganas de gritar, pero tratando de aparentar
normalidad. ¿Aquello que sentía sería eso que llaman
la felicidad? Tranquilo, Tavi, se decía, no te puedes volver loco. Esto es solo el primer paso, después habría que
dar el segundo y luego el tercero, y después todos los
que fueran necesarios hasta poner el pie en el avión.
Que sería de Iberia porque de Cubana no quería saber

nada. Tendría que darse otra vez baja de la OFICODA, ir a la embajada española a ver en qué condiciones estaba su visa obviamente vencida, a la oficina de la línea área española y a la Reforma Urbana para que le hicieran el inventario definitivo y liquidar el último pago del alquiler. También tenía que informar de la autorización de salida a la Compañía de Electricidad y al Comité Militar. Lo de los votantes no, porque nunca se había vuelto a dar el alta. Gran jodienda en perspectiva. Lo peor era lo de la visa y el pasaje (conservaba la transferencia bancaria para esto último) y sería lo que trataría de resolver primero. Pero lo que más miedo le daba era el Comité Militar. Más incluso que la Reforma Urbana. El año pasado lo habían citado para el Comité Militar, tenía que presentarse *sin excusa ni pretexto* en el Quinto Distrito. Eso lo aterrorizó. El mismo gentío asqueroso que le traía a la memoria hasta los olores de su SMO y las (pocas) movilizaciones ya como reservista que no había podido eludir. Dios mío, bramaba, el infierno dentro del infierno, la verdadera, histórica, materialista y archidialéctica negación de la negación. El horror y la locura elevados al cubo, qué al cubo, ¡a la cojonésima potencia! Intentó hablar con algún responsable, porque aquello era de a formar aquí y ya vienen los camiones. Tuvo que armarse de mucho valor (se estaba cagando) para levantar la mano desde la primera fila de la formación e interrumpir al Mayor, sin que le diera permiso para hablar, para advertirle que él, Octavio, estaba en trámites de salida definitiva del país, y quizás no debería oír lo que allí se iba a hablar. El Mayor ordenó que lo sacaran inmediatamente de la formación y lo llevaran para la jefatura. Allí tuvo que llenar el mismo papel que todos los meses le entregaban cuando iba a renovar su tarjeta provisional de reservista (siempre se perdía) y lo retuvieron varias horas antes de dejarlo ir. Cuando salía apuradísimo ya se iban varios camiones cargados con carne fresca para la misión internacionalista de turno o para algún monte a tirar tiros (preparándose para la inminente invasión imperialista), la Operación Ayacucho o cualquier otra donde siempre los muertos los ponían los reservistas. Cogió Porvenir y de lejos vio el matorral donde un albino (hijo de Obatalá, buen augurio) no hacía mucho casi lo traumatiza tratando de ensartarlo a la cañona. *Me preguntaron del movimiento de la cintura, me preocupé pensando que el buey la tiene muy dura.* De algún lugar le llegaban las notas del buey cansao. *Se resolvió moviéndola siempre con sabrosura. Báilalo, hey, ah, compóntela tú como el buey cansao.* Buenos y malos recuerdos, algunos duelen. Como lo que pasó cuando fue con su madre y la propiedad de la casa a la Reforma Urbana, haciendo los mismos trámites que él tenía que hacer ahora. En aquel momento, decían, era un procedimiento de rutina. Una bruja disfrazada de miliciana les dijo que estaban ocupando ilegalmente una vivienda porque la propiedad estaba a nombre de otra persona ya fallecida.

—Era la que me crío, mi madre murió cuando yo era muy niña. Mis hijos crecieron en esa casa y ella murió ahí.

—Yo no estoy diciendo que sus hijos o usted no tengan derecho a habitarla. Pero el caso es que la propiedad está a nombre de la fallecida que no testó a favor suyo, ni hizo oportunamente el cambio de propiedad. En estos momentos, como ustedes están en trámites de salida definitiva del país, la ley prohíbe efectuar ningún cambio de nombre en la propiedad. Las razones son obvias, si no fuera así cualquier persona en la misma situación podría vender ilegalmente la propiedad y usufructuar con ella, en detrimento de los legítimos derechos de la sociedad, el estado y el pueblo trabajador.

Conclusión: había que pagar a su legítimo dueño, la Reforma Urbana, desde la fecha del fallecimiento de la abuela Blanca (avalada por el certificado de defunción) hasta la fecha actual. La bruja miliciana echó a andar una ruidosa calculadora eléctrica, de cuando los tibores eran de palo y con el asa hacia adentro, y llegó a la conclusión de que se debían 5,487 pesos con 67 centavos. Después de liquidada la deuda, que tenía que ser en un solo pago, en efectivo, por su totalidad, y por la persona que presentaba la solicitud de salida del país, que era la jefa en este caso del núcleo familiar, se le daría el visto bueno para continuar los trámites en Inmigración. Por correo les llegaría la chequera para los consiguientes pagos del alquiler mensual.

Salieron de allí atacados. ¿De dónde iban a sacar esa cantidad astronómica de dinero? Su madre llegó a la casa y se echó a llorar a gritos, que esto se acabó, que aquí nací y aquí me voy a morir, que si me iba era por sacarlos a ustedes porque tu padre no quiere ni oír hablar de eso y ya yo no puedo más.

—Yo no conozco a nadie que me pueda prestar tanto dinero —dijo Octavio.

—Hay que llamar a Félix.

—¿A Félix? ¡Tú estás loca! Con los problemas que tienen esas gentes arriba y todo lo que mandaron para los pasajes…

Octavio se rompía la cabeza sin encontrar solución. Al fin, conversaron con Aracely para que les cogiera una llamada. Su madre habló con Félix y después puso a Octavio para que explicara bien la situación. A la semana Félix llamó a Aracely y le dio un nombre y una dirección. Había conseguido a una persona en Miami que hacía cambios. Félix le daba 1,000 dólares a esa persona en Miami y sus familiares en Cuba le darían a Octavio 6,000 pesos. A seis por uno no estaba mal el cambio para el momento. Las tarifas oficiales —aparte de que el giro se demoraba una eternidad—, estaban a 71 centavos por cada dólar. El robo institucionalizado. Había que esperar que el familiar en Miami confirmara la entrega y entonces la persona en Cuba llamaría a Aracely para decir que ya podían ir a «recoger el paquetico». Aracely se solía comunicar a través de una vecina en Barrio Azul, pero, nerviosa, prefirió ir personalmente.

—Ten cuidado, Tavito.

—No hay problemas, tía, eso es rutinario. Todo el mundo manda dinero así, no hay ningún peligro.

El hombre, que para más desgracia vivía en Guanabacoa, lo citó para las ocho, que era cuando estaría en la casa. Era un tugurio en una cuartería que le daba miedo al susto. Octavio llevaba en un cartucho, envuelta en periódicos, un trozo grueso de cabilla, por si las moscas. Pero no tuvo problemas, el hombre, un mulato que pasaba de los sesenta, lo trató con mucha amabilidad, y en la cocina contaron el dinero que ya tenía separado. Lo envolvieron con hojas de estraza (obviamente robadas), lo amarraron con hilo de pita y Octavio lo guardó en el mismo cartucho donde llevaba la cabilla. La parada de la guagua estaba solitaria y oscura, se mantuvo atento, pero no hubo problemas. Llegó a la casa y separó los 5,487 pesos con 67 centavos. Todavía les quedaban 512.33 que era una fortuna, para sobrevivir. Al otro día temprano fueron a la Reforma Urbana, liquidaron la deuda (extorsión), obteniendo así el primer papel de los que tenían que reunir para presentar en Inmigración y obtener la autorización de salida. Cumplimentaron con todo y al final, ya se sabe lo que pasó: Octavio tuvo que quedarse. Ahora comenzaba la segunda vuelta de lo mismo. Estaba muy nervioso, pensó en buscar a Arturo o en hacerse una paja, que es el mejor relajante, cuando sintió que tocaban a la puerta. Un hombre alto y muy corpulento, con sus entradas que lo hacían parecer más viejo de lo que en realidad era (después supo que tenía veintiséis años) y la cara muy manchada por la sombra de la barba. Traía un maletín de piel descascarada lleno de papeles.

—Buenos días, ¿es usted Octavio González Paula?

—El mismo.

—¿Usted solicitó una inspección del consumo de electricidad?

—Sí, por favor, pase.

—Bueno, no tengo mucho tiempo, vamos a empezar desconectando los equipos eléctricos. También hay que aflojar todos los bombillos.

—No es mucho lo que hay que hacer, verá.

Octavio desconectó el refrigerador de la pared, después fue para la cocina, se subió encima de la meseta y aflojó el bombillo; hizo lo mismo en la sala, pero desde arriba del buró. Estirándose un poco desde la otra ventana, pudo aflojar el bombillo del portal. Después fue a su cuarto y sacó todos los tubos de luz fría y desenchufó su Selena destartalado (la única vez que cometió la imbecilidad de llevarlo al consolidado, le quitaron la onda corta y la FM). Hizo lo mismo en los demás cuartos, dejando para lo último el comedor. Corrió la mesa y colocó encima una silla. El inspector lo observaba atentamente. Octavio estaba descalzo y sin camisa, con el pantalón de andar —color mostaza—, cayéndosele, pues no llevaba cinturón.

—Esto es un poco delicado —dijo—, la silla está coja.

—Yo te ayudo —dijo el inspector.

Cuando comenzó a erguirse sobre la silla, buscando el equilibrio, sintió las manazas del inspector sujetándolo por los muslos.

—Despacio, con cuidado —dijo el inspector.

Se estiró todo lo más que pudo y tocó el bombillo. Una de las manos del inspector lo empujaba por las nalgas y la otra, lo ayudaba por delante. El pantalón se le corrió más y ya tenía media pendejera fuera —su ventiúnico calzoncillo estaba secándose en la ventana del patio— y la sangre empezaba a impulsarse. El inspector lo miraba con gran atención. Le dio una última vuelta al foco y sonrió, feliz por la misión cumplida, mientras los pantalones resbalaban hasta sus pies y el animal comenzaba a cabecear, inspirado. El inspector, sin inmutarse, lo ayudó a bajar de la silla. Octavio se sentó sobre la mesa y el inspector, sin preámbulos, se le prendió al animal con un hambre y una urgencia no previstas. Así estuvieron un par de minutos hasta que Octavio lo tocó por la cabeza; el inspector levantó la vista.

—Déjame cerrar.

Octavio recogió el pantalón del suelo, caminó hasta la puerta con aquello bandeando a uno y otro lado, y trancó con pestillo. Después le hizo señas al inspector y salieron al patio. La puerta del cuarto estaba entreabierta. Octavio recogió el calzoncillo, entraron y cerró con seguro. El inspector no esperó más y se abalanzó sobre aquel cuerpo desnudo que se le brindaba. Hacía calor en el cuarto.

—Quítate la ropa, si quieres —dijo Octavio.

Aquel hombre desnudo era aún más impresionante que vestido, doscientas libras, o más, de músculos y pelos, una auténtica bestia peluda. Sin embargo, lo que podría ser el centro de gravedad no destacaba mucho teniendo en cuenta la proporción. Más bien se perdía en la marea de pelos. El gigante volvió al ataque y Octavio aguantó el embate de pie, pues temía que si al orangután se le antojaba ir para la cama y se le echaba arriba, lo aplastaría. De cualquier forma al final no pudo evitarlo, aunque no como esperaba. Los enormes muslos se abrieron mostrando un agujero negro que exigía que lo alimentaran. Octavio pensó que sería pan comido, pero a la hora de la verdad no le entraba y la bestia estaba empeñada en que sí. Primero con abundante saliva y después con el fondo del pomito de la grasa de pelo, logró encajar un buen trozo; pero el animal, enfurecido, no se daba por satisfecho (ni por vencido), cogió a Octavio como si fuera una plumita y lo acostó en la cama. Sin darle tiempo a reaccionar, se colocó entre arrodillado y en cuclillas, y afincándose bien al material se fue sentando mientras bufaba. Estremeciéndose con cada pulgada ganada y sudando como una regadera. Octavio estaba tan aterrorizado que por un momento pensó que la columna en disputa se iba a desmoronar, pero acudió a su arsenal (imágenes estimulantes) para ganar aquella batalla contra el pico eléctrico. Las doscientas y tantas libras (más la gravedad) completaron la faena y Octavio se afincó a los muslos para bombear y darle a entender que si se sentaba del todo quedaría inutilizado, probablemente de por vida. El bombeo (el bastidor gimiendo), más bien tímido, enardeció a la bestia que empezó a fragayar su modesto instrumento, hasta que en éxtasis soltó unos chorros que para más desgracia fueron a caerle en el rostro al pobre Octavio. Cegado, se retorció para que la bestia se virara bocabajo y poder terminar. Unos minutos después, deshidratados, pero todavía acoplados, ambos resoplaban victoriosos. Entonces vino lo más lindo.

—Tengo que confesarte que a mis veintiséis años es la primera vez que hago esto. Y no porque no lo deseara. ¿Quieres conocer la razón?

—Si lo deseas, dilo —intuía que no podría impedirlo.

—Porque quería que fuera un hombre y hasta hoy no lo había encontrado.

Octavio hizo esfuerzos para no reír, fingió una tos que los desacopló, pero el inspector estaba demasiado serio como para que estuviera jugando.

—No entiendo bien lo que quieres decir.

—He estado con muchas personas, pero todas sin ninguna excepción hasta hoy, en algún momento del encuentro se han interesado en mis genitales y casi siempre he terminado haciendo lo que tú hoy. Yo quería entregarle mi virginidad a un hombre de verdad.

Octavio tragó en seco cuando oyó aquello del hombre de verdad (Boris Polevoi) y lo de entregar la virginidad y para disimular empezó a exprimir la leche que le quedaba en el tubo, ya medio zarazo, y a sacudirse los pelos del cuerpo (tenía hasta en la boca).

—Tú no solo has ignorado mis genitales, ni siquiera los has mirado, al extremo que hasta vergüenza me ha dado masturbarme en tu presencia. Me siento muy feliz.

—Fue algo químico, funcionó. La pasamos bien. Ahora lo que me preocupa es la maldita cuenta de la luz.

—Olvídate de eso, desde ahora en adelante pagarás el mínimo.

—Gracias, pero ¿no habrá algún problema?

—En lo absoluto.

—Yo necesito estar claro en todas mis cosas.

—Te digo que no te preocupes, no hay problemas de ningún tipo.

—Gracias, la verdad que…

—Me gustaría que nos volviéramos a ver alguna vez.

—Siempre es posible. Ahora, cuando vengas en este plan no toques por la puerta del frente, vienes y me llamas por esta ventana. Yo, como sabes, no estoy casado pero vivo con una mujer y no quiero problemas.

—Comprendo, comprendo.

Octavio firmó el reporte de la visita y lo acompañó hasta la puerta.

—No me has preguntado ni cómo me llamo.

—Lo vi en el reporte.

—Ah.

—Sé que te llamas Héctor.

—Nos vemos.

—Adiós y gracias de nuevo, Héctor.

Septiembre se estaba acabando y eran todavía tantos los problemas, tantas las complicaciones y las tragedias que tenía que resolver en silencio, que se sentía en el límite de sus fuerzas. Ni Abel sabía nada. A veces sentía necesidad de desahogarse, aunque se contenía (últimamente, siempre que iba a casa de Reina le decía, oye ponme *Desahogo*). Solo con su familia, con Hugo, podía hablar de lo que le interesaba, pero en clave y entrecortado. Sabía que monitoreaban todas las conversaciones y había que hablar con trabalenguas y adivinanzas. Un día Abel le dijo que una de sus peluqueras de El Calvario le puso una buena. Desde casa de una clienta se hacían llamadas al extranjero, lo mismo a España que a Estados Unidos, clandestinas.

—Media hora por diez pesos, está regalado.

—¿Y es seguro?

—Segurísimo, es la hija de una mujer que trabaja en la Compañía de Teléfono haciendo eso mismo. Tú le dices a qué hora la quieres y todo.

—Está buenísimo eso.

—Funciona normal, tú estás allí a la hora y ella te llama como si tú hubieras pedido la llamada la noche anterior. Lo único que en vez de tres minutos hablas treinta. Le pagas a la vieja antes de hablar.

—Quiero poner dos llamadas para el domingo por la noche.

—Yo te aviso.

Domingo tarde, acostado en su cama, Octavio mira las fotos. Tiene ya más de cien, todas muy extrañamente lindas, con colores muy vivos y paisajes insólitos. También sus hermanos, amigos. Observa una foto donde está Hugo en short y sin camisa nada más y nada menos que junto a Mario, señalando hacia unos carros. En otra está su hermano Félix (con barba muy negra) junto a la vidriera de una librería (con una lupa trata de leer los títulos en los estantes). De España tiene pocas; menos llamativas, más tristes. Piensa, a como dé lugar, llevarse todas las fotos. También las cartas ordenadas por fechas y por lotes. Hugo escribía mucho y acumulaba las cartas, después las echaba todas juntas que le llegaban a Octavio con el mismo matasellos (lote). La primera que recibió estaba escrita en un papel de la Cruz Roja y se la había hecho el mismo día de la llegada a un Fuerte Militar donde lo procesaron y permaneció cerca de un mes. Los sobres, las hojas donde escribía tenían un olor especial que él disfrutaba. Un olor que no podía definir bien pero que relacionaba con lo limpio, lo nuevo, lo brillante, lo extranjero. Es el olor de la vida, le decía Abel. Estaba eufórico, como cuando salió de casa de Alberto, como cuando recibió el telegrama la víspera de La Caridad (más claro ni el agua). Era la primera vez que hablaba con Hugo tanto tiempo. Estaba asombrado, pero no hizo preguntas raras y le siguió la rima. Octavio trataba de concordar el timbre de la voz que todavía reverberaba en sus oídos con el rostro que aparecía en las fotos. No podía, la voz era la de siempre, con algunos *okays* desacostumbrados y varias palabras en inglés para designar objetos que no habían tenido un equivalente en español, no porque no existieran (*vacuumcleaner* por aspiradora) sino por remotos, inalcanzables, extraterrestres, fuera del entorno tangible de precolas, colas y supercolas (¿Quién es el último? *Yo.* ¿Y detrás de quién usted va?). La cara, el cuerpo le habían cambiado, había anchado más, quizás hasta crecido, se veía más salvaje, con el pelo haciéndole como un casco con remolinos y caracoles. Sus hermanos parecían entusiasmados con los acontecimientos y tenían mucha confianza en que todo iba a salir bien. Dijo que cuando pudieran llamaran a España y explicaran que todo marchaba bien. Que si Dios y la Virgen querían, antes de fin de año él estaría fuera. Todos del lado de allá…

3

ARTURO Y CARLOS MIGUEL,
OCTUBRE DE 1983

…pero ahora estaba repasando la conversación con
Carlos Miguel mientras caminaban por la Avenida del
Puerto rumbo a la Iglesia de las Mercedes, y otra vez la
voracidad del tiempo lo zarandeaba, lo dejaba sin de-
fensas. Octavio no quería pensar en Hugo (ni en los
treinta minutos pateándole los recuerdos), necesitaba
siempre estar alerta y cuando Hugo se le metía en la
cabeza, se olvidaba de todo, de los rostros que los cruzaban y hasta de las chapas de los VW que aparecían
fugaces en las bocacalles. Hacía mucho tiempo que había desistido de adivinar los modelos, los años (algo en
lo que Arturo, por ejemplo, era un experto); no estaba
capacitado para esos menesteres. Para él, por mucho
que se esforzara, todos los carros resultaban iguales,
y le era imposible diferenciar una marca de otra. Por
eso, aunque su memoria tampoco era una cosa como
para dar alaridos, insistía en fijar el color y las chapas,

sobre todo las que comenzaban con HO, que eran las que utilizaban los vehículos oficiales (y las monjas). Era una suerte que las monjas sintieran predilección por los VW, porque el ruido estentóreo y agónico que producían esos artefactos avisaba desde lejos de su presencia (las delataba). Además su forma sí era muy fácil de identificar. Octavio necesitaba siempre estar muy atento, pero más ahora. Lo mismo cuando caminaba por la calle buscando lugares abiertos, que estando en su casa. Si oía un ruido corría a la ventana y atisbaba por las persianas. Era igual lo que estuviera haciendo. Ni templar (bueno, sobre todo templar) se podía hacer en paz. La noche anterior había estado conversando con Carlos Miguel casi hasta el amanecer. Ese muchacho esquivo, retraído, lo fascinaba. No hacía tanto que se conocían, pero le gustaba pensar que la primera vez que conversaron a solas y hasta tarde, había sido en otra vida. Tenía una mirada en la que cualquiera podía hundirse sin tomar demasiadas precauciones y eso era extremadamente peligroso. Octavio esta vez había hablado mucho, tal vez demasiado (aunque nada sobre el telegrama y los trámites finales; que él se iba lo sabía todo el mundo). Aquellos ojos siempre lo confundían. O tal vez no fueran solo los ojos, quizás la carta que recibió por la mañana —del lote del día 3— tuvo algo que ver, influyó de alguna manera. Y también la tarde, mariconería aparte, que se fue acabando con demasiadas nubes y una lentitud más allá de lo humanamente soportable. No deberían durar tanto los atardeceres —solía quejarse—, sobre todo en este país infernal, cuando uno está solo en una habitación y esperando. ¿Qué tiempo llevaba en esa tarea? ¿Dos años? ¿Tres? En años no sabía, él se obstinaba en llevar la cuenta en días, sabía cuántos días, cuántos miles de días, contados y anotados uno a uno, habían pasado desde que Hugo se montó en un camaronero.

Estamos en mi barrio (Campeche), le oyó decir, pero no contestó nada, siguió moviendo sus 160 libras en diagonal sobre la acera, jugando sin proponérselo a la cuerda floja con el contén, cayendo a veces al asfalto reblandecido por el sol de las dos de la tarde. Carlos Miguel también era flaco, tal vez más que Octavio, y más alto, sin llegar a la desmesura del difunto Hugo. Tenía una pelambre espesa y muy negra en la cabeza que le gustaba alborotar y ahora estaba dejándose la barba.

En una de las ya rutinarias caídas se sujetó a su hombro y sus miradas tropezaron. Hay suficiente bondad en sus ojos, pensó Octavio. ¿Bondad? Ya se le había casi olvidado esa palabrita subversiva. Bondad, sí, a lo mejor, muy bien podría tratarse de bondad. Sería interesante especular sobre el tema. Ninguna mirada se humedecería de esa manera si no hubiera bondad. ¿O era nobleza? También podría ser nobleza lo que había en sus ojos, no estaba seguro. O quizás las dos cosas o ninguna de las dos porque a estas alturas ya ni sabía bien si esas palabras significaban algo. Sus labios abultaban demasiado bajo el bigote y no se brindaban con facilidad a la sonrisa. Eso nunca le había gustado ni un poquito. Su madre decía que la gente que no ríe no es de fiar. ¿Por qué cojones se le habría ocurrido al imbécil de Arturo traerlo a su cuarto sin avisar? ¿Estaría enmariguanado o empastillado? Arturo era inofensivo, un pedazo de pan. Lo conocía bien, no era más que un niño alocado, con unas manos tan desmesuradas que al moverlas, todo lo derribaba a su alrededor, unas manos feas, groseras, que en modo alguno parecían corresponder a las de un adolescente.

Y lo peor era que no cesaba de agitarlas nunca. No podía hacer o decir nada sin azorar aquel par de belicosos animales que ya de por sí parecían espantados. Había que estar vigilándolo desde que aparecía. Todo se tambaleaba y caía a su paso; pero todo también se enchumbaba de vitalidad, de energía, de instintos primarios, de juventud, y esa era la parte buena. Como si fuera poco, aquel acorazado rubio sí sabía reírse (no le faltaba ningún diente ni tenía caries visibles ni padecía de halitosis) y lo hacía bonito, a cada instante y por cualquier motivo. De cómo eran amigos, además de primos, aquellos dos seres tan distintos, era algo más que un misterio para Octavio. Arturo no le preocupaba, pero Carlos Miguel seguía siendo un caso. Por él mismo se había enterado de que su padrastro era del MININT, que trabajaba en la aduana del aeropuerto y que era un gran cuatrero. En mi casa no falta nada —no se cansaba de recalcar— gracias a él. Pero en las circunstancias actuales, siempre existía la posibilidad de que las monjas se enteraran de su relación con Carlos Miguel, y en ese caso, era muy probable que utilizaran al padrastro para sacar información (Octavio no tenía ni la menor idea de cuál sería la información que podrían requerir las monjas). Tal vez la maquinaria ya estuviera funcionando —concilio ecuménico en pleno— y la aparición ese día en particular, cuando todo estaba ya a punto de definirse, de los dos muchachos en su cuarto no hubiese sido casual. Recordaba que aquella vez, haría un par de meses o poco más, Arturo entró primero, como siempre hacía, abriendo la puerta de par en par, y Octavio que estaba leyendo a Hinostroza, sin percatarse hasta tarde de la presencia del otro, soltó aquello de *Oh César, oh demiurgo, tú que vives inmerso en el poder, deja que yo viva inmerso en la palabra.*

Se quedó frío cuando vio a Carlos Miguel, por primera vez en su cuarto, serio, la mirada baja, y para colmo disfrazado de extranjero.

—Mira Octavio, este es mi primo Carlos Miguel —dijo Arturo retorciendo las aspas—. Vacila qué clase de coba, qué porte, qué presencia. ¡Qué clase de muñecón! La camisa roja y negra —tres botones displicentemente abiertos—, semejaba un test de Rorschach y los pitusas, auténticos y estrechísimos, le hacían parecer en zancos.

—Carlos Miguel —dijo Carlos Miguel extendiendo la mano.

Arturo se sentó en la cama y prendió el radio. Con la misma se levantó, dijo que se iba para casa de Laura y que pasaría más tarde. Carlos arqueó las cejas y Octavio le hizo señas para que se sentara en una de las dos sillas de extensión que le había regalado su difunta hermana, en un intercambio de fin de año, cuando los tiempos eran más benévolos, hacía no sabía cuántos siglos o milenios (antes de nuestra era por lo seguro), y que sobrevivían al desbarajuste general.

—Muy lindo eso que leías —le dijo—, ¿podrías leerlo otra vez?

Muchas veces, sentado en el muro de su casa, mientras vigilaba los carros anotando chapas en su memoria, Octavio los había visto bajar juntos hacia Primera. Carlos Miguel siempre iba serio y no desviaba la vista hacia él cuando cruzaban su esquina, pero Arturo le hacía muecas por detrás, señalando para su primo. Luego, cuando se encontraban, Arturo lo «amenazaba» con traérselo, pero nunca lo había hecho hasta entonces. Por eso Octavio no salía de su asombro. Sabía que de la misma manera que él estaba al corriente de muchas cosas, íntimas o no, de Carlos Miguel este estaría al tanto de las suyas, porque Arturo no tenía ni la menor idea de lo que significaba privacidad o discreción. Y eso no dejaba de intrigarlo y de preocuparlo. ¿Hasta dónde llegaba la estupidez mutua de los dos muchachos? No lo sabía. Arturo le decía a menudo que su primo estaba casi tan loco como él. Siempre leyendo, que era asqueroso en eso, y con libros (alerta máxima) a retortero.

Cuando vinieron a ver ya eran más de las doce de la noche. Habían leído y conversado como dos trastornados. Octavio le repasó todo su repertorio a base de Rilke y Thomas, pasando por Vallejo, Barba Jacob, Quevedo, Casal, Huidobro y Neruda. Carlos Miguel se sabía de memoria las *Coplas a la muerte de mi padre* de Manrique y Octavio no podía salir de su asombro.

—Tengo 19 años, y aunque lo parezca, no soy imbécil.

Cuando se fue sin que Arturo hubiese aparecido por ningún lado, llevaba un cartapacio de libros bajo el brazo y la promesa de verse al día siguiente.

—Me gustaría que leyeras algo.

Octavio no quiso preguntar, aunque no era difícil imaginar de qué se trataba, para disfrutar de un poco de inocente incertidumbre y de sano escozor. Solo asintió, ya en la puerta, con la cabeza. Luego se desnudó y se echó sobre la cama. Se notaba que también octubre se estaba yendo a bolina, diciembre estaba al doblar de la esquina, y ya no se sentía tanto calor. Incluso algunas noches hacía su fresquito. Por las persianas de la ventana que daba al patio, de noche en noche, se colaba un friecito bobo. Y eso que faltaban los meses buenos. A Octavio no le gustaba el frío, amaba el verano, la luz cegadora del verano, sus colores dolorosos, intensos, pero diciembre tenía algo especial para él. De niño, lo asociaba con la alegría de la Navidad y el arbolito, con la

Nochebuena, el 31 y el fin de año, aunque el año se acababa en realidad con los Reyes. Lo que seguía era feo y aburrido, la horrorosa escuela, el tiempo sin recompensa. A esperar el verano que traería el calor, el olor a mar y los monumentales aguaceros. Además, diciembre era triste, irremediablemente triste. Diciembre estaba ligado a la familia, a su difunta madre. Diciembre era su madre. Su madre que no estaba. Nadie estaba, todos los que se habían ido eran fieles difuntos, esporádicas apariciones a todo color en papel manufacturado por Kodak, mientras él reventaba completamente solo en una isla de la que le habían enseñado a odiar hasta el aire. La odiaba íntegra, desde la punta de Maisí hasta el cabo de San Antonio, incluyendo la Isla de la Juventud, los Jardines de la Reina y el Archipiélago de los Canarreos. Le gustaba (era vicioso en eso) reconstruir el desmembramiento familiar hasta el aburrimiento, hasta la explosión final. Primero huyó Félix con la mujer (tras su particular *temporada en el infierno* en la embajada de Perú), luego Liriano (por el Cuatro Ruedas, enarbolando su Carta de Libertad ganada gracias a la Ley de la Vagancia). Les siguieron Actina con los suyos (por Carvajal y Buenos Aires, escoria). Un año y nueve meses después partieron sus padres con Miguelito (reclamación fraudulenta vía Madrid), y Octavio se quedó solo en una casa inmensa que se caía a pedazos. Y como si fuera poco, una tarde demasiado complicada de mayo, después de una insólita granizada, Hugo también se había marchado (apuntándose en la estación de policía como antisocial). Estaba solo, acosado, tenía miedo y seguía confuso. Se movía por inercia, siguiendo los pasos reglamentarios rigurosamente, pero sin mucho entusiasmo. Movía una pieza, luego otra, atacando siempre, pero sin la más mínima confianza en la victoria. Era su estilo. El tiempo se le revolvía en el estómago como una mala comida y las imágenes se superponían a un ritmo coral, imbécil y absurdo. Otra vez oía —y lo que era peor: veía— las voces de sus padres en el interior de la casa, Miguelito llorando por su tete, y él afuera, recostado al muro como tragando a buches el paisaje, la tarde, el aire, los colores, todo lo que pensaba dejar atrás, y el carro que llega y aun antes de detenerse frente al portal, ya las puertas abriéndose y aquellos hombres disfrazados de civiles saltando en zafarrancho de combate.

—Visa y pasaporte.

—¿Perdón?

La gente empieza a asomarse a las ventanas. Teresa Carrillo la primera. Unos niños en medio de la calle. Y Octavio tras la puerta de madera mirando el carnet que le ponen delante de los ojos, que hace innecesaria cualquier pregunta (monjas legítimas).

—Yo le puedo dar mi pasaporte, pero la visa no porque es colectiva, no mía sola.

—Tu pasaporte, rápido.

Entra y tropieza con la mirada de su madre. Las monjas quedan afuera. Tanto que habían luchado, él y sus difuntos, por obtener aquella mierda que miraban como una garantía, como el principio de algo. Meses de angustia se iban en aquel carro que se alejaba con la misma velocidad y el mismo alarde con que había llegado. Y después convencer a sus padres que lloraban sin comprender nada, para que escaparan, para que huyeran de aquel infierno ahora que todavía podían. Un fin de semana de espanto, hasta que consiguió convencerlos, con ayuda de algunos vecinos, de que era lo mejor para todos. Que a él solo le sería más fácil escapar. Y después, siglos después, de regreso del aeropuerto entrar en aquella casa inmensamente vacía, donde todavía el olor llenaba las losas y sobre la cama la bata de casa de su madre, un trapo de Miguelito, el jarro de su padre. Luego acudir a la cita en Inmigración a las 6 de la mañana y esperar allí, viendo como la gente entraba y salía de la casona, como se iban las horas, sin atreverse a hablar con nadie, ni a preguntar qué significaba aquella frase escrita en su citación: *Entrevista con Ariel.*

Y el oficial, ya atardeciendo que lo recibe sin mirarlo a la cara. Que se demora pasando las páginas del abultado expediente (cree ver su pasaporte). Al fin le extiende dos papeles, uno autorizando a los distintos organismos a darle el ALTA correspondiente. En la OFICODA, en el Comité Militar, entre otras dependencias del infierno. El otro, un modelo denegándole la salida. El clásico C8. Después el perro habló. El Sermón de las Veinte Palabras:

—La Dirección de Inmigración y Extranjería tiene la potestad de autorizar o denegar una salida sin dar explicaciones. Puede retirarse.

Cerró los ojos y entreabrió las piernas para sentir como el frío le recogía los güevos y le erizaba los pelos. ¿Por qué se ensañaban con él? ¿Cuál era su culpa? Hasta el 80 fue una persona del montón, con una vida normal. Trabajar (donante de sangre, pagaba sus cuotas sindicales), comer, templar, una guardia en el centro de trabajo, algún que otro domingo de trabajo voluntario. A veces, como ahora, se ponía a repasar su vida buscando una explicación lógica, pero no encontraba ninguna. No era un delincuente oficial, nunca había matado, ni robado (solo lo elemental para sobrevivir, como todo el mundo, un bombillo, un poco de papel),

no había sido condenado ni cumplido ninguna sentencia. Sí, era cierto que la policía lo tenía fichado desde el
68, cuando lo cogieron saliendo de la cinemateca, pero
fue por gusto, él no sabía nada que los hippies estaban
preparando una manifestación frente a la embajada de
Checoslovaquia para protestar por la invasión bola (así
y todo lo tuvieron desaparecido una semana). Pero Octavio, cuando aquello, apenas era un adolescente, un
comemierda que trataba de vestirse a la moda haciendo
maravillas (y el ridículo) con la miseria circundante. Él
pensaba que a lo mejor lo tenían censado como maricón, no porque nunca hubiera tenido ningún problema
con la policía ni con nadie, sino por algún informe de
Teresa Carrillo, alegando que no se le conocía mujer
(cosa que también era falsa), que siempre andaba con
un tipo (Hugo) para arriba y para abajo. Cosas así. No
había cometido ningún delito. Entonces, ¿por qué las
monjas habían venido a retirarle su pasaporte cuando
ya estaba listo para salir de aquel infierno? Ni a Kafka
podía habérsele ocurrido algo semejante. Josef K era
un niño de teta con complejo de intelectual casto comparado con él. Querían joderlo y no sabía el porqué.
En resumidas cuentas ladrones, asesinos, locos, lepro-
sos, maricones, putas, tortilleras y demás antisociales
habían tenido prioridad cuando el Mariel (por encima
incluso de los que se habían asilado en la embajada de
Perú). Entonces, ¿por qué la tenían cogida con él? ¿Por
qué le quitaban el pasaporte y ahora se lo daban? Era
para volverse loco de verdad. Mejor que no coja lucha,
decía, y enseguida comenzaba a realizar ejercicios respiratorios. ¡A destupir *sushuma*, ida y pingala (sobre
todo pingala) para que el prana circule y se limpien todos los nadis! ¡A llenarse de energía que la necesitaba

con urgencia! El cuarto estaba impregnado del olor de Carlos Miguel. Era un olor extraño que tenía algo artificial, tal vez unas gotas de esa cosa exótica que llamaban perfume (Thais en la memoria). Pero no solo Thais, también la antigua C adoraba el perfume. Mi querido amorcito… ¿Qué sería de su vida? ¿Se habría casado? A lo mejor hasta sus hijos se habían casado ya. Había pasado tanto tiempo. Olores, perfumes. El olor de Carlos Miguel. No le desagradaba pero no era enteramente su olor. Había algo adulterado y se notaba. Poco a poco se fue quedando dormido. No quería pensar. Lo peor que le podía pasar era ponerse a pensar. De pensar nada, que daña la salud.

A las dos de la mañana lo despertaron los toques de Arturo en la puerta. Apestaba a ron y mariguana.

—Estás borracho —le dijo y lo repitió varias veces mientras lo veía desvestirse.

—No.

—Y huelo que además estás fumado.

—No.

Arturo se reía como un bobo, viraba los ojos en blanco y se retorcía presa de escalofríos. Enseguida se metió bajo la sábana. Octavio lo sintió frío y a la vez sudoroso.

—¿Hasta ahora estuviste en casa de Laura?

Arturo tiritaba y se frotaba contra su cuerpo. Las manazas aferradas a su cara echándole el vaho pestilente y la risa en la boca.

—Échate para allá que apestas.

Arturo le chupaba los labios y se reía. El muchacho se subió sobre su cuerpo y sin dejar de besarlo a su modo, lanzó hacia atrás una de sus aspas, se arqueó, agarró la pinga de Octavio y se la fue metiendo sin mucho esfuerzo. Aquella acción lo transfiguraba. Erguido, repartiendo brazadas hacia los cuatro puntos cardinales, enloquecido, en extraño éxtasis, trotaba y trotaba hasta sentir que la leche lo encendía por dentro. Entonces, atontado, febril, se desacoplaba, saltaba sobre el piso de cemento y daba varios pasos hacia la puerta. Su intención (su buena intención de siempre), era tratar de llegar al baño, pero también siempre desistía, se agachaba donde lo cogiera el impulso, y cagaba y meaba mirando hacia la cama como niño cogido en falta.

—Tírale unos periódicos por arriba. Mañana lo limpiamos.

—Voy a tomar agua, ¿quieres?

—Bueno.

La puerta abierta dejó entrar un chorro de aire fresco. Al rato regresó Arturo con el agua.

—¿No te vas a venir?

Le acarició la pinga, húmeda y flácida contra los muslos, y comenzó a hacerle la paja.

—Hoy me he venido siete veces. La paja de la mañana que es sagrada, la de antes de almuerzo, la del baño, dos con el maricón de al lado que me da los diez cañas y que hoy estaba con un socio, la que me hizo Laura y ahora contigo.

—Bueno, todavía no te has venido.

—Déjame a mí.

Con un poco de trabajo pero con el mismo aspaviento de siempre, terminó de sacarse la leche; muy campante se limpió con la toalla que colgaba del clavo, y volvió a acostarse. Estaba empapado en sudor. Octavio recordaba la primera vez que lo había visto en casa de María Caturra, una mujer del barrio que se dedicaba, entre otras cosas, al contrabando de café molido (él había ido a abastecerse) con toda la parafernalia de rigor, incluidos sobres de celofán auténticos (robados de la fábrica) y que ella sellaba con una plancha especial. La mezcla la constituía un 50 % de borra del engendro que vendían por la cuota, recogida y secada al sol en el techo de cinc y 50% de café caturra en grano, molido y tostado. Le quedaba bastante bien (ella juraba que su producto era 100% puro). Arturo, que estaba allí por lo mismo, mandado por su abuela, todo el tiempo estuvo de pie junto a la puerta, con la camisa abierta, atento a la breve conversación, pero sin pronunciar palabra. Cuando Octavio se despidió, el muchacho salió enseguida y lo alcanzó. Le fue hablando por todo el camino, diciéndole que lo veía todos los días cuando iba para casa de su novia. Octavio, desconfiado, atento a los carros, respondía con evasivas. Arturo era un muchacho rubio muy lampiño (ni esbozo de bigote tenía), de modales muy toscos, que le daban un cierto salvajismo provocador. Tenía 17 años aunque parecía mayor (o menor, según lo que se valorase) y vivía con su abuela, una vieja de armas tomar, Responsable de Vigilancia del Comité de su cuadra y experta en bolsa negra. Su madre se había divorciado de su padre cuando él tenía cuatro años y al poco tiempo se casó con un preso político y enfiló rumbo norte. Jamás volvió a saber de ella. El padre se había vuelto a casar, manejaba un Chevi en otra provincia y no lo veía nunca.

—Te llamas Arturo como Rimbaud, bueno él era Arthur pero para el caso es lo mismo. Tenía tu misma edad cuando escribió unos poemas locos.

Octavio colgaba en su cuarto un dibujo que había hecho su difunto hermano Liriano de Rimbaud, inspirado en el famoso retrato de Carjat (el del lazo torcido, de diciembre de 1871), y se lo enseñó a Arturo para que notara el parecido físico. A partir de ese día el muchacho empezó a visitarlo casi siempre por las mañanas —en chancletas y descamisado—, y a veces por las tardes, camino de casa de la novia, *de aro, balde y paleta*. En una de esas visitas por la mañana se apareció con una *Playboy* metida en un cartucho.

—Mira esto, me la prestaron y tengo que devolverla hoy mismo.

Se tiró sobre la cama a ver la revista, pero enseguida se levantó.

—Que va, me voy, esto me sopla. Tengo que irme.

—Pero, ¿adónde vas?

—A la casa, directo al baño —hizo un gesto muy significativo con la mano.

—No tienes que irte, puedes quedarte. Si te da pena, yo me voy, o puedes ir al baño aquí.

Dudó unos segundos sin levantar la cabeza, después se echó sobre la cama, se desabotonó el pantalón y metió la mano. Octavio fumaba aparentando tranquilidad en una de las sillas de extensión. Por dentro todo le temblaba.

—Qué va, estoy muy incómodo, no puedo así.

—No seas estúpido, bájate los pantalones.

—¿De verdad que no te importa?

—No.

Arturo se tiró de la cama y se sacó los pantalones. En vez de calzoncillos usaba una trusa negra muy apretada. Después se bajó la trusa y se volvió a echar sobre la cama. Empezó a sobarse sin mirar a Octavio. La pinga se le desparramaba de la mano. Era un animal enorme con una cabecita triangular, ridícula y desproporcionada. Hacía gestos exagerados con los ojos y pasada la breve turbación inicial, era evidente que disfrutaba que lo mirasen.

—Ven para acá —dijo Arturo.

Octavio se sentó en el borde de la cama.

—Mira qué clase de papaya.

—Bueno, a mí se me está parando también.

—Sácatela, sácatela.

Arturo le apartó las manos, le abrió la portañuela con desesperación, contempló la pinga que se enderezaba ante sus ojos y empezó a mamarla. Ese fue el principio, mientras Octavio se lo templaba con furia, Arturo lo recriminaba, que por qué no se lo había dicho antes, que si no se daba cuenta de que estaba enamorado de él «como una perra», y lloraba y gemía. A partir de la *Playboy* hacían el amor todos los días dos y tres veces, en todas las posiciones y lugares posibles dentro de la casa. Cuando cogió confianza, empezó a demostrar sus habilidades. Llegaba apertrechado de las cosas más insólitas, plátanos burro, pepinos para hacer estropajos, una yuca bien pelada, una gigantesca mazorca seca, botellas de cerveza, de refresco y hasta un litro de leche de los de boca ancha. Se quitaba los pantalones frente al espejo de la coqueta, se abría como una rana y empezaba a introducirse el artefacto de turno poniendo una cara y haciendo unas muecas que provocaban más risa que excitación. Algunas veces le untaba manteca, pero la normal era que solo lo humedeciera con saliva. Su gran problema era que rara vez la pinga se le llegaba a parar del todo, cosa que no lo preocupaba demasiado. Su pasión, su delirio era que se la mamaran y después le dieran por el culo hasta que se cagaba. El culo era una cosa que no se le podía acariciar, ni tocar demasiado, porque entonces había que templárselo. No había opción: padecía de hipersensibilidad anal. A veces venía emperifollado, todo almidón, peinadito y planchadito, a mirarse en el espejo del escaparate antes de ir para casa de la novia. Octavio lo elogiaba, se le paraba por detrás y le tocaba las nalgas.

—No empieces.

Ignoraba la advertencia y lo seguía tocando.

—Coño, ya sí te jodiste —decía encabronado mientras se bajaba los pantalones—, ahora me tienes que singar.

Octavio lo poseía suavemente, como a él le gustaba, y después lo dejaba ir. No debes encariñarte tanto conmigo, le decía siempre, yo algún día me iré de esta mierda. Ese es mi único objetivo y tú lo sabes. Yo no quiero que sufras, tú sabes que te tengo mucho cariño, pero un día no voy a estar más, no olvides eso. Tú debes hacer tu vida por tu lado, con Laura, o con quien sea. Arturo lo miraba embelesado y decía que no le importaba el futuro, que él vivía el presente. Con la muchacha, un año menor que él, llevaba un compromiso más o menos serio desde la infancia. Según Arturo, él «la respetaba», ella seguía siendo virgen.

—Bueno, ¿y entonces qué hacen todas las semanas cuando se meten en la posada? ¿Jugar a los ceritos?

—Nada, nos desnudamos, nos acariciamos y eso.

—Habría que averiguar qué se entiende por «eso».

—Nada.

—Mira, eso no te lo creo yo, con lo arrebatado que eres.

—Para que veas, es la verdad. A veces ella quiere, otras no. A veces creo que tiene miedo de que si se me da, después la deje. O que la preñe, no sé.

—A lo mejor lo que le tiene miedo a tu animalito, con lo chiquita y lo poquita cosa que es, no me extrañaría nada.

A Octavio le gustaba, todas las mañanas, pasar por casa de Arturo. La abuela Rita siempre le hacía café y se ponía a conversar con él. Ella era ahora (después del fracasado intento de convivir con Thais) la que le manejaba su libreta de abastecimiento y se ocupaba de todo, de coger lo que viniera al puesto de viandas, a la bodega o la carnicería. Le abría la puerta en bata de casa, sonriendo y seguían por el largo pasillo hasta la cocina. Los cuartos quedaban a un lado, en el segundo dormía Arturo y allí se detenía, unos segundos, a disfrutar el espectáculo. Arturo durmiendo encuero en la pelota, babeando con la boca abierta y con la pinga parada que se le partía. Era una relación muy extraña, la abuela nunca le decía nada, y para ella era lo más natural del mundo que, con visita o sin ella, aquella divinidad saliera del cuarto como Dios la trajo al mundo a mear al baño o se llegara hasta la cocina a tomar café todavía con los ojos llenos de legañas. A veces era ella misma la que lo llevaba al cuarto (que era también su almacén) donde dormía el nieto para que viera el último rollo de tela que le había entrado o los pitusas o los popis que estaba vendiendo. Por otro lado, como Rita también le compraba (y revendía) las cosas que le mandaba su madre (pegatinas, calcomanías, bolsas vacías de supermercado), Octavio siempre tenía una excusa para aparecerse en su casa a cualquier hora. Las bolsas se vendían como pan caliente. Se las arrebataban de la mano (Amado era cliente fijo y particular de Octavio). Algunas mujeres las usaban para hacer las compras, ya que no había ni donde recoger los mandados, y otras hasta las consideraban elegantes y las cogían para salir. Rita le vendía las pegatinas (había lista de espera), él le pedía 10 pesos y lo que ella se buscara por arriba era su ganancia. Un buen negocio, más tranquilo y con menos riesgos que el champú para perros que Octavio y Abel canjeaban en el barrio de los bolos por diferentes licores —gracias, no está de más repetirlo para la posteridad, a ese genio del alambique y hermano de prenda, el gran Miranda— y que les vendían a las peluqueras clandestinas.

—Tengo masa de croquetas, a 15 la libra, riégalo.

En una de esas mañanas, la abuela lo recibió con el moño virado y haciendo muecas.

—¿Pasa algo?

—Este muchacho me va a matar. Ahorita vino la novia y se la llevó para el patio, está con el uniforme pero yo sé que no fue a la escuela. ¡Turito ni el calzoncillo se puso! ¿Tú sabes qué responsabilidad la mía? La madre la cree en la escuela y yo permitiendo que se meta en mi casa con el novio. Mira, capaz que la desgracie… Yo me voy a enfermar de los nervios, por culpa de este par de degenerados… Mira, tú eres mi salvación, ve al patio a ver qué están haciendo porque a mí se me cae la cara de vergüenza. ¡A mí me va a dar algo! ¡Qué me da!

Y ahí mismo le dio (la perreta) y empezó a propinarle patadas y piñazos a la puerta.

—Cálmese, señora. Yo voy a ver, no se preocupe.

Llamó dos veces antes de asomarse al patio. Oyó un bufido y después la voz de Arturo. Laura estaba escarranchada sobre él y escondía el rostro en el pecho. Arturo sonreía con una risa idiota y lo miraba con los ojos vidriosos. Sacó la lengua y le hizo una seña que podría significar muchas cosas.

—Tu abuela te necesita.

—Dile que ya voy.

En ese instante Laura lo miró e intentó sonreír con naturalidad. Tenía todos los músculos del rostro contraídos como si estuviera pariendo. La saludó, pasándole la mano por el pelo y se volvió hacia la abuela que estaba en el medio del pasillo con las manos en la cintura, pero antes de llegar, Laura, le cruzó por el lado sin levantar la cabeza, le dijo algo a la abuela que no alcanzó a oír y salió dejando la puerta de la calle entreabierta.

—Octavio, Octavio —llamaba Arturo.

—Dile a ese muchacho que se vista, dale el pantalón —gritaba la abuela.

Octavio recogió el pantalón y volvió al patio.

—Mira cómo estoy todavía… Ven…

—Tú estás más loco que una chiva, Arturo. Ponte el pantalón, que yo me voy… Y ya veo que te fumaste una tranca temprano.

—No, fue un cabito que dejó Carlitos.

A veces después que hacían el amor se quedaban un rato conversando. Si estaba de buenas, Arturo se ponía a contarle lo que él llamaba «la historia de su vida» o a hablarle de Carlos Miguel.

—Anoche soltaste loco a Carlitos, ya yo estaba durmiendo y tanto dio que me lo tuve que singar para que me dejara dormir.

—Me lo hubiera dicho y yo le hubiera hecho el favor.

—Atrévete, a él se lo tengo advertido que ni se lance, que tú eres mío nada más.

—No seas ridículo, tú tienes novia y te pasas la vida acostándote con quien te da la gana sin pedirme permiso. Además, tú sabes que tu primo está buenísimo.

—No juegues con eso que no me gusta.

Poco a poco supo que Arturo se acostaba con su primo desde que eran niños, que Carlos Miguel tenía un «compromiso» de muchos años, pero que en la actualidad siempre estaban peleados.

—¿Y sabes por qué? Porque René es hembra, siente como hembra y está cansado de hacer siempre el papel de varón con Carlitos. A mi primo las pastillas le tumbaron el rabo, ya casi no se le para. Y con el buen morrongón que tenía o que tiene. Las ha dejado ahora un poco, pero sigue con el maní que lo vuelve loco, siempre está chupado.

—¿Tú no decías que a tu novia sí la respetabas? Pues el otro día la tenías bien clavada en el patio.

—Era por atrás. Ella misma me embarró bien el tolete de grasa (la traía en la cartera) y se lo metió completo. Es una fiera esa chiquita y me adora, es delirio lo que tiene conmigo. Yo me voy a casar con ella y le voy a hacer los jimaguas que quiere.

Aparte de la práctica temprana con Carlos Miguel, el santero que vivía al lado de su casa le facilitó la rápida adquisición de conocimientos y le enseñó un método fácil y bastante placentero de ganar dinero. Cuando tenía doce años, estuvo más de una semana desaparecido (según él se había ido a Matanzas a buscar al padre y acabó durmiendo en unas cuevas), y cuando regresó su abuela le dio una entrada de palos de antología, y así, echando sangre por la nariz y hasta por las orejas, con dos dedos de la mano izquierda fracturados (nunca se le enderezaron del todo), se lo llevó al santero para que le sacara el demonio que estaba acabando con él (y con ella). El santero, una loca narizona y feísima, en solo dos o tres sesiones, le hizo dar un cambio radical y la abuela daba saltos de alegría. Por eso la vieja lo dejaba ir todas las tardes a que lo ayudara en las consultas, porque allí, decía la Responsable de Vigilancia del Comité, estaba al menos protegido por los santos y no andaba por la calle mataperreando. Lo cierto es que la clientela del santero creció por las nubes, colas de horas hacían los sufrientes en la sala, mientras en el cuarto de atrás, en un latón mediado de agua (presuntamente) de río, flanqueado por dos pencas de palma real, al final de un trillo de arecas, encuero y con la pinga parada, Arturo iba recibiendo, de uno en uno, a los afligidos. Una mamadita rápida y para la calle. Cuando alguien se ponía impertinente lo expulsaba a patadas (también escondía un machete para casos extremos) y por otro lado, si alguien le resultaba interesante, prometiendo buena paga, hacía arreglos privados, a espaldas del santero. Este, que era el que buscaba los clientes, al principio le pagaba dos pesos por labor, pero cuando lo amenazó con dar un escándalo y montar él mismo su consulta privada, se lo subió a cinco. Todas las locas de Barrio Azul pasaron por allí, su fama pronto se extendió y venían pájaras de toda La Habana, de otras provincias y hasta de Guanabacoa, cuna de los más grandes babalaos. A los catorce cogió una gonorrea que casi lo mata y que lo mantuvo apartado del negocio. A los quince, la comisión médica que lo examinó dictaminó que Arturo no estaba apto para el servicio militar por ser un esquizofrénico paranoico (tremendo numerito que les boté, alardeaba Arturo). En su carné de identidad lucía el NO APTO que él enseñaba con orgullo, así como la tarjeta del Galigarcía —como paciente en la especialidad de hospital de día— firmada por el tristemente célebre Dr. Nodarse Golpes, donde entre toda la verborrea médica, se podía entresacar la palabra psicótico. A los 16 tenía dos tembas puteando para él, que todavía lo mantenían cuando conoció a Octavio en casa de María Caturra.

Carlos Miguel se apareció al otro día por la mañana con una jaba llena de poemas escritos a mano, y deslumbrado con la lectura de *El pequeño príncipe* de Saint-Exupéry. Quería dejarle la jaba pero Octavio insistió para que los leyera y se los llevara (temía que alguien lo hubiera visto entrar con una jaba y luego salir sin ella, lo cual tratándose de papeles, era un riesgo mayúsculo). Los poemas no eran nada del otro mundo (faltas de ortografía incluidas), los típicos del adolescente que no se da cuenta de que tiene la vida y se la pasa hablando mierdas de la muerte. Aquí y allá algún que otro chispazo auténtico. Un naufragio de soledad, tristeza, muerte y mucha falta de pinga. Todo marchó bien hasta que a eso de las dos se apareció Arturo a buscarlo. Carlos Miguel estaba sentado junto a la puerta, en una de las sillas de extensión, y Octavio en la cama. Arturo llegó y se echó junto a él.

—Arturo, estamos conversando, no empieces a joder —dijo Carlos Miguel.

—Eh, yo no he hecho nada malo. Estoy tranquilo, sin molestar. Quedamos en que te viniera a buscar para ir al cine, ya se está haciendo tarde y tenemos que pasar antes por donde tú sabes a buscar combustible.

Carlos Miguel le abrió los ojos. Octavio prendió un cigarro y dijo:

—Bueno, otro día seguimos conversando. Yo también tengo que salir horita.

Los muchachos se fueron riendo y escandalizando. Octavio salió al portal y los vio alejarse rumbo a La Perla (era un lugar seguro, la policía no se atrevía a entrar). Hacía mucho calor y se sentía el cuerpo pegajoso. En otro planeta, en circunstancias similares, se daría una ducha. Estaría desnudo, con el agua helada (es un decir) cayendo en miles de hilos sobre su cuerpo. Pero en el planeta Barrio Azul el agua venía dos veces a la semana de madrugada. En ocasiones la ponían una hora a las cuatro o las cinco y cuando Octavio se levantaba era agua pasada. Por eso dejaba todas las pilas abiertas con algún cacharro debajo para recoger lo que se pudiera. De cualquier forma, ducha, lo que se llama ducha, tampoco tenía. Solo un tubo pelado asomando en la pared. Así y todo seguía soñando con darse una ducha; por lo menos él era un privilegiado pues tenía champú (para perros, pero champú), jabón de olor (sin olor) y una esponja verde, con forma de patico, que le había comprado a Reina por cuarenta pesos (refinamiento burgués, desviación ideológica o simplemente lujo decadente). Fue para el baño y metió lentamente la cabeza en el cubo donde los perros tomaban agua. Después la sacudió para que las gotas le empaparan el pecho y la espalda. Suspiró satisfecho. Ya tenía casi todas las bajas que le pedían, pero le faltaba lo principal, que la Reforma Urbana viniera para el preinventario y después ir a Inmigración con todos los papeles para que lo autorizaran a salir. Antes, lo cual era un absurdo, tenía que sacar los pasajes. ¿Cómo iba a sacar pasaje sin tener todo listo? De todas formas ya él había estado en las oficinas de Iberia en El Vedado a averiguar (tenía el billete viejo, solo era actualizarlo, poner nueva fecha). Allí le dijeron que todo estaba vendido hasta finales de noviembre. Por eso tampoco se había dado de baja en la libreta, no porque le importara la mierda que daban, sino porque era hacer público el estado de sus trámites. Su madre no entendía eso por mucho que se lo explicara; en realidad no entendía nada. La última vez que habló con ella la encontró muy deprimida. Estaba sin pastillas (ni trifluoperazina ni levomepromacina ni imipramina). Él trató de parecer alegre (hasta se rió) y le dijo que ya le había mandado por carta varios paqueticos y que debía de estar al recibirlos. Rafael la Mano del Muerto, le había conseguido (¿qué no conseguía él?) las recetas. Normalmente vendía a los pastilleros todo tipo de recetas de anfetaminas (30 pesos por 30 pastillas) y tenía contactos con médicos y enfermeras (su mujer). Dejó a su madre más animadita. Ella por su parte le dijo que ya le había comprado un reloj y una fosforera de gas rellenable y que se los tenía guardados para cuando llegara. Aquella conversación lo mató y el recordarla ahora lo afectaba igual o peor. Hacía casi un año ella le había mandado las señas de una «señora muy importante». Es amiga de una amiga mía aquí, no dejes de ir a verla, ella te puede ayudar. A los hijos de mi amiga los ayudó y ya están con ella, y eso que eran profesionales, para que veas. No dejes de ir, no pierdes nada, le recalcaba al final. Y Octavio, que tenía como lema la frase de Rimbaud, *Bah!, faisons toutes les grimaces imaginables,* no lo pensó dos veces, llamó (desde el teléfono de la calzada milagrosamente sano ese día) invocando el nombre de la nueva amiga de su madre, verificó la dirección, se puso su ropa de domingo y, cagándose pero decidido, salió para Miramar. La dama vivía en una mansión parecida a la de su amigo Rubén (de los tiempos del servicio militar), con la diferencia que la de Rubén ni muebles tenía y en esta daba miedo caminar y romper algo. La dama lo atendió con mucha amabilidad, tratándolo alternativamente de hijo y de señor, le brindó un refresco con hielo y lo escuchó. Octavio le contó todo, que le habían quitado el pasaporte a unos días de la partida, que él se iba con toda su familia (reunificación familiar, nada político, por supuesto). No sabía el porqué. Cuando le explicó lo del telegrama de «entrevista con Ariel», la mujer saltó en la butaca. Tú me perdonas la expresión, le dijo, pero ese hombre es un sádico, un enfermo mental y un gran hijo de puta. Octavio se quedó callado y puso cara de lástima. Después ella le pidió el número de su expediente y, sin prometerle nada, le dijo que iba a llamar al tal Ariel y que después se pondría en contacto con él (Octavio le dio el teléfono de su tía Aracely). Tenía en la sala un gran retrato del Che, pero se veía que era una buena mujer. Su marido era un mártir internacionalista, lo habían matado en una guerrilla en Bolivia, o en Venezuela, o en Perú; no dijo dónde. De cualquier forma nada sucedió porque de aquella visita ya habían pasado muchos meses, la dama nunca llamó a su tía y él no la relacionaba en lo absoluto con el telegrama liberador del 7 de septiembre. ¿Y la señora te ha vuelto a llamar? Siempre su madre le hacía la santa pregunta, lo mismo por carta que por teléfono. Todo va bien, mima, no te preocupes. No te preocupes.

—No te preocupes —le dijo Arturo—, no es nada grave. Al menos eso dice mi abuela.

—¿Ya tú lo fuiste a ver?

—No quiere que nadie vaya, solo mi tía.

—¿Y eso por qué?

—No sé, no sé. Creo que lo van a operar.

—¿A operar? ¿De qué?

—Te dije que no sé.

Aquello le olió feo. Hacía varios días que no veía a Carlos Miguel que, generalmente, casi todas las tardes bajaba por el barrio. Arturo lo evadía para que no le preguntara, solo pudo sacarle después de mucha insistencia lo de que estaba ingresado. Entonces, como quien no quiere la cosa, le preguntó a Rita. Tampoco estaba muy al tanto la Responsable de Vigilancia: algo «allá atrás», unas cosas que se las están operando, porque tenía muchas y no se las podían quemar. Como verrugas, nada grave, un nombre rarísimo.

—¿Condilomas?

—¡Eso mismo!

Primera vez en su vida que oía de alguien que lo hubiesen ingresado y operado de condilomas. Octavio sabía muy bien lo que eran porque los había padecido. Hacía unos cuantos años, antes del Mariel (Hugo todavía estaba en Cuba y eso les costó una buena bronca) fue al médico porque le entró una picazón que él pensaba que era sarna (escabiosis, de moda entonces) y se le centraba en el pubis, la entrepierna y el ano. El médico lo hizo desnudar completamente y que se acostara en una camilla (fue por el Cuerpo de Guardia del Hospital Nacional). Lo examinó con gran parsimonia por delante, levántese los testículos, y después que se diera la vuelta y se abriera el culo todo lo más que pudiera. Mira, le dijo al final, hay dos cosas. No parece sarna, estás lleno de ladillas. Si puedes aféitate bien y échate esta solución (le extendió la receta). Ahora, lo del ano es otra cosa. Tienes varios condilomas, sí, eso que sientes cuando te tocas. Son como verrugas que hay que quemar poco a poco, porque suelen crecer y traer problemas. Además, te están saliendo otros, ya se ven las puntas. Respondiendo inquietudes, le dijo que eran de origen viral. Le dio turno para el proctólogo y Octavio estuvo varias semanas en esa lucha. Sobre los condilomas todo era un misterio científico, pero tenía sus sospechas acerca del origen de las ladillas. Aunque era mejor no tocar ese tema. No se podía coger lucha, no valía la pena, porque, como dice la canción, *¡hay que vivir el momento feliz, hay que gozar lo que puedas gozar, porque sacando la cuenta en total, la vida es un sueño y todo se vaaaaaaaa!* Claro, los condilomas y la bronca con Hugo fue otra cosa (él estaba seguro de que aquello también tenía un origen sexual), aunque con el nuevo juguete (cuerpo lampiño a base de máquina de afeitar), a pesar del dolor de las quemaduras, la sangre no llegó al río. Incluso lo puso en contacto con una enfermera amiga (y templante de los tiempos de la Facultad) para que lo orientara.

Esa misma tarde llegó Arturo con un muchacho que quería hablar con él. Lo dejó y se marchó, aclarándole que era amigo de Carlitos y que se iba porque estaba apurado. Era bajito y tenía un pelo lacio y muy negro (de chino, decía Arturo). Olía a limpio, a delicado, a tragedia en perpetuo socorro. Se llamaba René y era el «compromiso» de Carlos Miguel de toda la vida. Llevaban tiempo separados, aunque se hablaban cuando se veían. Llorando le confesó que él todavía lo quería pero que ya estaba aburrido de empezar y empezar de nuevo para acabar en lo mismo. Carlitos desde niño estaba enviciado con las pastillas, todo tipo de pastillas, y después con la hierba, y él eso no lo podía soportar. Además, sus relaciones íntimas eran un fracaso. La última vez que rompieron, haría unos seis meses, él empezó una relación con un muchacho mayor.

—¿De qué edad?

—Yo tengo 18 y él 22.

Al principio funcionaron bien, pero no tenían donde estar y se metían en casas abandonadas por Miramar, y él tenía mucho miedo porque ya habían tenido problemas. Parece que alguien los había visto entrar y llamó a la policía. René saltó de una ventana y en la fuga se rompió un brazo. Así y todo lograron escapar.

—Yo de esa manera no puedo, ni quiero, vivir —y empezó a llorar con renovado ímpetu.

Octavio se sentó a su lado y trató de calmarlo. Fue peor, el muchacho se le tiró al cuello. En un momento dado René levantó la cara con los ojos cerrados y los labios entreabiertos. Fue suficiente. Octavio le hizo el amor con mucha delicadeza, y cuando terminaron, todavía en la cama, tranquilos, relajados, René le contó que esa tarde había pensado matarse tirándose de la azotea del edificio donde vivía en Centro Habana.

—Antes quise ver a Carlitos, a pesar de todo sigue siendo el gran amor de mi vida, y Arturo me contó que estaba ingresado. Yo no me pude contener y me eché a llorar, tengo los nervios muy malos, y él me trajo para que hablara contigo. Me dijo que tú eras un buen amigo de él, pero solo amigo. Que podía hablar con confianza contigo, que «entendías» y eras «su» compromiso. Yo quedé asombrado cuando te vi, pensé, no sé. Te imaginé distinto. Yo creía que Arturo era activo.

—Esas clasificaciones no tienen sentido. Si yo me acuesto con él o contigo sé que me estoy acostando con alguien que tiene lo mismo que yo y que siente el placer de la misma manera que yo. Si no me gustara, si no lo deseara así, buscaría otra cosa. Por ejemplo, una mujer. ¿No te parece?

—Sí, te entiendo, pero a mí me gusta que me posean. Si yo tengo que hacerlo, lo hago. Pero me gusta más desenvolverme como pasivo, me siento más yo. Tú te has portado muy bien conmigo. Perdóname por Arturo, pero perdí la cabeza. Además, creo que lo necesitaba.

—Yo no sé qué te habrá dicho Arturo exactamente, pero yo soy una persona libre, al igual que él, y quiero seguir siéndolo. Si acaso, los dos perdimos la cabeza.

René tenía un cuerpo muy hermoso y ahora caminando desnudo hacia la silla donde estaba su ropa, parecía brillar. Era como humo a contraluz, como algo que en cualquier momento amenazara con disolverse, con desaparecer. O echar a volar y perderse. Después siguieron conversando un rato y a René se le veía más animado. Todavía le contó que Carlitos «se había tirado por la calle del medio», buscando drogas a toda hora y sexo en los cines y los baños públicos con cualquiera, con lo que se apareciera, lo que estuviera disponible sin remilgos de ninguna clase. Una vez entró a un cine y lo vio con dos hombres y se deprimió mucho. Que seguramente por eso, estaba pasando ahora por lo que estaba pasando.

—Estoy convencido de que esa infección o lo que sea, la cogió por eso.

—La visión que yo tengo de él es bastante diferente. Nunca hemos hablado de sexo. Conversamos de libros, de cine, de pintura (Carlos Miguel dibujaba bastante bien). De cualquier forma, yo pienso que es mejor para ti que te lo saques de la cabeza, que te olvides de Carlos Miguel y que rehagas tu vida a tu aire. Yo sé que han sido muchos años juntos, pero las cosas cuando no funcionan, no funcionan. No tiene sentido seguir insistiendo. Tú eres muy joven, muy lindo, tienes buenos sentimientos, valores, crees en cosas. Puedes llegar a ser feliz. Ahora te estás haciendo daño y a él no lo puedes ayudar. Él no quiere que lo ayudes, parece.

—Tienes razón, me ha hecho mucho bien hablar contigo. Aunque no sé. ¿Ser feliz? ¿Una persona como yo? ¿En este país?

—Tú eres tú y aquí te tocó vivir.

—Por desgracia.

—Por lo que sea. Puede que te parezca fácil que yo lo diga, que el que está fuera del agua nada bien, etc., pero cada uno tiene sus tragedias. Yo tengo las mías, todos las tienen. No debes permitir que nada te aplaste. Hay que resistir.

—Yo sé.

—Bueno, entonces cuídate.

De cualquier forma parece que la terapia no había funcionado en lo absoluto. No mucho después Arturo entró como una tromba en su cuarto.

—¿Sabes quién se mató?

—¿Quién?

—El muchacho aquel que yo te traje una vez.

—¿René?

—Sí, se tiró de la azotea del edifico donde vivía. Dice mi tía que la cabeza le explotó y que lo velaron con la caja cerrada.

—Qué horror.

—Un reguero de sesos en la calle.

El horror como una presencia bellísima jadeando bajo su cuerpo. El horror herméticamente encerrado en una caja de pinotea. El horror mordiendo una gasa bajo un cristal. El horror como una patada en los cojones, como un adolescente inconsolable, como el humo que asciende y se hace denso. (Me muero). Y ella extrae una libreta y saca cuentas, lo aturde con sus muertos. Trae el mismo vestido ensangrentando que le pusieron a los pies de la caja y sus espejuelos calobares. *Este es mi secreto*, le dice con la voz de Carlos Miguel. *Es muy sencillo. Solo se ve bien con el corazón. Lo esencial es invisible a los ojos.* Pero las ruedas se detienen, la pinga se cae y René sale volando.

—Tú no te puedes quejar —dijo Carlos Miguel—, has tenido todo lo que has querido.

—Yo lo único que tengo seguro son mis muertos.

A pesar de que había pasado más de una semana, todavía se le contraía el rostro al caminar y al sentarse. Había regresado más delgado, más amargado, más extraño, y en plan víctima. Todos los demás, incluyendo a René, vivían en el paraíso.

—Tú lo que tienes que hacer es alejarte de toda esa mierda. La euforia es momentánea, pasajera, después queda la náusea y muchos deseos de vomitarte arriba. Nada es fácil para nadie, Carlos Miguel. Todo eso es cuento de camino. Yo, como casi todo el mundo, he pasado lo mío, lo que no hago de eso una bandera ni me estupidizo con nada que me nuble el cerebro.

—Lo paramos ya, no quiero discutir, René tampoco era un santo.

—René está muerto, Carlitos, vamos a dejarlo en paz y ocuparnos de los vivos. A mí también me aburre sermonear. Sé que es inútil.

—Mira, mejor me voy, tengo la cabeza que me quiere reventar.

—Cuídate y piensa en lo que te he dicho.

—Lo haré.

—Embúllate y ven conmigo a las conferencias de que te hablé. Son temas bien interesantes. El yoga, la acupuntura, el Manto de Turín, cosas así.

—Sí, avísame, seguro voy.

Octavio solo volvería a ver a Carlos Miguel dos veces más, el día del adiós a la Virgen y el de la partida. Se desapareció de Barrio Azul. Cuando le preguntaba por Carlitos, Arturo le decía que estaba bien, en nota como siempre, hecho «una perra ruina», pero que lo veía poco. A veces venía a casa de Rita, pero ya no bajaba con él donde Laura.

Un día llegó Arturo a casa de Octavio y se lo encontró conversando con Abel y un tipo que él no conocía. Octavio estaba contra la pared, recién afeitado, en short y en chancletas, pero de cuello y corbata. El tipo enfocaba y le tiraba fotos. Abel lo miró con mala cara (no lo soportaba) y Arturo se fue, pero por la tarde volvió. Se había quedado intrigado.

—Nada, son fotos para mandarle a mi mamá.

—¿De cuello y corbata?

—Sí, las necesita así para la gestión de la reclamación.

—¿Tú no me estarás ocultando algo?

—¿Qué te voy a ocultar?

—Que te llegó la salida o algo.

—No, no me ha llegado, desgraciadamente, la salida. Cuando eso ocurra, te lo diré.

Arturo se echó a su lado y le zafó la portañuela.

—Tú no serás capaz de irte sin avisarme, ¿verdad?

—No hagas eso, ahora no tengo ganas.

—Si no tienes ganas, por qué está así.

—Haz lo que quieras.

—Oye, el fotógrafo, ¿es de confianza?

—Es amigo de Abel.

—Es un pesado el enano ese, yo no sé cómo tú lo aguantas.

—¿Por qué me lo preguntas?

—Coño, porque si tiene donde revelar, papeles, químicos y todo eso, podemos hacer negocio.

—Ay, coño, me estás mordiendo.

—Es que está muy rica hoy y me dan ganas de comérmela. Estoy hambriento.

—Yo no puedo hablar así.

Cuando acabaron, Arturo le comentó de un par de amigas, «unas tembas más putas que las perras». Tiemplan por ver correr la leche, yo las conozco hace años, podemos tirar fotos de relajo, cuidando que no se vean las caras y eso. Se hacen unos acordeones, fotos pegadas, una al lado de la otra, tú sabes, y se venden muy bien. Tengo un socio en La Perla que las mueve.

—Suponiendo que ya estén las mujeres. ¿Quiénes serían los hombres?

—Coño, tú, yo, cualquiera.

—A mí me sacas. Capaz que tenga que decirle a la policía como en el cuento de Quevedo: ¡Coño, hasta por el culo me conocen!

—Bueno, yo es seguro. Habla con Abel, con La Mano del Muerto o con algún socio tuyo. Yo traigo un par de litros, maní y esto es la locura.

—*Esto* es un trabajo. De locura, nada. De maní, menos. Aquí no quiero eso, ya te lo he dicho antes. Lo último que necesito yo es que mi querida Teresa Carrillo llamé a la policía porque de aquí está saliendo olor a mariguana. Y ella debe de ser una experta en eso porque el hijo tiene una cara de mariguanero…

—Y de medio maricón también. Me echa unas miraditas cuando me ve…

—Bueno, yo averiguo y te digo. En principio la idea no me parece mala.

Abel, contrario a lo que Octavio pensaba, se entusiasmó con la idea y se brindó, si hacía falta, como modelo. No le importaba «trabajar» (aunque no juntos) con Arturo si no se ponía a hacer el payaso (Popov, el soporífero payaso ruso, dicho sea de paso, no dejaba concentrar a Octavio, haciéndole mil muecas en la sala de Abel, desde la pantalla del televisor; Tele Rebelde, 4.00 PM). Raúl, el fotógrafo (que también era palero), ya se dedicaba a eso, vendía acordeones, pero de fotos viejas, del tiempo de Nañá Seré (putas con antifaz y machos con bigote de manubrio). Seguramente le interesarían modelos socialistas (el hombre nuevo), de hoy y en vivo. Hablaría con él.

Mientras, el tiempo iba pasando, octubre cayendo. Este fin de semana (sábado 15 y domingo 16), la Cartelera anunciaba fiesta de la Cultura Cubana en el Parque Lenin. *El lago de los cisnes* en el anfiteatro el sábado y una cosa horrenda llamada *Andoba,* en la Galería Amelia Peláez, el domingo a las 8. Y para acompañar esta fiesta cubana, bueno, Danzas y Canciones de Mongolia, el Coro Nacional Masculino (?) de Bulgaria, la cantante checa Hana Zagórova y muy pronto, albricias, el Ballet de Novosibirsk. En los cines estrenaban *La colmena* de Mario Camus, basada en el ladrillo de Cela, *Lolita* en La Rampa y Rialto, y *Polvo Rojo* (solavaya) en el Karl Marx. Había donde escoger. Lo primero que haría sería ver *Lolita*, porque a lo mejor si era buena como prometía, la quitaban enseguida, se dijo. Pero se le fue el fin de semana y no hizo nada. Se sentía mal, abúlico. El sábado por la noche fue al Parque Lenin a buscar quesito crema y, de lejos, vio la plataforma del anfiteatro iluminada y por momentos el viento le trajo trozos de la música de Tchaikovsky. Había unas guaguas sospechosas cerca de la parada de la 88, a un costado de Las Ruinas, y teniendo en cuenta la cantidad de locas balletómanas que le pasaban por al lado y el plumerío multicolor, el pronóstico sin reservas estaba clarísimo: recogida en proyecto. Así que se abasteció lo más rápido que pudo (tenía que hacer la cola muchas veces porque la norma era un quesito crema por persona) y regresó al hogar dulce hogar. El apagón parece que llevaba rato pues la peste de las chismosas se sentía en el medio de la calle. Se detuvo en casa de Abel que estaba con Lourdes en el portal.

—Qué calor hace, mi hermano, no parece que estemos en octubre.

—Cuba es un eterno verano, dice la propaganda.

Lourdes se abanicaba con una revista.

—Daría cualquier cosa por un vaso de agua fría. Yo estoy muerta.

—¿Cómo va la cosa?

—Muy adelantado, tienes que ir por allá para que lo veas. Tiene su salita-comedor, un cuarto grande, que nos cabe todo, y la cocinita. Baño, de momento no, utilizaremos el de la casa. Las tuberías son una complicación por donde quiera que lo mires. Ya desde la esquina se ve la casita. En cuanto le pongamos el techo, ya tenemos las planchas de fibrocemento, nos metemos. Yo espero que sea en unos días. El piso de tierra, más adelante le pondremos losas o lo echamos de cemento, lo que primero aparezca.

—Lo elemental, la cama, una mesa, cuatro sillas, un fogón, ya lo tenemos —dijo Lourdes.

—¿Dónde lo tienen guardado?

—Con Tronco —dijo Abel.

—Bueno, yo me voy.

—Espera, que la vieja está haciendo café.

—Ese café que hace tu mamá siempre vale la pena esperarlo.

Apenas los rostros se distinguían en la oscuridad. Octavio se asomó a la puerta y vio a la madre de Abel que bajaba el jarro del reverbero y lo vertía en el colador. La chismosa estaba encima del aparador y las sombras se movían.

—Coño, mañana ya es domingo —dijo Abel—. ¡Qué rápido se fue este fin de semana! Y el lunes para la pincha de nuevo.

—Lo bueno es que tú trabajas por la tarde, no tienes que levantarte temprano.

—Menos el martes.

—El día de los bolos.

Y el día de ver a Reina. Lo primero que le preguntó fue que quién era el calvo sin camisa. Resulta que era un pariente lejano, venía de Camagüey, negocios (bolsa negra), y se había aterrorizado cuando lo vio. Aquí todo el mundo está loco, ven policías donde quiera, le dijo Reina. Octavio la escuchaba en otro mundo, su cabeza le daba vueltas a la sesión fotográfica (cónclave) que habían acordado fuera el domingo a las dos de la tarde. Le había leído la cartilla a Arturo mil veces, que al primer desorden paraba la cosa, que aquello no iba a ser una orgía, ni una fiesta ni una templeta colectiva. Era un trabajo, ¿me entiendes? Un trabajo serio, profesional, para templar estaban las posadas. Le había advertido que se comportara con Abel que no le gustaban los jueguitos, que no quería escándalo que lo perjudicara, que era un hombre casado. De Arturo no se podía prescindir porque era el que ponía las tembas. No había querido decírselo a más nadie, ni a Rafael, ni a nadie más. Mientras menos bulto más claridad. Tratarían de resolver con lo que había.

Abel llegó con Raúl como a la una y media y Arturo con las tembas cerca de las dos. Venía serio en su papel de chulo. Estuvieron hablando un rato en la sala. Las mujeres eran jóvenes, ninguna de las dos aparentaba treinta años. Vivían juntas en la Güinera, dijeron que eran primas o algo así. La más bonita tenía unas tetas enormes por lo que inmediatamente fue bautizada como Ubre Blanca. René dirigió la operación. Las fotos se tirarían en el cuarto de atrás (las mujeres no tendrían un por ciento de las ventas sino un pago único de 50 pesos). Primero entrarían Abel y la Rosa, ya que Abel dijo que tenía que irse pronto a una diligencia. Después Arturo y Ubre Blanca, que se quedarían en la sala conversando, mientras Octavio vigilaba fuera. Octavio estaba nervioso, dio una vuelta por el costado de la casa y no oyó ningún ruido, lo que quería decir que todo marchaba bien. Entró en la sala con el pretexto de tomar agua, a ver qué estaban haciendo Arturo y Ubre Blanca; pero no, seguían conversando tranquilamente. A los veinte minutos salieron Abel y Rosa, y entraron los otros dos. Octavio aprovechó el paréntesis para preguntarle a Raúl si necesitaba algo. Estaba el ventilador puesto pero Raúl sudaba como una regadera. Se había quitado la camisa y se pasaba un trapo rojo (especie de pañuelo gigantesco) por el pecho velludo. Le dijo que todo iba bien, que ya había tirado un rollo completo y que le trajera agua. Cuando Octavio volvió con un par de pomos de agua y un jarro, ya Ubre Blanca y Arturo estaban desnudos escuchando las instrucciones (casi susurradas) del fotógrafo. Arturo tenía la pinga como no se la había visto nunca y ni lo miró. La mujer estaba recostada a su hombro. En la sala se encontraba Abel esperándolo (ya no tenía prisa ni se acordaba de la diligencia), no vio a Rosa. Oye, mi hermano, Rosa está en el cuarto del frente. ¿Tú crees que haya problemas si «converso» con ella un rato ahí? Dale, dijo Octavio. Yo voy para afuera a fumarme un cigarro y contemplar el panorama. La tarde estaba azul sin una nube y un sol espléndido. Al rato oyó a Arturo que le silbaba desde la ventana.

—¿Qué pasa?

Se había puesto el pantalón pero estaba descalzo y sin camisa.

—Te llama el fotógrafo. No quiere que yo toque la cámara.

Cerró la puerta con doble pestillo. Arturo lo siguió. Ubre Blanca arrodillada parecía adorar la mandarria del fotógrafo.

—Coge la cámara, está preparada, solo tienes que enfocar aquí, y avisar cuando vayas a tirar.

Octavio se puso de lado y acercó el ojo al visor.

—Acerca hasta que te quede encuadrada la cabeza y la lengua de ella. Nada más.

—Ya.

—Dale.

Tiró varias fotos más, desde distintos ángulos siguiendo las instrucciones. En la última, la mujer se echó sobre la cama con las piernas bien abiertas, Raúl arriba. Octavio tuvo que agacharse para captar el trozo que ocupaba toda la abertura, coronado por unas bolas pequeñas, recogidas y peludas. Cuando acabó se puso de pie visiblemente excitado (aquello era mucho). Arturo bizqueaba junto a la puerta en trance catatónico (los ojos saliéndosele). Raúl comenzaba a bombear furiosamente y con la mano les hacía señas de que se fueran. Octavio puso la cámara encima de la mesita y salió, halando por una mano a Arturo. Se metieron en uno de los cuartos.

Como a las cuatro se fueron las muchachas con Arturo (antes, aunque fuera de la sesión fotográfica, Octavio se volvió loco dándole pinga a Ubre Blanca). Abel y Raúl, eufóricos, se bajaron media botella de Ronda (12 pesos) antes de irse, hablando de lo buenas que estaban aquellas mujeres y que las fotos tenían que haber quedado magníficas. Esa misma noche las iba a revelar y mandaría los acordeones con Abel, para moverlos.

—Qué manera de darle tubo —dijo Abel.

—Voy a hacer varios juegos de cinco fotos cada uno.

Cuando Octavio se quedó solo, terminó de tomarse lo que quedaba de la botella de ron y se acostó (medio en nota) con las emociones de la tarde gravitando sobre su cabeza. El cuerpo bestial de Raúl, las tetas de Ubre Blanca, la desesperación de Arturo. Ya tenía ganas de ver las fotos. Todo aquello, que era un buen negocio, le hizo pensar que tampoco sería mala idea alquilar los cuartos a gente de confianza. Como posada, por horas. La idea se la había dado sin querer Abel al pedirle que le dejara utilizar un cuarto para templarse a la puta. Incluso podría alquilarlos también a hombres. Iba a meterle cabeza a eso.

—Quedaron espectaculares —dijo Octavio.

Abrió el acordeón. Calidad de primera en papel de brillo. La verdad que Raúl era un fotógrafo cojonudo. Reconoció las fotos que había tirado, nada mal.

—Voy a enseñárselas a Lourdes, a ver qué opina.

—Vete al carajo —dijo Abel.

Había un cartucho lleno de acordeones. Octavio separó un juego de cada uno. Por la tarde Arturo se llevó el resto y empezó a moverlo. Por lo menos en Barrio Azul (y en toda La Habana) en octubre de 1983 miles de jóvenes (y no tanto), se hicieron innumerables pajas mirando aquellas bellas fotos (hasta la de la clásica tortilla estaba buena). Pero solo muy pocos (seis en total) sabían quiénes habían servido de modelo.

Y cuando parecía que todo era recholata, leche, acordeones, borracheras y palos monumentales, de pronto, todas las estaciones de radio se ponen en cadena y empiezan a transmitir himnos y marchas. Un locutor con voz engolada y tétrica (a punto de rajarse por la emoción y el llanto contenido) anuncia que en Granada los trabajadores internacionalistas cubanos se están inmolando envueltos en la bandera de la patria. Los yanquis asesinos han invadido al indefenso y pacífico país, pero los cubanos han cambiado los picos y las palas por fusiles y están combatiendo hasta vencer o morir. ¡Hasta el último hombre y la última bala!

—¿Granada? ¿Dónde coño está Granada? —dijo Octavio.

—Yo qué cojones sé —dijo Abel, por ahí, cerca, creo.

—Coño, pues tiene bien puesto el nombre, porque esto es una granada, una bomba lo que ha explotado. Y ya empezaron a movilizar a todo el mundo, no pierden tiempo, mira cómo corre el Calvo hijo de puta ese.

—Yo me voy.

—Capaz que hasta cierren la salida… ¡Ay, Dios mío, y venir a pasar esto ahora, precisamente ahora!

Y así se iba octubre, volando, como las bombas y las balas, como René, en cuerpos jóvenes que se metían en las pupilas y en las ganas, a espaldas de la miseria, de tantas tragedias, de los que presuntamente se inmolaban (vendría la moda de los tenis Tortoló), de las monjas y los VW, mojados en alcohol, cagados de miedo, sobreviviendo…

4

...pero ahora estaba repasando la conversación con Carlos Miguel mientras caminaban por la Avenida del Puerto rumbo a la Iglesia de las Mercedes, y otra vez se sentía acabado. La perra, porque era una perra, que había estado por la mañana para hacerle el preinventario, había jodido todo lo que pudo. Y eso que Octavio tenía guardados los platos rotos, unos pedazos de un horripilante adorno que alguna vez estuvo colgado en la pared de la sala y hasta el asa de su única taza. La mujer contó y recontó las sábanas, las toallas, las fundas, los cuatro tarecos que amenazaban ruina (el librero atestado que era lo único de valor en la casa, ni lo miró). Todo lo demás lo verificó contra el inventario que habían hecho cuando se fueron sus padres. Todavía —le advirtió ya en el portal—, falta el último chequeo, que debe realizarse el mismo día de la partida. Tenía que avisar con tiempo porque la Reforma Urbana no se hacía responsable de cualquier «inconveniente» provocado por el incumplimiento de ese requisito; y el inmueble tenía que quedar forzosamente sellado. Si la casa no se sellaba no le darían el visto bueno que tenía que presentar en el aeropuerto. No podía deshacerse de aquellos objetos dañados (se refería a los platos, el adorno y la taza) porque serían requeridos en el inventario final, y si no figuraban, la casa no se sellaría, lo que implicaría que habría que cancelar o posponer el viaje. Todo lo inventariado tenía que estar *físicamente* en el chequeo final, si faltaba algo no se le entregaría el documento autorizando el viaje, repetía la perra apocalíptica. En resumen, que él tenía que guardar celosamente aquellas mierdas como si fueran oro molido, hasta el juicio final. Costara lo que costara; tendría que protegerlas con su vida si fuera necesario. Contra robos sobre todo; nadie podía llevarse ni una toalla, ni el paño de cocina, nada. Absolutamente nada. Las cazuelas, el cucharón, el sartén, las cucharas, la espumadera, el cuchillo con el mango de palo que le hizo el difunto Julián, los cubos del baño, los catorce percheros, los vasos, todo vigilado, todo bajo control. Supervisión rigurosa y constante. Debía de estar muy atento, no fuera a ser que algún gracioso le levantara algo y en el último minuto se le jodiera el viaje (y con la cantidad de delincuentes que visitaban la casa). Lo gracioso (o lo patético) era que todo aquel atracarse resultaba magistralmente inútil: las cosas importantes, lo que en realidad a ellos les interesaba (efectos eléctricos) hacía mucho tiempo que habían desaparecido, los había sacado delante de sus narices (incluidos el refrigerador de Félix y el televisor ruso que Liriano se había ganado por su centro de trabajo) sin que se lo olieran, y todo eso en el mismo 80, en carretilla, con actos de repudios y manifestaciones espontáneas atronando por las calles. Octavio se había quedado con lo imprescindible para sobrevivir, el refrigerador viejo (que andaba mejor que el nuevo), su radio Selena para oír la Voz de las Américas (hasta que el Consolidado le quitó la onda corta) y el ventilador de fabricación casera, más ruidoso que una lavadora rusa, y que no hacía mucho había expirado en quejumbroso y metálico estertor. Hasta la madre de Elsa había cambiado el colchón (se llevó el nuevo y trajo uno viejo con los muelles por fuera); eso para no hablar de los saqueos de Ena, lo que su madre regaló antes de irse o lo que él había vendido (la batidora y la olla de presión). La mierda era lo que quedaba inventariado.

Aquellos días que precedieron a la partida de sus padres, a pesar del entra y sale de los que participaban en el saqueo (conocidos y extraños), del abejeo de mujeres y hombres hurgando incansablemente en los bultos, de los discursos de consuelo, las palmaditas y los abrazos, de la tensión y el espanto, fueron bonitos. Porque todavía estaban ellos, había esperanzas y hasta se hablaba del futuro. Llevaban muchos días sin libreta de abastecimiento pero no faltaba nada, no había un vecino que entrara que no trajera algo. Arroz, frijoles, azúcar, leche. Sobre todo Juanita que siempre llegaba con una jaba de comida y su madre se echaba a llorar. Ahí, más que en ninguna otra parte, estaba la belleza, en la solidaridad humana. Esa palabra que las monjas y todo el aparato habían convertido casi en un insulto, regresaba con su carga emocional. A pesar del horror, del miedo, del acoso, siempre había alguien que estaba dispuesto a correr el riesgo, que no le importaba que lo señalasen, y venía a cooperar con lo que podía. En ocasiones, solo con su presencia. El *déjame consolarte con mi descon-suelo* de Rulfo, materializado. Y aún después, cuando las monjas viraron la tortilla, asaltaron su casa para arrebatarle el pasaporte y hacerlo todo más difícil (la familia pasó a la categoría de fieles difuntos), todavía, en esos miles de días transcurridos, sintió la solidaridad. Abel, Thais, Arturo, Carlos Miguel, Rafael, todos los que de una forma u otra se le acercaron y lo animaron, *sabían* a lo que se exponían y no les importaba. Era algo bonito, se decía acostado en la cama, abanicándose con el Trauma (léase *Granma*). Octavio se sentía satisfecho, había hecho y seguiría haciendo, hasta el final, todas las muecas posibles. Moviéndose al ritmo de las olas (o de las bolas). Que se decía que iba a «abrir» Venezuela, pues a correr para allá. Que había que hacer una carta porque Australia estaba necesitada de brazos para talar árboles (u ordeñar canguros), pues a escribir a Australia. ¿Cuántas cartas escribió? Al Vaticano, a la Oficina de Intereses, a la Reina de España, a Burundi, y a no se sabe cuántas embajadas y consulados. Que se decía que Costa Rica estaba dando visas, pues a llamar al difunto Félix para que le consiguiera una (se la consiguió, hizo el depósito que exigían en un banco de ese país y le mandó la transferencia bancaria vía Comunidad, por el importe del pasaje, 225.00 dólares que representaban, al cambio, 162.17 pesos cubanos). No funcionó; cuando fue a averiguar a la embajada, le dijeron que todo el proceso se había detenido. Al parecer algún funcionario estaba haciendo negocios por su cuenta y vendiendo visas falsas. Lo mismo que ocurrió con otro sujeto de la embajada de España. Aquello de las Transferencias Bancarias, dicho sea de paso, era un robo descarado. Avisaban del banco que habían llegado «las divisas» y entregaban un modelo (*Certificado de canje de divisas, válido únicamente para su entrega a las autoridades de Inmigración*) y una cantidad, a lo que estuviera el cambio, que se utilizaría para comprar el pasaje siempre y cuando se mostrara el papel que la avalaba. La Transferencia Bancaria para el viaje de sus padres y Octavio ascendía a 2,866.50 dólares que equivalían a 2,009.12 pesos al cambio oficial de 0.70090 (una diferencia de 857.38). Es decir que un dólar valía menos de 71 centavos cubanos en diciembre de 1982. No se lo creería ni su madre (ya se sabe la de quién) si resucitaba. Era el robo institucionalizado, pero Octavio estaba acostumbrado. Igual pasó cuando se corrió la bola de que habían abierto una oficina en El Vedado llamada Interconsul con abogados «de Miami», que gestionaban las autorizaciones de salida o «liberación», como apropiadamente también se les llamaba (era una «liberación» poder escapar de aquel infierno). Octavio, como es natural sacó turno y fue (la consulta costaba 25 pesos). Era una oficina a todo meter, el presunto abogado, de cuello y corbata, fumaba sin parar cigarrillos americanos (Marlboro) y hacía ostentación de la caja, manteniéndola visiblemente sobre el buró. Le brindó un cigarro a Octavio y este lo aceptó (ya eso valía los 25 pesos), le hizo llenar una planilla con sus datos generales y después escuchó la historia que Octavio abrevió, simplificó y santificó todo lo que pudo. Nada más que de verle la cara al tipo, cualquiera se daba cuenta de que aquello era una perdedera de tiempo, una farsa para sacar dinero montada por las monjas. Si se era un profesional, maestro, médico o algo así, esa gente (la Seguridad del Estado) se ponía en contacto con la familia del interesado en los Estados Unidos (o donde fuera) y por

cifras que empezaban en los 10,000 dólares gestionaban «la liberación». En su caso, no había nada que hacer. Se fumó el cigarro, descaradamente cogió otro ya
de pie, y se marchó. Brincó la calle porque en la esquina
un policía tenía contra la pared a unos muchachos (al
parecer porque andaban con la camisa abierta). Llevaban varios meses jodiendo con eso, no se podía salir al
portal sin camisa porque se exponía a una multa o algo
peor. En la calle hacían recogidas por andar en short
o en sandalias (nadie se atrevía a salir sin camisa o en
camiseta). Desde que empezó el verano la habían cogido con el buen vestir, parece que no tenían otra cosa en
que entretenerse, y todavía, ya en noviembre, seguían
con lo mismo (aunque por los barrios no jodían tanto).
Octavio, que padecía la manía de coleccionar ese tipo
de cosas, conservaba varios recortes (para su futura e
hipotética novela). Uno del domingo 17 de julio de ese
año, aparecido en Juventud Rebelde titulado *Sobre la
vestimenta en la calle, cada cosa en su lugar*, arremetía
contra la vestimenta indecorosa y advertía: «Por consiguiente, no se puede ser pasivo con esta distorsión que
atenta contra nuestras relaciones sociales, porque no es
otra cosa que el reflejo de una conducta viciada por el
desparpajo». Los pantalones cortos eran un insulto a la
moral y las buenas costumbres que no se podían permitir. Nada de pantalones estrechos marcando inde-
cencias, nada de patas peludas, nada de escotes provo-
cadores, nada de culos apretados, de ombligos o pechos
al aire. Había que tapar todo eso y a los violadores, palo
con ellos, para que aprendieran a respetar. ¡A cubrirse
totalmente! ¡Cero tolerancia! Mientras menos piel, mejor. Nada de malos pensamientos.
—Bueno, por algo les dicen las monjas —concluyó Abel.

Octavio estaba sentado en el suelo en padmasana practicando pranayamas (casi rima). Abel era pura fibra, puro músculo, pero su elasticidad dejaba mucho que desear y, aunque no decía nada, parecía molestarle aquella facilidad con que Octavio desarrollaba las distintas posturas, y siempre trataba de señalarle algún defecto (después de todo él era el que lo había iniciado). Ambos estaban agotados, eran más de las doce, habían pateado La Habana por la mañana, la tarde la habían empleado escuchando una conferencia sobre El Manto de Turín en un local de la Sociedad Teosófica cerca de la Plaza de la Revolución, y por la noche habían asistido a un «concierto» de Tony (un pintor amigo de Emilio que practicaba el bhakthi yoga) en la Yogananda de El Cerro. Como si fuera poco, cuando salieron de allí, a eso de las diez pasaron por El Calvario. Le habían metido un registro a Abilio el carnicero (que banqueaba con la lotería de Puerto Rico) pero todo se había quedado en un buen susto. Su mujer desapareció las listas de apuntación y no encontraron nada. No tenían certeza de quién había dado el chivatazo, aunque todo apuntaba a la puta del Comité.

—Está empeñada en que le practique una penetración ideológica —dijo Abilio secándose la calva con un pedazo de toalla.

—Coño, hay que tener una gandinga para pasarse a esa bruja.

—Tremendo encarne, viejo. Se cree que me tiene cogido por los güevos, ella no es boba, sabe en lo que estoy y lo que no sabe se lo imagina. El otro día se me tiró y todo, que si la ve mi mujer ahí mismo se forma. Tú sabes que Santa no se quiere.

—No seas mal pensado —dijo Octavio—, ella lo que pretende, supongo yo, es llevarte por el buen camino. Sabe que tú estás penetrado…

—Eh, tranquilo, no te pases, que yo no estoy penetrado por nada.

—Penetrado ideológicamente, chico. Y tú sabes que el veneno se cura con veneno. Todo es cuestión de dosis.

—Una penetración ideológica… Pues mira, si no se mete el Manual de Marxismo Leninismo de Nikitín por la papaya la veo muy jodida.

—Oye, que lo de Nikitín, es la economía política.

—La misma mierda.

—El de Nikitín es más gordo que el de Afanasiev.

—Mejor todavía, a ver si se atora.

—¿Y el negro que le estaba dando? Coño, la tenía sedada.

—Ya le vendió, está alebrestada otra vez.

Tony primero hacía unas tandas maestras de ejercicios encaramado en una especie de tarima. Siempre empezaba como era costumbre con el saludo al sol (aunque fuera de noche) y las posturas más o menos afines. Después los nudos y los ensartes, cada vez más complicados y endemoniados, hasta terminar en sirsasana (primero sarvangasana, claro). En esa posición, de cabeza, con las patas para arriba muy estiradas se quedaba una eternidad. A Octavio también le encantaba pararse de cabeza, aunque siempre lo hacía pegado a la pared para evitar accidentes, y desnudo. Cerraba los ojos y se concentraba en su respiración. (Una inspiración lenta y profunda. Pausa con los pulmones llenos seguida de una espiración más lenta aún. Después otra pausa con los pulmones vacíos). Sentir el prana circulando desde el ojo del culo por toda la columna vertebral hasta la coronilla y los chacras girando en los puntos donde se cortan los nadis. El caduceo de Mercurio, los güevos recogidos y la pinga que se le empieza a parar. Entonces Tony se sienta en éxtasis, traza mudras con las manos y con todo el cuerpo, recita mantras mientras suben a la tarima un par de locas más feas y más pájaras que el propio Tony (lo cual ya es prácticamente inconcebible). Se supone que son los músicos (flauta y tabla), se hace tremendo silencio y ahí es que Tony comienza a cantar. La verdad es que tiene una voz muy bonita. Es como un tubo que brilla, como humo confundiéndose con incienso. Una pinga parándose entre dos hilos que se enroscan en el ascenso. Como una espiral, como una cadena de ADN, como una enredadera de aguinaldo, como un trío que suena como orquesta cantando *Flor de Yumurí*. Como su madre en el patio (ha terminado pronto de lavar y entra sonriendo)… *al nacer me ha copiado Yumurí en su cristal y es ese río el espejo donde ansío mi rostro por siempre reflejar. Ven, oh mi amor a la orilla de este río de oro con* las siete casas haciendo un círculo rojo (como una pulsera) y ella en el centro, donde las aguas del río comienzan a mezclarse con las del mar. Entonces todos los nadis se hinchan y la miel de aguinaldo se impulsa y brota en un espasmo monumental que salpica las paredes, todas pintadas con motivos hindúes por el propio Tony.

—Qué perra venida, René —diría Carlos Miguel.

—Qué perra venida, Bicho Raro —diría Thais.

Carlos Miguel y Thais, sin conocerse, tenían muchos puntos en común y se relacionaban por medio de los asteroides. Carlitos era admirador furibundo del B 612 (descubierto por Saint-Exupéry en 1943) y Thais del No. 1236 (descubierto por Neujmin en 1931). Había otras concordancias, Thais había sido (en una reencarnación anterior) una de las putas aventureras del gran Alejandro pero también (ídem), en el siglo IV, santa (primero otra vez puta) y cuando Pafuncio la obligó a salir a la calle, a los diez días se murió. Thais odiaba la ópera, incluso la música de Massenet (prefería a Paul Anka). Carlos Miguel escribía poesía como sor Juana, le gustaba Amaury Pérez (*Hacerte venir*) y, según el difunto René, había conocido a un conquistador en el baño del Gran Cinema llamado Héctor (alias Alejandro) que trabajaba para la Compañía de Electricidad o la Reforma Urbana.

La perra reformaurbanista le indica dónde firmar los papeles del inventario y luego ladra.

—Jau jau jau.

Todos levantan las manos y las agitan en el más absoluto silencio, porque es la única forma autorizada de expresar júbilo, gratitud, reconocimiento; de felicitar. Un aplauso reprimido y mudo. Abel y Octavio se miran alborozados, qué fotos más extraordinarias. Cuánto darían por leer el libro, el informe o lo que fuera (años después Octavio lo leería y tendría las fotos en sus manos, se trataba del *Dictamen sobre la Sábana de Cristo* de Kenneth E. Stevenson y Gary R. Habermas, publicado por Planeta en diciembre de 1982). Emilio también sonreía satisfecho. Cada conferencia era más espectacular que la anterior. Valía la pena la obligación de dar los nombres a la Seguridad del Estado para que no pasara trabajo controlando la asistencia (la monja de la puerta, al pie de la escalera, casaba cada nombre contra el carné de identidad; si no figuraba, no entraba). Peor era si se aparecía alguien que no estuviera en la lista: suspendían la conferencia. A veces el curioso desconocido que intentaba entrar era un seguroso mandando expresamente para impedir que determinada conferencia (considerada conflictiva) se efectuase. Al conferencista lo podían acusar de proselitismo y eso era gravísimo. Vacaciones

pagadas en el Combinado del Este o en el Gavetero de Boniato. Aquella era la cuarta o la quinta conferencia a la
que habían asistido y no se arrepentían. Octavio tenía una
especie de programa mimeografiado (que le había dado
Emilio) con las fechas y los temas de las conferencias. Era
un mundo fascinante por lo insólito del marco donde se
desarrollaba —el país de la siguaraya blindada, una isla
camaleónica que navegaba fuera del tiempo y el espacio,
al ritmo de la marcha triunfal o la fúnebre, según soplara
el viento—; un mundo abierto a la imaginación que tenía algo de prohibido, de maldito, de peligroso, lo cual lo
hacía triplemente atractivo. Si no era allí, en aquella habitación calurosa y poco ventilada de un segundo piso, las
posibilidades de escuchar a alguien disertando sobre la
acupuntura mientras señalaba en una gráfica del cuerpo
humano los distintos meridianos energéticos; o sobre el
Manto de Turín, ilustrando la charla con diapositivas a
color; o sobre los distintos caminos del yoga; o los colores
del aura y el efecto Kirlian (en este caso era un atenuante
que su descubridor fuera ruso); o sobre los biorritmos y
cómo calcularlos; o sobre el *Bhagavad Gita* o *La Doctri-
na Secreta* de la Blavatsky (otra rusa que, según una copia
que poseía Abel de la autopsia, se mandaba un clítoris de
siete centímetros), eran sencillamente, remotas (de OVNI
sí estaba terminantemente prohibido hasta susurrar). ¿Y
quién era el autor intelectual de aquel prodigio? Pues nada
menos que Emilio.

Emilio era un tipo rarísimo, flaco, destartalado, parecía
por su físico medio indio (indio de la India), vivía en
Santos Suárez, cerca del cine Los Ángeles (donde Octavio había conocido al Arrascapié) con su mujer, una
mulata oriental, espiritista, que decía que trabajaba directamente con Alan Kardec, y que por las noches ser-

vía espaguetis (¡cuatrooooo!) en la pizzería Sorrento, junto al cine Santa Catalina. Allí lo visitaba Octavio (al principio siempre con Abel) y con él había aprendido lo que sabía de hatha yoga. Durante meses iba religiosamente todas las tardes a practicar en la salita de su casa y se sentía físicamente bien, sin contar que con Emilio se podía hablar (lo que se llama hablar). Tenía nociones de sánscrito, podía leer griego y hebreo con cierta fluidez y estaba estudiando hindi (unas clases que daban en la embajada de la India). A Octavio le encantaba oírlo leer los textos sagrados en hebreo. Sentados en el suelo, Emilio iba pasando el dedo sobre las misteriosas líneas llenas de garabatos y las palabras brotaban, se armaban, cargadas de una tensión oscura, milenaria, que guardaba cierta relación con la infancia (la suya en particular y la de la especie en general). Si cerraba los ojos se veía junto a su tía Aracely. La mujer, entonces joven, le mostraba unas láminas que se le antojaban hermosamente desoladas (quizás por la ausencia de la figura humana), donde la piedra, organizándose en forma de columnas, arcos, murallas o escaleras, le hablaba de un tiempo que no sabía precisar, pero que ejercía sobre él una atracción perturbadora. No solo era el misterio, la aridez, los extraños caracteres, la hierba que rajaba la roca o el gris de un cielo con jirones brillantes, sino que, de alguna forma, se intuía la presencia del mar. No había nada, ningún detalle que lo delatara, pero el niño *sentía* su voz escondiéndose en la piedra. Por las noches, en su catre, soñaba que se extraviaba entre aquellos arcos absurdos y aquellas escaleras que no llevaban a ninguna parte y se despertaba empapado en sudor, refugiándose entre sus padres. ¿Qué pasa? Nada, el niño que tiene malos sueños, duérmete. Todavía allí, bajo las sábanas, protegido por el calor de sus cuerpos oía la voz del mar, que era la misma que salía del fondo de la ermita. Supo entonces que era la voz de Dios y ahora la reconocía mientras el dedo de Emilio descifraba los signos, convirtiéndolos en sonidos. Códices que se resistían a la lengua y los ojos. Ahí fue que le propuso que sería productivo intercambiar conocimientos, Octavio podría enseñarle a leer en francés (también un poco de inglés y de latín) y Emilio griego, hebreo o hindi, lo que le fuera más cómodo. Emilio escogió el hindi y la misma clase que recibía en la embajada, se la repetía a Octavio al día siguiente. A él le servía de práctica y reafirmación. Los dos aprendían al unísono. Si tuviera una grabadora, se quejaba Emilio, podría grabar las clases y repetirlas cuantas veces fuera necesario, cuantas veces quisiera. Sobre todo por la pronunciación que era dificilísima. ¿Pero de dónde coño iba a sacar una grabadora? Tenía que conformarse con los pocos libros que podía conseguir (su librero era muy pequeño pero selecto) y ningún diccionario. Cuando Octavio le escribía a Hugo le copiaba los pasajes que iba aprendiendo, le hablaba de las conferencias a las que asistía y de los secretos de las catedrales. Le fascinaban las extrañas marcas de sus constructores (como firmas) que evocaban sectas prohibidas, misterios mortales (¿alguna vez podría visitar Notre Dame de París?), hogueras, gremios de albañiles, grupos que se organizaban clandestinamente (como ellos); símbolos que había que rastrear, que descifrar, por las paredes, por los rincones; magos y alquimistas, sapos y culebras (Gaudí colocando un anarquista con una bomba en medio de la exuberancia derretida); los correspondientes numéricos y las nueve letras del Alifato sagrado cabalístico.

Una tarde lo habían calculado, Zain (7) para su nombre y Vau (6) para su apellido, que daban Daleth (4) en su conjunto. La cuarta letra, producto de la unión del Aleph de Borges (1) y Ghimel (3); el cuaternario universal (el cubo geométrico), el origen de todo cuanto existe y el retorno a la unidad donde debía cerrarse el círculo (Emilio era Teth, un 9, lo que lo emparentaba con Teresa de Jesús). Lo describían como inteligente, sensible, obstinado y le auguraban toda clase de éxitos sociales (ja), económicos (ja ja) y políticos (ja ja ja). Decían que sus uniones amorosas resultaban duraderas (menos mal) y que simbolizaba los logros personales mediante el esfuerzo propio, aunque generalmente en condiciones terribles (¡qué casualidad!). Era un mundo nuevo, que aunque no lo convencía en lo absoluto, deseaba que lo compartiera, acercarlo. Lenguas mágicas como los universos que dibujaban, que lo animaban y lo ayudaban a matar el tiempo. A veces tenía que controlarse (no quería terminar haciendo horóscopos) para no parecer descortés o sonar cínico con Emilio. A aquellas alturas de su vida y su espanto, lo que más le gustaba era nadar contra la corriente, a lo material contraponer lo inmaterial, pero más como ejercicio retórico que como otra cosa (una especie de escudo protector y un desafío). Nadie lo iba hacer inclinarse jamás ante un ridículo elefante convertido en deidad, por mucha suerte que le prometieran. Ya sabía (o creía saber) que daba lo mismo el nombre que le dieran a los dioses, que poco importaba debatirse entre la certidumbre o la duda, que no era razonable sustituir unas costumbres por otras (tan válidas unas como las otras, o todas sin ningún valor). Que el verdadero Dios era el dios de la infancia, fuera cual fuera. En el fondo, lo realmente aterrador era la unicidad del misterio. Aunque más aterrador aún, si era posible imaginar algo así, sería la ausencia de misterio.

Después de cualquiera de aquellas sesiones, que terminaban por hacer la cola de la maltera de la Víbora más insufrible, más embrutecedora que lo habitual, necesitaba asirse a la realidad. Y la realidad requería de piernas y brazos, de un tronco que compusiera todo eso y que se pudiera palpar, apretar, penetrar. Penetrar o ser penetrado, esa era la cuestión (vital). Así que apuraba el contenido intentando el menor contacto posible con el aluminio asqueroso de los vasos, y entraba al baño. Casi siempre allí, junto al inodoro desbordado y la peste a amoniaco, encontraba algo, una desesperación desorbitada (como él) que no requería rituales ni palabras. Si no, meterse en un cine o según el día de la semana, una visita a casa de Thais o de Reina. O detener a Arturo en su camino a casa de Laura (bastaba con acariciarle las nalgas, ya se sabe). O si todo fallaba, bueno, lo de siempre: *Cinco son los dedos y cuatro las estaciones, son tres las carabelas, una, dos y tres. Una como la nariz y dos, como tú y yo* (traducción libre del tema principal de la película italiana *Alcornoque*). El caso era sacarse toda aquella mierda de la cabeza y las tripas, expulsarla, destupir los nadis, deshollinarlos con leche a presión o con agua de lluvia, para que el prana de los indios, el ki de los chinos, el plasma astral, la bioenergía (los fuetazos de escoba amarga para limpiar el aura), circulara, lo limpiara por dentro y por fuera (lo que es arriba es abajo), lavara el rostro triste y dulce como quería Perse: *lavad, oh lluvias, el rostro triste de los violentos, el rostro dulce de los violentos, pues angostos son sus caminos y sus moradas inciertas*. Limpiecito por dentro y por fuera, para echar el resto de sus últimos días en el infierno, pacientemente, sin aspavientos, y aprovechando al máximo eso que llaman tiempo (en todos los sentidos) por los angostos caminos y las moradas inciertas (inciertísimas). Lo mismo que hacía Emilio, que estaba loco, según decía, por largarse también de aquella mierda y poder visitar la India. Ese era su sueño, ver el río sagrado por excelencia y meditar en un ashram. Tal vez hacerse monje budista, aunque de eso no estaba tan seguro, porque él, al igual que la Blavatsky, armaba una cagazón, un arroz con mango con las religiones y las filosofías, digno de una batidora. Independientemente de que no podía decir que fuera un seguidor de Ghandi (no estaba en lo absoluto de acuerdo con la máxima de tantos palos tantos hijos). A veces, después que terminaban las clases o las prácticas, se sentaban en el suelo a soñar. Emilio hablaba de sus peregrinaciones expiatorias y Octavio de sus viajes (pero nada de su hipotética novela; siempre presente la sentencia kafkiana: *desconfiado, según la vieja tradición judía*). A él la India no le atraía mucho (tampoco Egipto, a pesar de sus rejodidas pirámides); quizás, aunque nunca había leído a Jung, porque estaría de acuerdo con esto: «El objetivo del indio no es la perfección moral, sino el estado de nirvana. Quiere liberarse de la naturaleza y, por consiguiente, quiere alcanzar en la meditación el estado de indiferencia y de vacío. Yo, por el contrario, quiero perseverar en la concepción viva de la naturaleza y de las imágenes psíquicas. No deseo ni liberarme de los hombres, ni de mí, ni de la naturaleza, pues todo ello constituye para mí, prodigios indescriptibles. La naturaleza, el alma y la vida, se me muestran como la divinidad manifestándose». Octavio iría en primerísimo lugar a Yucatán para ver con sus ojos Chichén Itzá y Uxmal (los lugares donde estuvo su tía). Luego a Grecia, le interesaba recorrer los sitios por donde habían andado Orestes y Pílades, Agamenón y Clitemnestra, sobre todo Micenas. Después, bueno, lo de siempre, Roma, Florencia, Venecia, Turín (para ver el lugar donde estaba la Síndone) y los grandes museos del mundo. Ver un Van Gogh (era un insulto morirse sin sufrir un Van Gogh), la *Noche estrellada* y el *Campo de trigo con cuervos* (en su cuarto tenía una copia pintada por Liriano de este último), sobre todo. Iría a Auvers-sur-Oise para ver la iglesita que pintó y sus campos de trigo.

— Esto es una paja metal archidiversionista y peligrosísima —dijo Octavio

—Tal vez soñar —dijo Emilio repasando a Bradbury.

Los dos sonreían, se había hecho de noche. Estaban solos, Sara ya se había ido a trabajar (¿amor, quieres que te traiga una pizza?, dijo al despedirse pero nadie le hizo caso). Las imágenes evocadas se paseaban por el techo de madera manchado por las goteras, cuando sintieron que tocaban a la puerta. Eran unos golpes imperativos, que no admitían dudas. Emilio saltó, se puso la camisa y prendió la luz (ni cuenta se habían dado de que estaban a oscuras). Octavio se sentó en el sofá y se pasó la mano por el pelo. Tenía la sensación de que los habían sorprendido haciendo algo malo y aunque no tenía idea de qué podría ser se sentía culpable. Los dos amigos se miraron mientras los golpes se repetían, ahora con más urgencia.

—Buenas noches —dijo Emilio.

En el marco de la puerta, con un mono de preso y escoltado por dos monjas estaba Tony, más flaco y más pálido que nunca. Como un resorte, a Octavio se le disparó la paranoia. Desde su ángulo podía observar la escena. Su cerebro comenzó a trabajar a 2000 revoluciones por segundo. Hacía como dos semanas o más que no iban por la Yogananda y no sabían nada de Tony. Él no se había portado por las conferencias, pero a nadie le extrañó porque siempre andaba en plan diva mística. Tenía fama de excéntrico y rara vez se le veía por la calle, ni siquiera en las actividades culturales relacionadas con la India. Lo suyo era el canto, el yoga y la pintura. Octavio había estado una vez con Emilio en su estudio (un cuarto en una azotea con muchas matas y demasiado humo) y no le gustó el ambiente. Había allí varios cuadritos, paisajes hiperrealistas (montes espesos, ríos, palmitas, cosas así) de moda entonces, y algunas telas con desnudos. Siempre el mismo cuerpo, un flaco anémico y sin cabeza (la cabeza debía quedar fuera del marco) con una pendejera estilizada, algo así como un rombo de sortijas decorativas que le llegaba al centro del pecho convertido en hilo. Los cuerpos siempre tenían un movimiento (otros eran escorzos a lo Dalí) que impedía que se les viera el sexo. En una especie de almohadón azafrán, en una esquina del cuarto, había un macho rubio, más joven que Tony, con los ojos entornados como si estuviera en trace (o en nota) que ni se movió durante la visita. Estaba sin camisa con los pies recogidos y Octavio no tuvo la menor duda de que se trataba del modelo que había inspirado aquellas horripilantes telas. Tampoco había que alardear de mucha imaginación para derivar que el rubio era el encargado de despertar kundalini en el santo pintor. Por supuesto, aquello le olía feo, a utilería barata, a montaje teatral para iniciados selectos (tipo el rubio), que en su conjunto tenía la virtud de hincharle los cojones, así que no había vuelto más. Tony no era santo de la devoción de

Octavio y aquella pintura mojigata y pastoril lo dejaba indiferente. Solo admiraba la habilidad de Tony para el canto y la gran facilidad, la plasticidad, con que realizaba las asanas. Era un espectáculo digno de verse (aunque tampoco como para tirarse a las monjas atrás en agradecimiento). Octavio se levantó y cruzó por detrás de Emilio hacia la cocina. Quería echar una miradita, aunque fuera rápida, hacia el pasillo (en efecto, como suponía, había un VW parqueado junto a la acera y una monja recostada a él). La cocina quedaba junto al baño. Entró y abrió la ventana para ver a dónde daba la posible salvación (otro pasillo). Desde allí, ya cuando estaba encima del inodoro dispuesto a saltar, oyó el breve monólogo de Tony. Casi en susurro. Tuvo que parar bien las antenas para enterarse de que venía a romper la amistad, y todo vínculo, con seres como Emilio (Octavio sin que lo mencionaran se sumó automáticamente a la lista). Desde aquel momento él renunciaba al yoga, el esoterismo, la masonería, a la Yogananda de El Cerro, a la Sociedad Teosófica y cosas afines (tal vez hasta al rubio y sus cosas también afines), porque todo aquello no era más que basura burguesa, blandenguería retrógrada, oscurantismo, diversionismo ideológico y contrarrevolución (30 años mínimo). De ahora en adelante solo se iba a dedicar a la pintura y no quería saber nada de su vida anterior. Vida nueva. Adiós. Viró la espalda y se fue escoltado hacia el VW (afortunadamente no era amarillo). Octavio regresó a la sala. Emilio estaba pálido. Cerró la puerta. Las monjas no habían abierto la boca. El gato de Emilio empezó a restregarse contra sus pies.

No pasaría mucho para que Emilio y Octavio completaran el rompecabezas. Tony había sacado clandestinamente, con unos japoneses, un inofensivo paisaje (pequeño formato) y estos lo habían presentado a un concurso en su nombre. Para asombro de todos, el cuadro había ganado el gran premio y las primeras en enterarse, como era de esperar, fueron las monjas, que enseguida asaltaron la azotea y se lo llevaron detenido. Al parecer, sus edificantes sermones lo convencieron de que renunciara a toda aquella mierda extranjerizante y que rompiera formalmente sus relaciones con sus amigos y conocidos antisociales (los visitó a todos). A cambio, sus errores de juventud serían olvidados, quedarían en el pasado (archivados), y sería admitido en la sana comunidad de compañeros trabajadores de las artes. Entonces podría aceptar tan prestigioso galardón que honraba la plástica revolucionaria y hasta quizás se le permitiría ir, personalmente, a recogerlo. Amén. En fin, nada nuevo, lo mismo que había pasado con la nueva trova y con otros artistas de distintas manifestaciones. Se repetían hasta el aburrimiento.

A Octavio no le quedó más remedio que decirle adiós a sus clases de hindi y levantar el pie de casa de Emilio (su prioridad número uno era mantenerse limpio, tranquilo, para que no se le fuera a joder la salida), pero eso resultaba extremadamente difícil. Cuando no era una cosa era la otra. Por un lado la planificación de los pasos a seguir (sin descuidar a Teresa Carrillo, el Calvo de la Zona, la peligrosidad, el suministro de champú para perros, el póquer, los acordeones de relajo y la posada clandestina dominical), y por el otro noviembre cayendo. Un parche aquí y un roto allá. Y de pronto él que está sentado en el muro cogiendo fresco ve venir (soltando el bofe) a Lourdes, la mujer de Abel. Llega y se le abraza sin aire. Lo hala por los brazos y casi lo tira.

—¿Pero qué te pasa? ¿Por qué lloras?, ¡entra!

—No, no, ven conmigo, apúrate.

—¿Adónde?

Echaron a correr y por el camino Octavio se enteró de que había llegado la policía con una brigada y una orden de desalojo y demolición. Antes le habían metido un registro en casa de la madre de Abel buscando, según dijeron, los papeles que autorizaban la compra de materiales de construcción (los daba el Poder Local según un escalafón que no caminaba desde 1964). Entraron como animales, dijo Lourdes, regándolo todo, el escaparate lo vaciaron, lo tiraron todo. Ellos estaban durmiendo en la casa nueva y los vecinos les avisaron. Cuando llegaron, se encontraron a la madre de Abel en la sala llorando, sola. Luego, ya de día, cuando volvieron para la casita, se apareció la policía y ella corrió a buscarlo (a Octavio) para que tratara de calmar al marido. Si tumbaban la casa que la tumbaran, qué se iba a hacer, peor sería si lo metían preso.

—Tú sabes que Abelito es un pedazo de pan, pero cuando se cierra se bestializa. No hay quien lo haga entrar en razones, pero a ti te respeta y te hace caso. Tú eres su amigo y él te aprecia mucho.

Ya a lo lejos se veía el molote frente a la cerca; bueno, frente a la cerca no, porque la habían derribado. Abel, sin camisa, manoteaba en la acera. Había un bulldozer en el medio de la calle y varios trabajadores, apartados, esperando. La discusión era porque la policía amenazaba con derrumbar la casa con los muebles dentro, si no los sacaban inmediatamente y Abel se negaba. Que si la iban a tumbar que la tumbaran, que él no iba a sacar nada. Octavio lo empujó con toda su fuerza, mientras Lourdes lo halaba por un brazo para apartarlo del peligro. Abel estaba empapado en sudor y los ojos le brillaban.

—Ni te atrevas a tocar nada —le gritó a Lourdes—, que lo saquen ellos si quieren.

Varios obreros de la Brigada de Demolición, visiblemente apenados, se brindaron para sacar los muebles pero la policía lo impidió. Antes que el bulldozer empezara a moverse, Octavio logró llevarse al amigo (Lourdes le alcanzó una camisa y se quedó calmando al padre) para que no viera nada. Se pondría peor. Caminaron varias cuadras, cruzaron la calzada y comenzaron a subir la única loma de Barrio Azul. La misma de su infancia, pero a la que no iba desde hacía muchísimos años. Arriba, apartados de todos, Abel se sentó sobre una piedra y empezó a llorar. Octavio, en silencio, lo dejó que se desahogara. ¿Qué le podía decir? Verlo deshacerse de esa forma, sin control, sin máscaras ni subterfugios lo dejaba completamente hueco. Sintió deseos de acariciarle la cabeza o ponerle la mano en el hombro, pero no lo hizo. Se quedó de pie contemplando La Habana a lo lejos, una mancha blanca recortada contra el cielo y una chimenea con una voluta negra inmóvil, como si no tuviera fuerzas para flotar, caer o desplazarse. Se movió unos metros. La loma no parecía la misma, era más pequeña como si se hubiera encogido, como si el paso de miles de niños la hubiera consumido. Sin embargo reconoció la parte por donde, con sus difuntos hermanos y algunos muchachos del barrio, se deslizaban utilizando cualquier yagua. Detrás estaba la arboleda, una calle empedrada, una hilera de laureles, la tapia de la quinta en la distancia. Por aquel camino se perdía con Mongo, sigilosos, buscando pájaros entre las ramas. Había meses en que la loma se llenaba de papalotes y otros en que se cubría de una hierba alta coronada por un penacho blanco. Flores extrañas que daban picazón en las piernas, pero bonitas cuando el viento las movía por las tardes. Y en la cima, cerca de la piedra donde lloraba Abel, estaba la cueva (apenas un hueco ahora). Allí escondía sus tesoros en una bolsa de tela blanca. Chapas difíciles de conseguir (las del murciélago), botones rarísimos y sobre todo vidrios, pedacitos de vidrio, de distintos colores. Algunos parecían verdaderas piedras preciosas, eran los que se encontraba cerca del mar, confundidos con los caracoles y la arena. El mar los pulía y eran frescos cuando se los pegaba a la piel. También le gustaba mirar a través de ellos, ponerlo todo rojo, o verde, o amarillo. Las matas rojas, las casas, las personas. O verde, todo verde. O amarillo, los pies descalzos amarillos y las uñas de las manos amarillas. A veces cuando descubría un fondo de botella (ámbar u otro color que no tuviera), lo rompía con una piedra y seleccionaba el pedazo más grueso. Entonces trataba de pulir las aristas frotándolas contra el cemento del portal para que no cortaran, pero por mucho que se esforzaba nunca le quedaban igual que los que recogía en la playa o en el río de Primera. A Octavio le encantaban, sin embargo no tenía ni la menor idea de lo que había pasado con la bolsa y los vidrios (zafiros, rubíes, topacios, esmeraldas). No podía recordar cuándo fue la última vez que visitó su mina secreta ni qué había pasado con ella. Probablemente, como le había ocurrido con otras muchas cosas en la vida, de pronto, de un día para otro, dejaron de tener valor y no se ocupó más del asunto. También le había pasado con algunas personas. Con Luis P, por ejemplo, uno de sus grandes amigos del servicio militar. ¿Cuántas veces pensó, en aquellas infernales barracas, cuando estaban en el curso, que si los separaban no lo podría resistir?

Pero no solo lo resistió, sino que con el tiempo le llegó a ser absolutamente indiferente la presencia del otro. Igual le pasó con Hugo cuando se fue por el Mariel. Ahora sí me muero, se dijo, pero no se murió. Como tampoco se murió cuando se quedó sin familia; sus padres, sus hermanos, a volar. Y él con un único objetivo: resistir para poder salir de aquel infierno. No lo iban a aplastar con nada que le hicieran, estaba dispuesto a aguantarlo todo. Lo que fuera. Miró hacia el sitio donde estaba Abel. Tenía la mirada perdida y fumaba.

—Oye, Abel, tienes que ayudarme a encontrar una cosa —le dijo intentando una sonrisa.

—¿Qué cosa?

—Algo que guardé por aquí hace algún tiempo.

Abel lo miró largamente y la sonrisa de Octavio se fue abriendo, comiéndose todo alrededor (cosas y seres), y se fue lejos. Lejísimo más bien; nada de aquellas casas feas que habían empezado a trepar la cuesta con sus techos de fibrocemento, las paredes sin repellar y las ventanas como huecos, afeaba ya el paisaje. La loma era joven, algo vivo y nervioso, un animal que retorcía las raíces como si fueran dedos. Abel se puso de pie, contagiado por la música que salía de la tierra, una neblina rastrera que infundía miedo, y lo siguió hasta el hueco, un desprendimiento, un rasponazo de la cima; como si alguien la hubiera probado con una cuchara gigante. Octavio cogió un pedazo de piedra pómez y se lo dio, era liso al tacto como una tiza, como un brazo, como una pierna. Sólido pero frágil, había que cuidarlo, acariciarlo. Es por aquí, dijo Octavio, y se agacharon. Arrancaron varias matas, parecidas a las que utilizaban para sacar las arañas de sus cuevas, pero más duras, se resistían a salir. Después con un palo, entre los dos, movieron una roca enorme que casi les llegaba a la cintura. Abel sudaba y Octavio pujaba, el palo se partió, pero así y todo lograron correrla un poco más. La tierra allí era oscura, fría, pero no estaba húmeda. Hace falta agua, dijo Octavio; y Abel, quítate, apártate. Entonces se agachó y empezó a mear dirigiendo el chorro contra el vientre de la loma, en el hueco donde antes estaba la roca, dos cuartas por arriba del nivel del suelo. Cuando terminó, Octavio se arrodilló y primero con el mocho de palo y después con las manos empezó a escarbar hasta que sus dedos rozaron la losa. La limpió un poco y se alejó para contemplarla. Se acordaba perfectamente, fue cuando derrumbaron la vieja casa de madera que estaba junto a la carnicería de Tercera. Su padre habló con el dueño para que sacara las losas con cuidado, que se las iba a comprar. Estaban nuevecitas y formaban un cuadrado. Todo el borde era una cenefa naranja y el centro un motivo extraño pero bonito (una roseta y caminos que no eran rectos) de un color más pálido. Había que fijarse bien, pues volverlas a colocar de modo que formaran el mismo dibujo, debía de ser muy difícil (sobre todo porque el nuevo espacio era más pequeño). Cuando sin levantar el cemento (solo unos piquetes como arañazos para que cuajara y se afincara la nueva mezcla), echaron aquel piso, Octavio quedó maravillado. Un piso muy lindo para la sala de la casa (más adelante se trataría de resolver para el resto de la casa), donde, cuando se quedaba solo, pasaba horas sobre él armando interminables historias con sus soldados. Tenía otros que no eran precisamente soldados, un payaso, tres marcianos y varios animales (perros, caballos y elefantes). Aquellos mosaicos se prestaban para la aventura, porque por los colores se podía definir perfectamente el paisaje montañoso (hacia las cuatro esquinas) y los ríos (el trazo grueso que le daba la vuelta a la roseta central era el Amazonas y las líneas que salían de él, sus afluentes). El viaje por el río en canoa era peligrosísimo por los rápidos, las pirañas y los cocodrilos. De vez en cuando, Manuel venía a jugar con él, pero a su amigo no le interesaba tanto la aventura. Todos sus juegos siempre terminaban casando a la mujer amarilla con el payaso de la bemba roja y los brazos cruzados y escenificando la noche de boda en la tienda de campaña. No es que a Octavio no le gustara (a veces hasta lo proponía), pero más le gustaba inventar (solo él sabía exactamente en qué parte de la sala estaban las cataratas; Manuel nunca las veía, a pesar de que era mayor), imaginar cosas distintas, fantasear. En el centro de la roseta, en un templo formado por cuatro ladrillos (el techo era la tapa de una cazuela), estaba el tesoro que todos querían encontrar. Una bolsa de tela con las piedras preciosas (vidrios, pedacitos de vidrio). Una tarde, cuando casi se estaba haciendo de noche ya, cogió una de las losas sobrantes, que estaban apiladas en el patio, y con la bolsa en el bolsillo salió corriendo para la loma. Se fijó que nadie lo siguiera, que no hubiera enemigos, ni curiosos, ni siquiera las parejitas que también subían al atardecer. Estuvo un rato en la cima viendo con qué lentitud el sol caía. Después se deslizó hasta la cueva (había que apretarse bien a la roca para pasar) y con un palo excavó un túnel todo lo hondo que le daba la mano, metió su tesoro, colocó la losa y lo volvió a cubrir. Después meó en el hueco para que la tierra se hundiera, echó más tierra y la apisonó. Regresó a la casa temblando por la emoción, la madre le preguntó que qué le pasaba y le respondió que nada. A cada rato subía la loma y con disimulo comprobaba que su tesoro seguía a salvo. Un día no volvió más; hasta ahora.

—Un trapo podrido, chapas mohosas y cuatro piedras. ¡Tremendo tesoro! —dijo Abel.

—No son piedras, comemierda. Ya verás cuando las lave.

Los dos amigos bajaron de la loma. Fueron para casa de la madre de Abel. No hablaron de la policía ni del derribo ni del registro (la madre seguía acomodando las cosas). Ni ese día ni ningún otro. No valía la pena. Abel volvió a dormir en casa de la madre y Lourdes donde el padre. Octavio, como al desgano, lo dejó caer.

—Oye, cualquier día que quieran quedarse a dormir en mi casa, no tienes ni que decírmelo. Tú sabes que a mí lo que me sobran son cuartos vacíos.

Tomaron café y se sentaron en el portal a fumar. Octubre había terminado con tragicomedia internacionalista y noviembre lo hacía con pachanga (sin ignorar las mínimas tragedias personales). De lo de Granada, quedaba en la memoria el circo ridiculón que habían armado con aquello de los cientos de trabajadores inmolándose envueltos en la bandera (se ignora de dónde habían sacado tantas banderas). Después hubo un cambio de bola cuando los números no cuadraban, había demasiados sobrevivientes. Los aviones venían cargados de trabajadores sonrientes agitando banderitas y los cientos de muertos no aparecían por ninguna parte. No sé qué habrá sido del locutor apocalíptico. La verdad era evidente, se habían rendido en masa y los jefes a correr para la embajada rusa. Se pusieron de moda los tenis Tortoló (corra veloz con tenis Tortoló). El Comité Permanente de Intelectuales por la Soberanía de los Pueblos de Nuestra América (ya se sabe, Mario Benedetti, Chico Buarque de Holanda, Ernesto Cardenal, Julio Cortázar, Gabriel García Márquez,

Roberto Matta, Miguel Otero Silva, Mariano Rodríguez y dos o tres más por el estilo) inmediatamente redactaron una declaración sobre la invasión de Granada y enseguida la UNEAC hizo la suya: «En lucha desigual, con armas de uso personal y escasos fusiles, los constructores cubanos resistieron frente a un enemigo superior en número y armamentos, apoyados por artillería y aviación», etc. ¡GLORIA ETERNA A LOS MÁRTIRES DE GRANADA! ¡PATRIA O MUERTE! ¡VENCEREMOS! E inmediatamente se desató una guerra de declaraciones (a ver quién la hacía más enérgica). La Casa de las Américas y la Brigada Hermanos Saíz, a la vanguardia. Casualmente las dos terminaban igual: DONDE SEA, COMO SEA Y PARA LO QUE SEA, COMANDANTE EN JEFE: ¡ORDENE! De cualquier modo, aquello no se podía sostener, y por suerte a los tres días ya no se mencionaba el tema. García Márquez y Cortázar debían sentirse muy contentos, ya que no habían sido en vano sus innumerables esfuerzos (cubos de creolina incluidos, como se dice en cubano) para que «el tiempo indefinido e infinito» al que habían sido condenados cuando el caso Padilla se acortara (el Máximo Máximo les había prohibido la entrada al paraíso por ese lapso; sus obras fueron recogidas de las librerías, las bibliotecas y hasta del popular sistema de intercambios; allí entraban pero no volvían a salir). Ahora renacía la alegría con el Conjunto Artístico de Pyongyang (República Popular Democrática de Corea) seguido de una Semana de Cine Soviético (diez estrenos) y los festejos por el 66 Aniversario de la Victoriosa Revolución de Octubre (que se celebraba en noviembre). Ah, y también La Habana cumplía años (464) y se avisaba la inauguración de La Casa de Obrapía y La Casa de los Árabes, al fin restauradas. Alegría, alegría. La gente estaba en ebullición, alborotada, porque ya se anunciaba que estaría en el Festival de Varadero, nada menos que Oscar D'León (en ese momento su versión de *El derecho de nacer* era una de las canciones prohibidas más perseguidas en Cuba). También, Chico Buarque pidiéndole al país que le apartara ese cáliz lleno de sangre, Patxi Andión y Milton Do Nascimento, más conocido por Mierda de Nacimiento, entre otros más o menos habituales. La vida, gracias a Dios, volvía a la normalidad y Octavio a su rutina.

Ya tenía reservado pasaje (por Iberia, lágrimas negras le costó) para el 5 de diciembre y por ese lado estaba muy contento. Pero tenía otro problema muy grave. Había estado en la embajada de España y se había entrevistado con un funcionario. Su visa estaba vencida y no se podía renovar automáticamente como él suponía. Tenía que hablar con los familiares que habían firmado el Acta de Manifestaciones reclamándolo (gracias a la cual le habían otorgado la visa) para que le enviaran una nueva. Que no se preocupara que eso era «rápido», cuestión de «unos pocos meses». Octavio le explicó con la mayor claridad todo lo que le había pasado, que no podía esperar, pero era como hablar con una pared. Entonces pidió una entrevista con el cónsul y después de mucha burocracia (la espera de rigor incluida), le fue concedida y el jerarca le ratificó lo que le había dicho el funcionario. No se podía hacer nada (Non, rien de rien, sin nada que ver con Edith Piaf). Octavio, sin saber bien por qué lo hacía, le pidió con un gesto estudiadamente sumiso, una de sus tarjetas de presentación —a la vista sobre el inmenso buró—, y se fue destruido. Era como si le hubieran quitado el pasaporte por segunda vez. Se sentía exactamente igual. Bueno, destruido sí, pero no vencido, como decía la Hemingway (aunque él no predicó con el ejemplo, se quedó en pura literatura).

Le dolía la cabeza, trataba de pensar sereno, pero le daba vueltas y vueltas al asunto, sin encontrar una salida. Leyó una vez más el cuño estampado en su pasaporte por el Consulado General de España: «Válido para permanecer en España por 90 días prorrogables por la autoridad competente. Este visado no faculta al interesado para el ejercicio de una actividad laboral». Dado en La Habana, etc. En ninguna parte decía que tenía vencimiento. Claro, se sobreentendía que una vez visado el pasaporte el interesado tendría que viajar dentro de esos 90 días. Esa era la interpretación que los hijos de puta le daban, pero podría haber otras. Por ejemplo, que los 90 días empezaban a correr en el momento en que la persona pisara territorio español (además, estaba lo de «prorrogable»). Ese modelo de visado ellos lo habían cambiado, ahora expedían otro más preciso (sin presuntas ambigüedades), que él ya había visto cuando se fue Juanita. Tenía una idea, no perdía nada si lo intentaba, quizás hasta diera resultado; en caso contrario, no le quedaría más remedio que empezar los trámites de nuevo. Era preferible arriesgarse, jugarse el todo por el todo (como si tuviera un farol o una escalera de color en la mano). Podía salir bien, era una esperanza. Así, dándose cuerda para otorgarles un poco de credibilidad a la locura y el delirio, pero más reconfortado, se sentó en el muro a ver caer la tarde. Al momento vio pasar al ángel de los telegramas, que no era otro que Manolito, uno de los hijos de Zoraya (la de la flor en la papaya). Lo vio evolucionar, dar la vuelta en la esquina y detenerse junto a él. Obviamente no estaba trabajando. Era una belleza bruta, a lo bestia; con sus dieciséis o diecisiete años, cuando no andaba repartiendo telegramas, parecía un bandolero. Descalzo, con una camisa que era un trapo o un pulóver en ruinas. Trigueño, de piel muy lampiña y unos ojos chiquitos y brillantes. No era la primera vez que ejecutaba esa maniobra, a cada rato, cuando veía a Octavio en el muro, hacía sonar el timbre de la bicicleta y se acercaba con la intención de que le prestara algunos libros (novelas policíacas de la colección Dragón) para llevárselas a la novia. Era un ejemplar con unas patas enormes que exudaba testosterona por los cuatro costados. Como todos los hijos de Zora (Abelito incluido), arrastraba una fatalidad genética no exenta de tristeza. Estaban condenados a nacer, crecer y desarrollarse en un ambiente que era un espanto (fatalismo hogareño) y aunque aparentaban cierta resignación, a la primera oportunidad (o a la última bronca) escapaban con los padres. Según le había contado Abel, Zora tenía una extraña fijación (odio, según él) con Manolito. Desde niño le pegaba por cualquier cosa y en demasiadas ocasiones lo había botado de la casa. Una vez (aquello fue un escándalo en el barrio), aprovechó que Manolito se estaba bañando con Pedrito y se coló dando gritos, repartiendo golpes con una tranca. Que no quería hijos maricones, que eso era lo último que podría pasarle a una madre, y los dos muchachos tuvieron que huir desnudos a la calle y refugiarse en casa de los vecinos. Abel, que defendía mucho a Manolito, tuvo ese día una bronca con Zora a nivel de perseguidora. Manolito y Pedrito se fueron a vivir con sus respectivos padres. Pedrito no regresó jamás; solo de vez en cuando, de visita, años después. Pero Manolito a los tres meses estaba ahí de nuevo recibiendo palos. Eres masoquista, le decía Abel.

Luisa, la novia de Manolito vivía en la Calzada de Bejucal, cerca de la iglesia de Barrio Azul. Era una muchacha de su casa, hija única, decentísima, de ahí que los trabajos que pasaban para templar eran peores que los de Hércules. La madre no los dejaba salir solos y se sentaba en la sala a vigilarlos los días de visita. Ellos, por su parte se habían convertido en expertos en echar palos relámpagos (el tiempo que la madre se demoraba meando o haciendo café). En las visitas ella se las arreglaba para en un momento dado ir al baño y quitarse el blúmer; él, previsor, nunca llevaba calzoncillos. En cuanto la madre se levantaba, la novia corría, se sentaba sobre Manolito, que ya estaba con el hierro listo, y empezaba a trotar tapándose la boca para no gritar. Cuando oían la puerta del baño abrirse o sentían que ya el café estaba colando, se desacoplaban en un segundo, y como ángeles, extasiados, seguían viendo la televisión. Todo eso se lo había contado el propio Manolito, que soñaba con poder echar un palo como Dios manda, tranquilo, sin apuro y en una cama. Octavio le había dicho que él alquilaba los cuartos, que cuando tuviera un chance que le avisara.

—Mi hermanito, creo que llegó el momento.

—Bueno, dime.

—El domingo la vieja va estar fuera toda la tarde. No sé dónde coño va, pero el caso es que Luisa se queda, no la puede acompañar como siempre, porque tiene un pie hinchado y no puede caminar.

—¿Qué fue lo que le pasó?

—Estaba tendiendo y se cayó en el patio.

—Bueno, pero no será para tanto.

—No, ella está exagerando para eso.

—Ya lo habíamos hablado, no hay problema.

—Sí, pero yo quiero amarrar los detalles. Ella tiene miedo que la vayan a ver, no quiere que nadie la vea.

—Eso va a estar difícil porque para venir aquí tiene que salir de la casa. ¿Y no es mejor allá? Si se va a quedar sola…

—No, porque viene la prima. La vieja no está loca de dejarla ahí sola. Yo me aparezco de casualidad en la bicicleta, Luisa lo que le va a decir a la prima que vamos a ir a comprar frozen o algo. No podemos demorarnos mucho, una hora cuando más.

—¿Cuándo sería?

—A la una.

—No hay problemas.

—Bueno, yo le dije que un amigo me había dicho que le cuidara la casa un rato porque tenía que hacer una diligencia y no la quería dejar sola.

—Eso está difícil de creer.

—No, porque yo le dije que era el que me prestaba los libros, que tiene algunos muy valiosos y eso.

—Ya veo.

—No quiero que ella te vea, porque si te ve no va a entrar, yo la conozco.

—Bueno, yo te dejo la puerta con el gancho y me meto en el cuarto de atrás. Cuando entren cierren con pestillo, no vaya a venir cualquiera.

—Coño, tú eres mi hermano.

—Me puedes pagar antes o después, como quieras. No hagan ruido, si alguien toca no abran y cuando acaben, dejen el gancho puesto. Tampoco te vayas a pasar toda la tarde porque yo tengo que salir.

—No te preocupes, y gracias, mi hermanito.

El domingo, desde la ventana del fondo Octavio los vio llegar. Ella venía en el caballo de la bicicleta con la cabeza baja. Estuvo atento a los ruidos de la casa y después se acostó a leer y se quedó dormido. Lo despertaron unos toques en la ventana. Abrió las persianas y se topó, nada más y nada menos, que con el inspector de la Compañía de Electricidad que lo miraba con los ojos desorbitados.

—Hola, ¿puedo pasar?

—Espérate un minuto.

Octavio, miró el reloj, eran casi las seis de la tarde, ya Manolito y la novia tenían que haberse ido hace rato, pero de todas formas fue al cuarto a comprobarlo. Después dejó entrar el inspector que le preguntó por los recibos, que cómo le estaban llegando, si todo seguía bien. *Brindémonos a la época tal como ella nos ansía*, se dijo con Shakespeare (él nunca había leído *Cymbeline*, pero desde que encontró aquella frase encabezando *El mundo de ayer* de Stefan Zweig, la había hecho suya) y se dispuso a pasar el trago amargo, que esta vez no lo fue tanto.

Por la noche volvió Manolito con los ojos brillantes a contarle lo bien que la había pasado (y a pagarle). Se le veía feliz. Dijo que Luisa al principio estaba un poco nerviosa, pero que enseguida se le pasó. Le dio las gracias y se fue. Octavio preparó las condiciones para acostarse, estaba cansado, el día había sido largo. Cuando iba a pasar los pestillos llegó Arturo, con las pupilas como girasoles. Le dijo que estaba muerto, que mañana hablaban y no lo dejó entrar. El muchacho puso un poco de resistencia pero no demasiada. ¿Cuántos días le quedaban en el infierno? Solo Dios lo sabía, si es que lo sabía. No era bueno que se calentara la cabeza, debía mantener la rutina y seguir los pasos. Todavía tenía que resolver un montón de cosas estúpidas, desde los zapatos hasta la maleta. Hacía años que no sacaban zapatos, la gente resolvía con el contrabando (lo que entraba por la Comunidad que la gente revendía, pero generalmente eran tenis, no zapatos, e Inmigración exigía traje con corbata y zapatos de piel, amén de una maleta aunque estuviera vacía). Ya había hablado con Reina, con Rita la abuela de Arturo y hasta con María Caturra —máximas autoridades de la bolsa negra— y nada.

La Mano del Muerto también se ocupaba del asunto. De cualquier forma estaba obligado a conseguir un par, porque con los suyos, unos ripios sin suela ni tacones, no lo iban a dejar entrar al aeropuerto. Ese problema lo tenía enfermo. Su tía Aracely había quedado en que iba a tratar de conseguirle la maleta con un médico amigo de ella (que le resolvía el parkinsonil). Ese médico, que a Octavio le caía como una patada en los cojones, le estaba dando vueltas y vueltas. Octavio se lo había tropezado un par de veces y era un caramelo con ella. Sus intenciones eran obvias, engatusarla para que lo pusiera en la libreta y eventualmente (ya Aracely rondaba los 70) quedarse con la casa, aunque tuviera que hacer cualquier sacrificio extra. Eran un tipo joven, camagüeyano, treinta y tantos, atlético, recién graduado, ambicioso, pero vivía en un albergue. Los fines de semana, casi siempre se quedaba a dormir y no era raro que Octavio se apareciera un domingo por la mañana y se lo encontrara en el cuarto, roncando en calzoncillos en la vieja hamaca yucateca de su tía. Enseguida ella salía, cerraba la puerta y le indicaba que no hiciera ruido, que el doctor Leandro estaba durmiendo. Se le notaba en las nubes. Después de todo, ¿qué podía importarle que aquel hombre se quedara con su casa cuando muriera? Peor era que se la cogiera el gobierno. Ella no tenía a nadie, estaba vieja y sola, su madre, con la que cargó la mitad de su vida ya había muerto hacía muchos años y sus hermanos se habían ido. También sus sobrinos, Octavio era el último y estaba preparando para largarse. Ella nunca había querido irse. Desde que salió de la escuela a pupilo donde pasó la infancia y parte de su adolescencia, empezó a trabajar «limpiando culos de niños ricos» (como le gustaba decir) y a reunir dinero. Así, todos los años se iba de viaje, primero a Miami (que no la entusiasmó en lo absoluto porque, decía, «allí no hay nada que no encuentre aquí») y después recorrió varios países de Centro y Suramérica hasta que descubrió Yucatán. Se enamoró de esa tierra (y de sus hombres) y la estuvo visitando religiosamente hasta el 59. De ese último viaje trajo una enorme hamaca matrimonial, que era donde dormía. Nunca se casó, era una mujer fuera de época, muy libre, aventurera («yo las he probado de todos los colores», solía decir con mal disimulado orgullo), apasionada de la cultura maya y a la que, como era de suponer, todo el mundo tildaba de loca, puta y tortillera, sentencias con las que ella se limpiaba, olímpicamente, el culo. Octavio entendía todo eso, y por un lado se sentía contento de que alguien se ocupara de su tía, que estuviera atento a sus medicinas y le hiciera compañía. Más si era un hombre joven, que a su edad todavía la ilusionaba. Pero por el otro, veía la hipocresía y el oportunismo de aquel ser. Ella sabía perfectamente que el médico tenía «una novia» con la que se iba a casar pero no le importaba en lo absoluto. A veces, salían los tres juntos a comer o al cine.

—Tavito, mira, ya te tengo la maleta. ¡Está nuevecita!

Era un cajón de cartón, verde, con las bisagras de lata (una medio floja que tendría que reforzar con alambre para que no se le fuera a desarmar por el camino) y un cierre sin llave. Con ese buey tendría que arar; total, para lo que llevaría adentro: fotos, cartas, dos o tres libros no problemáticos y algún que otro trapo para disimularlos. El caso era que ya tenía la maleta (la llevó directamente para casa de su tía Ena) y se sentía contento, así que le dio las gracias a Leandro y todo. Una cosa menos, un problema menos.

Se lo dijo a Abel, pero este no le prestó mucha atención. Estaba, como todo el mundo, conmocionado con la actuación de Oscar D'León. Miles de jóvenes se habían atrevido a lanzarse para Varadero, a sabiendas que no los dejarían ni llegar (entre ellos Arturo con la novia), y que las recogidas por toda La Habana eran monumentales. Había como un alboroto, como si el mundo fuera a explotar, la gente no hablaba de otra cosa y a medida que se acercaba la hora señalada para el comienzo del espectáculo, la ciudad se iba vaciando (todo el mundo anclado frente al televisor), ni un alma por las calles. Algo parecido a cuando anunciaron que iban a pasar por la pantalla chica una película de Tarzán, en un ciclo de la historia del cine o algo así. La expectación fue tal que la ciudad se paralizó, incluyendo los centros de trabajo y las escuelas nocturnas (la última vez que se había visto a Tarzán fue en una exposición antiimperialista en el Pabellón Cuba de La Rampa, una escena de menos de un minuto, montada al revés, de modo que los negros eran los que hacían correr al hombre mono y mantuvo a toda la población en peregrinación permanente frente a la pantalla hasta que la quitaron). Los programadores de Tarzán cogieron miedo por el revuelo que habían armado (peligraban sus cabezas) y sin avisar cambio de programación ni nada, suspendieron la película, no la pusieron. Pero toda la ansiosa expectación con Oscar D'León se convirtió en alarido catártico, en estruendo nacional, cuando el músico apareció en escena todo de blanco (casaca y pantalón con flecos), y una enorme cantidad de cadenas, anillos y pulseras (oro de 24 quilates por lo menos), haciendo sonar su güiro al ritmo de *Melao de caña* (magistralmente secundado por Vladimir, que ostentaba el mismo disfraz). El anfiteatro se vino abajo, aquello iba más allá de cualquier pronóstico. La jauría de policías

y las hordas de monjas disfrazadas de jóvenes entusiastas (pero contenidos) que rodeaban el escenario estaban atónitas (algunas con disimulo movían los pies y
la vista se les iba para arriba) y apenas reaccionaban.
No sabían qué hacer ante aquel fenómeno. Octavio, Abel,
Lourdes y los cuatro o cinco más que gritaban en la salita
estaban arrebatados. Sencillamente aquel ser parado allí,
tocando la música cubana, estaba demostrando lo que un
hombre libre era capaz de hacer. Porque ahí radicaba la
cuestión, ese que se tiraba por el piso, hacía muecas, chistes; que se burlaba de sí mismo, que improvisaba con una
facilidad y una libertad nunca antes vista en ese escenario, que pedía a gritos que le dieran cable *(¡dame cable!,
¡dame cable!)* para poder llegar al fondo, porque allá atrás,
en lo último, estaban los más entusiastas que en nada se
parecían a los seres que lo rodeaban (serios, rígidos, em-
paquetados), y que a coro pedían que cantara *El derecho
de nacer,* ese hombre, era un hombre libre, y eso se veía y
hacía la diferencia. *El derecho de nacer, el derecho de nacer,
el derecho de nacer.* ¿Qué cosa? *¡El derecho de nacer!* Esa
viene ahorita. *Aé aé la chambelona,* era una bola de energía, sudando como una regadera. Tenía locos a los que trataban de mantenerlo a raya. *Me mandan a salir, porque la
cosa allá abajo está caliente. Oye, si me lo permitiera esta
cosa hasta allá atrás yo podía llegar. Oye, yo por ustedes
siento un gran cariño, un gran amor, un gran aprecio.
Yo sé que ustedes allá arriba no me van a hacer nada.
Yo voy a pedir que me den un chance para por el medio
de ustedes poder pasar. Oye, yo quisiera que a la gente
que está allá afuera le dieran puerta libre para pasar.*
—Ay, este negro va a salir preso de ahí —dijo Abel.
—Tiene a la policía al borde de un infarto. Es absolutamente genial.

¡El derecho de nacer, el derecho de nacer! *Dios bendiga a las mujeres...* Ahora sí que se jodió esto. Diciendo que es un crimen abortar y que Dios lo castiga, de esta lo fusilan. Era apoteósico, nunca se había visto nada así en la televisión cubana. Afuera del anfiteatro (se enteraron después por Arturo) había otra revolución, la gente fajada con la policía por entrar y la policía repartiendo cascazos y llenando las jaulas.

—Y el sábado va a volver a tocar.

—Sí, pero ya verás que no va ser igual que hoy. El negro los cogió desprevenidos. Es una fiera. Van a llenar eso de militantes paralíticos para que no se muevan y seguro zumban un apagón nacional para que no se pueda ver.

—Dios mío, qué clase de espectáculo ha dado ese hombre.

—*Dale a tu hijo querido el derecho de nacer...*

—Y eso de decir que Barbarito cuando fue a Venezuela la bendición le echó, fue lo último.

—Muchas gracias, damas y caballeros.

¿Damas y caballeros? ¿Dijo damas y caballeros? ¿Escuché bien? ¡Se volvió loco! ¡Ahora sí que se tostó! *En mi Cuba nace una mata, que sin permiso no se puede tumbar...* Octavio salió de casa de Abel alborotado, la verdad que aquellas imágenes irrepetibles eran una buena despedida. Se veía que el hombre no tenía ni idea de dónde estaba metido, pero actuaba con una naturalidad y una sencillez que desarmaba a todas las guayaberas y safaris que lo escoltaban. Con su música había dado una clase maestra. Octavio se imaginaba que los músicos cubanos, anquilosados con sus palitos y laticas, en el mismo sonido y los mismos movimientos de hace cuarenta años, estarían avergonzados. Les estaban restregando su propia música por la cara. ¡Así es como hay que cantar, como hay que tocar, hijos de puta!

—De que es una hija de puta, nadie tiene dudas, pero tú no puedes ir por la vida pensando en matar a todos los hijos de puta. No te alcanzaría el tiempo —dijo Octavio.

—Pero esa negra me va a volver loco, eh —dijo Rafael.

—Bueno, y por qué no te separas y ya.

—No puedo, yo creo que me tiene hecho un amarre, eh.

—Esa no es la razón.

—Yo no sé, yo no sé, eh.

Rafael estaba con la cabeza baja, un poco pasado de tragos. Eran ya casi las diez y no acababa de irse. Tenía la vista clavada en la pared y la boca abierta, el labio caído, el pelo revuelto.

—Mira, Rafa, vete, date un baño para que te refresques y después vuelves, si quieres, a conversar un poco.

Todavía estuvo un tiempo hablando solo y al rato se fue sin despedirse. Octavio cogió el Juventud Rebelde y se puso a releer una nueva nota sobre una enfermedad llamada por sus siglas SIDA: «En cuanto a la enfermedad de los homosexuales, SIDA, que acosa a los Estados Unidos, diremos a los lectores que oficialmente se desconoce el origen y la causa, pero… resulta que hace unos siete años en el Norte revuelto y brutal se hicieron estudios sobre una forma de hepatitis, la B, altamente contagiosa y cuyo virus responsable se encuentra mucho en las excretas humanas. Para la investigación se emplearon primero los niños anormales «almacenados» en locales de Inmigración abandonados —Ellys Island— donde los recluidos gateaban entre orines y heces fecales, lo que hacía que casi todos ellos contraían esa hepatitis. Cuando algunos padres gritaron duro, tanto que los gritos fueron recogidos por la opinión pública, se abandonaron esos conejillos de indias humanos y los sustituyeron en las pruebas por homosexuales los cuales, por sus costumbres también son fuertes candidatos a ese mal. Nunca hemos sabido el resultado de los trabajos pero nos preguntamos si el agente patógeno del SIDA no es una derivación de los trabajos con ingeniería genética de los estudios de aquella época, y que el nuevo virus logrado se les escapó de las manos...» Aquello resultaba escalofriante, sobre todo porque era una enfermedad mortal que atacaba exclusivamente a los homosexuales. Nunca se había visto una cosa así. El día 13 había salido ahí mismo otro trabajo, firmado por Juan Dolset (que Octavio había recortado para mandárselo a Hugo), con fotos y todo, más aterrorizante aún: «En los Estados Unidos: pánico entre los homosexuales. Entre ellos se ha desatado una epidemia mortal: la plaga Gay». Ese era el espantoso titular. El artículo, de media página, que le erizaba los pelos del culo al más macho, demostraba que la enfermedad era un invento del imperialismo yanqui para acabar con los homosexuales (difícil pensar que el inventor de la UMAP y la parametración, el Máximo Máximo, no se interesaría de inmediato por el producto), aunque, obviamente, los genocidas universales por antonomasia trataban de echarle la culpa a otros: «Desde Miami, tenía que ser, se dijo que el SIDA fue introducido en los Estados Unidos por miembros de la escoria». Al final se explicaba, con toda claridad, que aquello no era más que un experimento con una nueva arma bacteriológica, de exterminio masivo, fuera de control y que ante el agónico llamamiento de los enfermos clamando por ayuda, al vaquero presidente no le había quedado más remedio que destinar 12 millones de dólares para estudiar el mal (y cuatro mil millones a una prueba de un nuevo cohete antisatélites). Tenía que mandarle aquellos recortes inmediatamente a Hugo porque, aunque él no era promiscuo ni mucho menos, capaz que se topara en un cine o en un baño público con alguna loca infestada y lo jodiera. Verdaderamente terrible y alarmante el caso; un nuevo infierno que enfrentar afuera, si lograba salir de este. Todo era muy extraño, aunque viniendo la información de donde venía, había que creer solamente la tercera parte (o menos). Guardó los recortes dentro de un sobre con la dirección de Hugo, se puso a pensar mierdas y cuando vino a ver el tiempo se le había ido y el reloj marcaba las dos de la madrugada. Se sobresaltó cuando sintió que tocaban a la puerta.

—¿Quién es?

—Yo, ábreme por favor, eh.

Se echó la sábana por arriba y prendió la luz. Rafael entró con un cartucho en la mano.

—¿Qué pasa?

—Mira lo que te conseguí. Los están vendiendo en setenta pesos.

Puso los zapatos sobre el antiguo viandero convertido en mesa, con su perenne «mantel» de hojas de periódico.

—Aunque están usados, son extranjeros, checos creo. Mira cómo brillan, eh.

—Coño, se parecen a los de un payaso que yo tenía cuando niño.

Tenían un discreto zurcido por el costado interior. Jamás en una situación normal, se le hubiera ocurrido comprar aquellas lanchas remendadas, pero no tenía muchas opciones. Claro, lo primero que haría, al llegar a Madrid (si al fin llegaba), sería deshacerse de tan horripilantes artefactos.

—Y son tu número.

Octavio se los probó sin medias.

—Me quedan un poquito holgados. No hay problemas. La verdad que te agradezco mucho tu preocupación. Ya no tenía que ponerme en los pies. Me voy a quedar con ellos.

—Bah, no es nada, eh.

—Bueno, ¿y esa cara?

—Quería pedirte un favor.

—Dime.

—Tuve una bronca con mi mujer y no me deja entrar. Dijo que si seguía dando golpes en la puerta iba a llamar a la policía. Esa mujer me quiere desgraciar, eh.

No era la primera vez que la celosa enfermera le cerraba la puerta y no lo dejaba entrar a dormir. Muchas veces, cuando se fajaban, lo botaba de la casa y Rafael se tenía que ir a dormir a casa de la madre, en Mantilla. Era una relación infernal que ambos sobrellevaban con amoroso estoicismo, aunque (según Arturo), la mulata le pegaba los tarros con más de uno (Germán entre ellos). Para Octavio era bien difícil imaginar que alguien pudiera tratar de esa manera al magnífico animal que estaba posado allí en su cuarto. Muchas (y muchos) darían cualquier cosa por tener aquella bestia en la cama aunque fuera quince minutos. Pero no solo por el factor físico, Rafael era un muchacho noble, con sus defectos como todo el mundo… Noble y bueno (en el buen sentido de la palabra bueno, como diría el único de los Machado legible). Octavio se le acercó y le puso una mano en el hombro. Rafael tenía los ojos inyectados y a punto de echarse a llorar.

—Déjame quedarme aquí, es muy tarde para ir a casa de mi mamá. La vieja se va a preocupar si le toco a esta hora. Yo me tiro ahí, en el suelo, da lo mismo, eh.

Hacía bastante frío, a pesar de estar todo cerrado, y Octavio se estremeció. Era el primer frente frío de la temporada y aunque no tenía abrigos, lo agradecía.

—¿No tienes que trabajar mañana?

—No.

—Bueno, si no das muchas patadas durmiendo te puedes acostar conmigo. La cama es bastante ancha.

Apagó la luzfría del techo y prendió la lamparita al lado de la cama.

—Puedes poner tu ropa en la silla. Yo voy a dormir por la parte de afuera, a veces me levanto a orinar.

—A mí me da lo mismo.

Rafael se desvistió lentamente y entró en la cama por los pies. Llevaba una trusa blanca en vez de calzoncillo.

—Coño, hace frío, eh.

Le llegó el olor a ron. Rafael sonreía. Octavio estiró la sábana para que se tapara y después apagó la lamparita. La piel de su costado rozó el cuerpo hirviente del otro.

—Tú duermes desnudo, eh.

—Ya estoy acostumbrado.

Lo sintió maniobrar debajo de la sábana.

—Entonces yo me quito esto que me aprieta, eh.

En la semioscuridad vio que Rafael guardaba la trusa debajo de la almohada.

—Estás temblando, eh.

—Es que hace frío de verdad.

—Ven, pégate, para que te calientes.

—Tú estás hirviendo.

—Es por el ron, me calienta por dentro, eh.

Los dos estaban bocarriba. Rafael estiró el brazo y Octavio acomodó la cabeza sobre él.

—Así hace menos frío, eh.

—Sí.

—Pégate más, sin pena.

Octavio se acurrucó todo lo que pudo, pero el nerviosismo lo hacía temblar más. No se podía controlar.

—Yo te voy a calentar, no te preocupes, eh.

—No tengo frazadas ni colchas.

Entonces Rafael sacó el brazo, se viró, y cubrió con su cuerpo los temblores de Octavio. El muchacho recibió el cuerpo de la bestia con un leve quejido.

—Está mejor así, eh.

Sentía la respiración de Rafael cerca de la oreja y un aire extraño que lo mareaba. El pelo áspero olía turbio. Trató de relajarse, de no pensar en lo que estaba pasando. Lo primero que le vino a la mente fue la imagen de Arturo saliendo desnudo del agua con la pinga parada (mal pensamiento). Había sido en agosto, un miércoles, el muchacho le tocó a la puerta a las seis y media de la mañana. Pero tú estás loco, qué haces aquí a esta hora, le dijo bostezando. Nada, que quería cogerte antes de que te fueras para «el trabajo», porque hoy «el trabajo» no es dando vueltas por ahí en el trapicheo. Hoy nos vamos para la playa, te espero en la parada, así que apúrate, le dijo agitando la bolsa tejida con la toalla. En menos de una hora estaban haciendo la cola en el Parque Central —cerca del trozo de muralla— y por ser miércoles y temprano no había mucha gente. Llegaron a la playa antes de las diez (se tiraron a la entrada de Santa María) y echaron a correr. Una franja desierta, muy poca gente se veía a lo lejos. Era la primera vez (y sería la única) que iba a la playa desde que se quedó solo y sentía que todo su cuerpo estaba en ebullición. El mar semejaba una piel y daban ganas de morirse ahí. Se sentó en la arena, cerca de la orilla, mientras Arturo corría salpicándolo todo hasta que el agua, a la altura de los muslos, le entorpeció la marcha y se lanzó desapareciendo. Al rato vio la cabeza emerger, sacudiéndose, riendo, haciéndole señas, llamándolo. Pero él no estaba para eso, se había acogido a la pasividad del paisaje y lo que deseaba era cerrar los ojos y dejar que el aire se le metiera por la nariz. Que lo hinchara por dentro, que lo lavara como si fuera la lluvia lezamiana de Perse, y le sacara toda la mierda acumulada. Prana oceánico, dilatando las venas, las arterias, haciendo girar los chacras, estirando los nadis enroscados, despertando las dos serpientes: la que trepaba por su columna vertebral y la otra, que se apretaba contra el vientre velludo de Rafael (si no estaba muerto, tenía que sentirla). Oyó la voz de Arturo, y de pronto lo ve salir del agua, con la trusa amarrada en la cabeza y la pinga que era una estaca buscando algo donde clavarse. Entonces corrió, muchacho tú estás loco, vamos a caer presos, y lo tumbó, rodando, ahogándose y riéndose, y nadaron hasta que el agua les llegó al cuello. Arturo se hundió y enseguida lo sintió bajándole el short. Se la estaba mamando debajo del agua que era una ricura. Después lo obligó a hundirse y lo besó en la boca un segundo. Tú estás loco, Arturo, tú estás loco, le repetía. Sí, yo soy Turito el Loco, como dice mi abuela, gritaba mientras se viraba y empezaba a metérscla, inclinándose un poco hacia delante. Rafael ahora estaba sobre su espalda, moviéndose con tal puntería que la cabeza fue a apoyarse con precisión milimétrica en el lugar preciso. Octavio reaccionó, la imagen de Arturo se esfumaba.

—Rafa, perdona, eso no me gusta.

—No te gusta, eh.

—No.

—Ah.

Entonces sintió su boca acariciándole el cuello y el olor a mar mezclado con ron se hizo más fuerte, más apremiante. Y la lengua por detrás de la oreja, en la nuca, en las mejillas, en los hombros, doblando hacia la axila. Subiendo otra vez al cuello. Una lengua que por momentos lo obligaba a ladear la cabeza y le abría la boca. Una lengua reconociéndolo pulgada por pulgada, aprendiendo cada reflejo, cada músculo, cada lunar, cada poro, cada pelo. Larga, flexible, retráctil. Delgada y puntiaguda, doblándose para hacerse un canal. O gruesa, voluminosa, roma. Al cuerpo casi no lo sentía —solo el calor que llovía de él—; levitaba, se deslizaba. Las manos, quizás los dedos, acariciando los flancos a la altura de las costillas. Los pies a lo lejos frotando otros pies. Un cuerpo convertido en lengua, con sus cinco grupos de papilas resbalando, pegándose como ventosas. Sintiendo por cada una de sus ramificaciones nerviosas. Mínimos músculos provocando escozor dentro de un solo músculo. Membranas palpitando, un cono aplanado o tubular, una mucosa viva empapándolo todo de saliva. Caliciformes, filiformes, fungiformes, foliadas o hemisféricas, todas trabajando al unísono por y para el gusto. Una caja de resonancias estableciendo la comunicación a través de la movilidad, a media espalda —las manos en el pelo— y bajando. Muy suave, muy despacio, pero ganando espacio hacia abajo mientras el tiempo quedaba suspendido y en silencio. *No decía palabras, acercaba tan solo un cuerpo interrogante* para que lo interrogaran. Ahora Rafael se metía entre sus piernas y pasaba la lengua por las caderas (se había demorado un mundo, una eternidad, desbrozando la espalda), por la zanja entre las nalgas, la recorría una y otra vez dejando que la saliva resbalara y se encharcara ahí. Se hiciera un pozo, una laguna;

un río que caía en un pozo en una laguna. Ambas manos abriendo y la lengua profundizando, metiéndose como en una cueva (vidrios, pedacitos de vidrio), corpúsculos fosforescentes destellando detrás de los párpados. Larga, flexible, retráctil. Delgada y puntiaguda, doblándose para hacerse un canal. O gruesa, voluminosa, roma. Entrando, cavando, encharcando, supliendo durante siglos, durante milenios. Sin apuro, sin fatiga, mientras Octavio se estremecía, queriendo y no queriendo escapar de aquella lengua, apretándose por momentos y por otros escabulléndose, porque ella crecía, se hacía infinita, el cuarto se hinchaba y él no podía más. Y cuando estaba a punto de gritar que ya era suficiente, que parara, la lengua se retrajo y el cuerpo trepó con una rapidez no prevista hasta que la boca se abrió sobre el cuello, las ancas se acomodaron y la punta volvió a encallar en el charco ahora desbordado. Rafael se echó hacia atrás para evitar el golpe, pero fue Octavio entonces el que presionó con fuerza hacia arriba para que no escapara. La boca dejó el cuello y buscó la oreja: ¿no decías que no te gustaba?, ¿eh?, pero cuando terminó de decir eso ya le había encajado la mitad de la hoz sin el martillo. Después fue empujando lentamente, con la misma lentitud con que la lengua había recorrido la espalda, hasta que los enormes y asimétricos güevos se posaron sobre la superficie de la luna. Alunizaje perfecto. Después, aquella bestia empezó a bombear frenéticamente hasta que sintió que se iba a venir.

—¿Quieres que te la eche dentro, eh?

—Como quieras.

Estuvo un rato tumbado sobre su espalda, sacudiéndose con algún que otro estremecimiento tardío y después, sin desacoplarse, lo agarró por la cintura y lo obligó a voltearse. Ahora Octavio era el que estaba arriba, desmadejado, sintiendo en toda su longitud (por la mañana seguiría con la regla la curva de la hoz para contabilizar casi doce pulgadas) la estaca dentro de su cuerpo. Rafael le buscó la pinga y se la movió hasta que se vino. Después se viraron de lado, todavía enlazados.

—No me la saques.

—Bueno, vamos a dormir así, eh.

Enseguida se quedó dormido. Tuvo la impresión de que no había transcurrido ni un minuto cuando lo despertaron los quejidos de Rafael, que lo bombeaba con renovados bríos. Aguantó como pudo hasta que el otro terminó y, virándose bocarriba, se desacopló. Ya era pleno día dentro del cuarto. Rafael se levantó con la pinga parada todavía. Era una cosa extraña, completamente corva, impresionante. Entonces fue que la midió. ¿Cómo esa enfermera imbécil podía despreciar aquel monstruoso animal? En realidad, exigía que se prosternase ante él y lo adorara. Rafael la Mano del Muerto (mejor la Cimitarra de un Pie) también había contribuido a terminar este mes a lo grande. Después de la batalla de postalita a finales de octubre, noviembre se iba a ritmo de Oscar D'León con golpe de cimitarra y se abría diciembre (diciembre es el mes más cruel, le dice ELLA pegándose a la oreja) lleno de incertidumbres y de esperanzas. Todas las cercas de Barrio Azul lucían patéticas con sus guindalejos de aguinaldo. En la finca, por la loma, por todos los patios, las flores de aguinaldo, se echaban como colchas blancas sobre las bejuqueras moviéndose al son del frío que llegaba de en vuelta del Malecón. Viene diciembre, viene diciembre, parecían susurrar angustiadas. Y Octavio mueve la coqueta, quita la tabla y extrae el sobre aéreo donde las guarda (el mismo que le regaló Reina y que conservaba como una reliquia). Solo pudo encontrar cuatro, las mantuvo mucho tiempo en agua y después las lavó (haciendo un sacrificio) con champú para perros. Es cierto que han perdido un poco su brillo y su color, pero piensa llevárselas, sacarlas de aquel infierno porque todavía le hablaban de los tiempos benévolos, de mucho antes de las empalizadas de tomate, Inmigración, la peligrosidad y las croquetas del cielo. El rojo y el azul, el verde y el ámbar, los mismos colores (o casi) de su linterna en Sabanalamar, cuando con Santi, desde la cama, en el bohío junto al mocorrero, cerca del ateje y el río, cambiaban los colores del techo de guano. Ratas y alacranes, biajacas y anguilas. Antes de nuestra era, lejos del San Pedro y las crecidas, de los 32 kilómetros a caballo con aquel niño que se había cortado los dedos porque estaba harto (y tenía miedo) de la inmensa llanura camagüeyana y los interminables sembradíos de caña durante los preparativos para la rejodida Zafra de los Diez Millones (la Operación Mambí, de que van van, pero no fueron). ¿Así que en mariguana los recuerdos, en el humo que asciende y se hace denso? ¿Te duele? Me duelen sobre todo mis muertos, dijo Octavio contemplando sus vidrios, pedacitos de vidrio.

Era de día, se puso su ropa de trabajo. Tenía que continuar con su rutina hasta el final, fuera cual fuera. Diciembre estaba ahí, el 4 le prendería una vela a Santa Bárbara para que lo ayudara (como había hecho el 8 de septiembre con La Caridad y más tarde, el 24, con Las Mercedes). Si Dios y la Virgen y todos sus santos y sus muertos se lo permitían, a San Lázaro, el 17, se la prendería en Madrid, junto a sus padres. ¿Habría una iglesia, una imagen, algo, de San Lázaro en Madrid? De cualquier forma él cargaría con todos ellos, todos se irían con

él, más allá del mar, dejando atrás aquella tierra espanto-
sa a la que no pensaba volver ni aunque le dijeran que un
nuevo y futuro régimen acababa de implantar una mo-
narquía. Bastante trabajo estaba pasando para largarse,
para pensar en volver: *¿Volver? Vuelva el que tenga, tras
largos años, cansancio del camino y la codicia de su tierra, su casa, sus amigos, del amor que al regreso fiel le
espere. Mas, ¿tú? ¿Volver? Regresar no piensas, sino seguir
libre adelante, disponible por siempre, mozo o viejo, sin
hijo que te busque, como a Ulises, sin Ítaca que aguarde y
sin Penélope. Sigue, sigue adelante y no regreses, fiel hasta
el fin del camino y tu vida, no eches de menos un destino
más fácil, tus pies sobre la tierra antes no hollada, tus ojos
frente a lo antes nunca visto…*

5

EL ADIÓS A LA VIRGEN,
VIERNES 2 DE DICIEMBRE DE 1983

…pero ahora estaba repasando la conversación con
Carlos Miguel mientras caminaban por la Avenida del
Puerto rumbo a la Iglesia de las Mercedes, y se reía de
su estupidez y su paranoia. Qué iba a ser policía aquel
infeliz que apenas se sostenía en nota permanente. No
era más que otra víctima, un proyecto de nada, una calamidad anónima en medio de aquel desastre. El Máximo Máximo, desde un cartel mohoso deshaciéndose
(como el país) contra una pared, sonreía con el brazo
en alto agitando una banderita en ruinas. Seguramente
por algo que había que apoyar o que aplaudir (o ambas cosas). ¿Por qué aquel ser odiaba tanto a este país y
a su gente? Era algo evidente, obvio, Octavio no tenía
la menor duda al respecto, solo había que comparar lo
que aquel bicho encontró en el 59 y lo que exhibía ahora, finalizando el 83. La Habana no era más que una
letrina apuntalada (apestosa como todas), y el cubano

se había ido impregnando de aquella fetidez revolucionaria. Escipión el Internacionalista, de eso tampoco tenía dudas, se había ensañado con La Habana (y con el habanero). Vamos a ver qué puedo inventar para humillarlos más, tenía que decirse, para que se vean como lo que son, ratas arrastrándose detrás de un pedazo de pan (el chicle socialista) y sin agua para bajarlo. Que todo aquel pedazo de ciudad (una muestra del país entero) por donde Octavio y Carlos Miguel caminaban ahora volviera a ser el barrio de Campeche.

Sí, una explanada cenagosa, infestada de mosquitos (aunque todavía no contaminados con el dengue hemorrágico: eso sería un indiscutible aporte socialista), con sus chozas, sus conucos y sus sembradíos, exactamente igual que en 1564. Indios campechanos, desnudos (un ejemplo a imitar, nada de inservibles cupones cancelados: si te toca no hay y si hay no te toca; ni tampoco el ¡hoy van a sacar taparrabos por el B2 solo para trabajadoras!), sembrando para comer igualito que sus antepasados en la difunta y lejana Ah Kin Pech. Ellos allá habían levantado impresionantes edificaciones por toda la península y más abajo, en las selvas del continente, pero aquí ya no se desollaba vivos a los cautivos para danzar al calor de la piel ensangrentada, ni se extraía su corazón para ofrecerlo a los dioses. Aquí estos mayas llegados de Campeche —sabe Dios cómo— se aclimataron y aprendieron a bailar el areíto (que siglos después terminaría, ya se sabe, en salsa). Es decir, se volvieron pacíficos, al extremo de necesitar un protector (Diego Díaz) que se dio a la tarea de exterminarlos. De ahí que cuando llegaron los primeros frailes mercedarios y Jerónimo de Alfaro, en 1637, compró aquellos solares —donde las chozas habían sido devoradas por un incendio— ya casi no quedaban mayas yucatecos (pobre tía Aracely). No obstante, ahí mismo intentó asentar lo que sería la primera fundación (con el apoyo de otro Jerónimo: Jerónimo Manrique de Lara), pero enseguida franciscanos, dominicos y agustinos le hicieron fuerte oposición (más gentes a pedir limosnas, no se podía tolerar). Octavio se pasó la lengua por los labios, los tenía resecos. Carlos Miguel lo escuchaba sin prestarle demasiada atención. De vez en cuando argumentaba que se estaba meando y que no podía concentrarse ni pensar bien. Ya hasta se le había olvidado aquello de *Recuerde el alma dormida, avive el seso e despierte contemplando cómo se passa la vida, cómo se viene la muerte tan callando, cuán presto se va el placer, cómo, después de acordado, da dolor; cómo a nuestro parecer, cualquier tiempo passado fue mejor…* Cruzaron la Avenida y empezaron a bajar por la calle Cuba. Jerónimo de Alfaro, continuó Octavio en medio del delirio, pataleaba diciendo que él solo quería establecer una hospedería con iglesia para los padres que «solicitaban la limosna para la redención de cautivos» (véase Arrate). Y es que Jerónimo pertenecía a la Real y Militar Orden de Nuestra Señora de la Merced, instituida por Don Jaime el Conquistador y fundada en el siglo XIII por San Pedro Nolasco y San Raimundo Peñafort, precisamente para redimir cristianos prisioneros de los moros. Me encanta eso de Real y Militar, dijo Carlos Miguel mientras se apretaba los güevos como si le dolieran. A lo lejos se veía la loma de Atarés, de donde salía una columna de humo densa y muy blanca, como un rabo de nube. Era diciembre y las orillas de la zanja real, que traía el agua del Casiguagua hasta El Chorro, estaban cubiertas de bejuqueras de gimirú. Octavio y Carlos Miguel se detuvieron a beber y se sentaron sobre la tierra siempre húmeda. El sol se derretía sobre un paisaje plano y desolado. El mar parecía una lengua verde y muerta. Entonces vieron a la mujer que avanzaba hacia ellos —esbelta, el pelo negro, lacio, casi por la cintura—, recortada contra las dos aguas, las del mar y las del río. En una mano traía una piedra pómez. Con la otra hacía señas, llamándolos. Octavio y Carlos Miguel se pusieron de pie y la siguieron hasta el claro donde indios borrachos se apiñaban bajo una ceiba, mendigos harapientos extendían la mano a su paso y niños desnudos echaban a correr gesticulando como en una danza. La mujer apartó unos maderos podridos y depositó sobre la tierra quemada lo que sería la primera piedra del templo (1755, según se lee todavía en la tarja conmemorativa), después los tomó de la mano y caminaron hacia el centro del batey. Ven y mira, dijo la mujer y entraron en una calle circular que ascendía como en una espiral desembocando en siete villas escalonadas (la última se perdía en las nubes). En la primera estaban empalando a un hombre joven. En el centro, clavado en la tierra (todo su alrededor bien apisonado y asegurado con piedras de cantera) el palo cilíndrico y sedoso de almácigo emitía destellos de piel aceitada (en realidad era cebo de carnero). El joven miraba aterrorizado el extremo puntiagudo (lo habían afilado a machete) que se le iba acercando lentamente a medida que las monjas dejaban escapar la cuerda. El suplicio dibujaba un triángulo equilátero cuyos vértices estaban determinados A) por las manos de las monjas, B) la intersección de la rama de la ceiba con la cuerda y C) las muñecas del joven. Cuando las piernas estuvieron al alcance de los voluntarios, estos, con gran entusiasmo, las abrieron y las guiaron de modo que la punta del palo de almácigo se encajara perfectamente en el ojo del culo del culpable. Las monjas cedieron un poco más de soga y el palo penetró unas cuantas pulgadas de un tirón. Al joven, desde luego, se le había cortado la lengua para que no molestara con ningún tipo de algarabía. Sus pataleos no ofrecían riesgos, eran perfectamente controlables. Los que disfrutaban del espectáculo lanzaban piedras menudas al cuerpo del joven (estaban prohibido cualquier seboruco que pudiera aturdirlo o matarlo), apuntando a la cara y los testículos. La idea es que el tormento dure varios días (dependiendo del peso del sujeto), sin matarlo, que el palo vaya separando los órganos vitales sin lesionarlos, hasta alcanzar el cerebro. Claro, eso casi nunca ocurre, dijo ELLA, lo normal es que le salga por el hombro o por el cuello (en ejecuciones chapuceras pueden brotar por lugares insólitos). Cuando el palo haya avanzado lo suficiente se convertirá en su soporte interior (su guía espiritual), en su verdadera columna vertebral y las monjas podrán dejar la penosa tarea de dar cuerda. Newton (1642-1727) y su fuerza de gravedad se encargarán del resto. Como imaginarán, el empalamiento es muy anterior a la crucifixión (que también tiene su mística y su encanto), mucho más refinado, más limpio, más elegante y más económico porque utiliza un solo palo en vez de dos (el ahorro es la base de la economía). Es un arte que necesita mucha dedicación, años de práctica, estudio y, sobre todo, mucho amor. Bien hecho, nada tiene que envidiarle a *La Gioconda* que, dicho sea de paso, se pintó entre 1503 y 1507 (¡una gotiiiiita de saber!). Estos indios de Campeche, ignorantes y burdos, ni siquiera aprendieron a despellejar correctamente (entre otras cosas porque desconocían el acero; y el ónix y la obsidiana, está demostrado, son una calamidad y una vergüenza). La mujer hizo un signo de hastío, dio medio vuelta y continuaron el ascenso. Nuestra historia es, a pequeña escala, la historia de la humanidad, dijo solemne. Si hay algo que diferencia al ser humano del resto de todas las especies es su inagotable fe en su propia crueldad y en la capacidad para soportarla mientras la perfecciona. Es un

tema fascinante, apasionante, al extremo que si yo fuera escritora intentaría un ensayo —ya tengo hasta el título: *Ensayo sobre la crueldad humana*–. Sería, desde luego, un mamotreto histórico que estudiaría el desarrollo de la humanidad —su civilización— en función del grado de crueldad alcanzado. La ecuación es sencilla, a mayor desarrollo mayor crueldad. Carlos Miguel no aguantó más, se sacó el rabo y empezó a mear mientras caminaba, sin importarle en lo más mínimo si se mojaba o no el pantalón extranjero (marca LEE) que ostentaba. De hecho mojó (además de la pernera izquierda y el bajo correspondiente), a una india preñada a la que le estaban aplicando el bocabajo, mientras unos negros, desde el cepo, la contemplaban. Octavio pensó que el negocio de vender las etiquetas de las marcas de moda (Levi's era lo máximo) que le mandaba Hugo (y que los jóvenes cosían a la ropa para presumir) estaba por concluir: le había llegado la salida a María Caturra. No sabía bien por qué aquella idea estúpida le venía a la mente ahora, de cualquier forma, si Dios, la Virgen y todos los Santos lo permitían, dentro de tres días (*tan solo tres días…* como cantaban Juan y Junior) él también estaría volando (no como el pobre René) hacia el viejo continente, hacia Europa, hacia España, hacia la madre patria…
La madre patria hizo suya la hoguera, la acogió con fervor, continuó la mujer, el fuego que todo lo limpia y purifica (vivifica). Aquí lo probó bajo protesta el indio exiliado Hatuey (convertido más tarde en cerveza) mientras Guarina lloraba (transmutada en helado de mantecado) inconsolable. Están (o estaban, ya no sé) en todos los libros escolares y en unas lindas décimas del Cucalambé. Pero eso es en último recurso, existen innumerables métodos persuasivos, repartidos por toda la geografía humana. Unos detallan la forma óptima de extraer los globos oculares o de

perforar el tímpano sin afectar las zonas aledañas. Otros se ocupan de los huesos, trituración, desarticulación o desmembramiento. Está también la gota de agua, rítmica y solitaria, sobre la cabeza; las ataduras de seda sobre las coyunturas que humedecidas van estrangulando hasta cercenar lenta y limpiamente los miembros; las botas de plomo y las descargas eléctricas, entre otras muchas maravillas. Es interesante analizar cómo reacciona alguien al que con mucho tacto y delicadeza se le ha abierto el pecho para mostrar sus órganos (una lección de anatomía más luminosa que la del Doctor Tolp). ¿Nunca han visto cómo se arranca con las manos un corazón latiendo? ¿O cómo se le extraen las uñas o los testículos a los cautivos? Es bien emotivo. Carlos Miguel vomitaba medio verdoso, medio amarilloso (como los ojos de Macías). Una fila de indios sin manos (se las habían cortado por robar limones en la encomienda) subían las escaleras y casi los acompañaron (antes de despeñarlos) hasta la entrada de la segunda villa. Ven y mira, dijo la mujer auscultando fijamente a Octavio y los tres se adentraron en la explanada. Pasaron a lo largo de la picota pública sin prestarle demasiada atención (tampoco al tipo amarrado sobre la rueda de carreta). Lo impactante era la guillotina, de lograda carpintería, en el mismo centro de un patio interior y rodeada de doce columnas elevadas sobre pedestales y rematadas por capiteles dóricos, jónicos y barrocos (cuatro de cada uno). Había una fila de jóvenes desnudos, con las manos amarradas a la espalda, que hacían cola detrás del patíbulo. Las monjas los azotaban de vez en cuando para controlarlos y no se impacientaran. El verdugo, con gran pericia, les acomodaba la cabeza y en un dos por tres halaba la soga que hacía caer la cuchilla. Las cabezas iban saltando, sin ningún aspaviento, hacia un enorme catauro. En alguna que otra ocasión, dependiendo de la presteza con que el verdugo subiera la cuchilla, era posible observar los surtidores rojinegros (fuertes, como los chorros de leche de Carlos Miguel que inundarían la quinta villa) brotando del cuello. Los ayudantes se apresuraban a envolver los cuerpos con un saco de yute (para no ensuciar demasiado, es de suponer), amontonándolos a un lado de la guillotina. Un grupo de niños se encargaba de espantar a los cerdos que hociqueaban en los charcos de sangre. Esto es técnica, progreso, civilización, dijo ELLA. Antes había que utilizar el hacha, que no siempre acertaba a cortar la cabeza abajo y de un solo tajo, como exige la consigna. Si el verdugo estaba cansado o distraído podía dejar caer su instrumento de trabajo sobre el hombro, la espalda o el cráneo del criminal. Entonces había que volver a golpear, así le pasó a la María Estuardo (o a la María Antonieta, ya no me acuerdo bien; da lo mismo una puta que la otra), que tuvieron que darle tres hachazos (es un infundio histórico que los verdugos se ensañaran con los tacaños que pagaban mal). O la Mishima: en este caso fue que su discípulo querido —el mejor dotado—, se apendejó cuando lo vio con las tripas por fuera y espadazos iban y espadazos venían, hasta que la Mishima lo miró para que no insistiera, y otro discípulo tuvo que terminar la tarea. Dime tú con qué clase de gente quería servir al emperador. Eso es una lección de hasta dónde pueden conducir el ego y el narcisismo combinados. Ahora con esta máquina no es necesario confiar en la calidad del verdugo, lo importante es el artilugio. La máquina, no su operario. Octavio no contestó nada, se limitaba a escuchar mientras observaba la maniobra de algunos indios que intentaban infructuosamente colarse en la fila de los condenados. Las monjas los reconocían enseguida y los expulsaban de la cola. Entonces corrían como locos, se templaban unos a otros y al terminar se fumaban unos enormes tabacos. Después se escondían en los montes, se sentaban en círculo y trataban de ahogarse tragándose la lengua. Unos lo conseguían, otros no. ¿No habrá algo de hierba por aquí?, preguntó casi en susurró Carlos Miguel. La visión de aquellos indios desnudos, agachados, soltando humo lo había avivado positivamente. Fingía atender a la guía pero en realidad no le perdía pie ni pisada a uno de los suicidas frustrados que se había quedado solo junto a varios cadáveres. Para no llamar la atención, se detuvo junto al catauro atestado de cabezas y con el pie movió algunas. Octavio y la mujer seguían su camino sin apurarse mucho. Entonces, sin pensarlo dos veces corrió hacia el indio que fumaba en éxtasis. Antes de llegar se desnudó junto a una yagruma para no desentonar con el entorno (la ropa la dobló y la colocó junto al tronco). Se aproximó al claro lentamente. Si no fuera por el mechón de pelos que tenía en el pecho y las patas demasiado peludas (amén de la excesiva pelambrera axilar y púbica), Carlos Miguel, encuero, pasaría por un indio más de la villa. El adolescente en éxtasis lo vio llegar, pero no se inmutó, ya se había empujado una tranca y ansioso preparaba la segunda (o tercera, quién sabe). En cuclillas, movía las manos con gran habilidad sobre la laja donde tenía los ingredientes para su cohíba: hojas secas de tabaco (*nicotiana tabacum, Lin., var. habanensis*), flores de campana (*brugmansia arborea*), pendejera macho (*solanum verbascifólium*) y otro polvo de un palo sagrado (ultrasecreto). Carlos Miguel se acuclilló frente a él y esperó a que terminara. El indio prendió la nueva tranca con el cabo, todavía humeante de la anterior, y le metió una cachada que casi la consume. Después, como la cosa más natural del mundo, se la pasó al visitante, que empezó a fumarla con desesperación. Coño, esta hierba es de la buena, ya la quisiera así mi socio de La Perla, dijo Carlos Miguel cayéndose de culo. Ahí fue que notó la erección del indio (muy notable para ser de indio). No hay mucho más que ver aquí, dijo la mujer, así que podemos continuar hacia la otra villa. Abajo, a lo largo del puerto y la bahía de Carenas, infinidad de hombres acarreaban enormes pedruscos. Una caravana de negros, encueros y encadenados, llenaban varios barcos de cedros y caobas (se decía que para un engendro interminable llamado El Escorial o El Escorión). Aquí y allá se trazaban caminos, se levantaban atalayas, casas, castillos, palacios, fortalezas y una muralla que costaría doscientos años para estrangularlo todo en un gran círculo fofo. Sobre una colina, la silueta de un murciélago se dibujaba (la distancia entre las puntas de las alas era de ciento ocho metros). Al atardecer, cuando las sombras se acostaban sobre la ciudad y el temor a un ataque pirata obligaba a esconder las llamas, un indio en fase terminal (viruela) contaba a quien quisiera oírlo (y fuera capaz de entenderlo) las penurias y las glorias (que no eran muchas) del gran cacique Habaguanex (convertido en empresa exportadora), mientras, en la choza contigua, un joven de nalgas sonrosadas intercambiaba, a golpe de badajo incircunciso, sarampión por sífilis con la nieta del indio moribundo. Qué rico, papi, contestaba la india en lengua autóctona, a los arrebatos lingüísticos del fogoso chaval: ¡joder, qué follada! …*dulce horror el nacimiento de la ciudad apenas recordada*… Esta ciudad, dijo ELLA señalando hacia abajo, nunca fue fundada, sus hijos siempre estuvieron aquí, eso de los 464 años que a bombo y platillo anuncia la Cartelera es pura mierda turística. La otra, la cristobalina, es una ciudad fantasma, errante, exiliada, como sus habitantes. Quizás por eso, los que viven en las islas, hacia el poniente, nos llaman el «País de los muertos» y el «Paraíso de los muertos». Mira a tu alrededor, no hay más que muerte. Toda esa mierda que cuentan los vencedores es eso: pura mierda. Una villa al sur, por el Onicajinal (convertido en multicine), que le sale huyendo a una invasión de hormigas (¿quién se cree eso?, nada más rico que un plato de hormigas cabezonas fritas), a las fiebres, a las aguas insalubres… ¡Pura mierda! ¡Pura mierda el Templete!… Observa, ya solo faltan por construir el crucero con sus capillas, la cúpula, el presbiterio y la sacristía (1792, según las fuentes más confiables), así que hay que apurarse. Después de todo, para algunos cronistas llamados serios estos indios yucatecos ni siquiera existen (según ellos es pura fantasía, no había modo de que llegaran hasta aquí). De un plumazo nos borran, ¡pura mierda! Solo grábate esto, aquí está lo errante, lo telúrico y lo sensual (¿ves cómo se está llenando todo de platanales?). Y de allá, del otro lado de la bahía, en el pueblo de aguas (donde Alberto trazó los caracoles y los círculos cumpliendo órdenes mías) vienen la magia y la poesía. Yo adoro ambos pueblos. Cuando cae la tarde y se acuestan a templar, resucita esta ciudad, vive La Habana. Ay, un grito espeluznante seguido de una carcajada los detuvo en seco. Algo le pasa a Carlos Miguel, dijo Octavio y corrió hacia el lugar de donde provenía la alternancia de estados alterados. Carlos Miguel, abierto de patas sobre la cornucopia indígena (léase a gusto, pitón afeitado, cuerno de la abundancia o pinga) tomaba impulso y se sembraba (ahí emitía la carcajada), acto seguido le metía una cachada al trabuco humeante (ahí soltaba el ay), se alzaba y recomenzaba el ciclo. Se veía que estaba en la gloria (los nadis conduciendo el alcaloide, todos los chacras activados y kundalini despierta y moliendo caña a todo tren), y le costó mucho trabajo a Octavio arrancarlo, literalmente, de allí. No obstante se negó de plano a ponerse la ropa (llevaba el bulto bajo el brazo) y con las vergüenzas oscilando ante los indiferentes ojos de la mujer y el amigo, continuaron la ascensión hacia la cumbre. Coño, me estoy cagando y ni siquiera me acuerdo si el indio se me vino dentro, dijo Carlos Miguel, haciendo un aparte en la manigua para evacuar, ya a las puertas de la tercera villa. La tercera villa estaba regida por la horca. Allí, junto al terreno acondicionado para el juego de batos (dicen los académicos eruditos que de ahí se deriva la palabra bate) se levantaba la horca, muy mona con su alta tarima (el foso medía más de cuatro varas) y una escalerita rococó que daba acceso al lazo redentor. La cola, en este caso más colorida, de indios, negros y mestizos era enorme. Todos, como de costumbre, iban encueros y con las manos atadas a la espalda. Los niños, niños al fin, corrían alrededor de los condenados y se divertían golpeándolos con varas de guayaba y halándoles los testículos, bajo la atenta supervisión de las monjas. Sobre todo la tenían cogida con un enano de raza imprecisa, mezcla de negro, blanco, indio y chino (se daba un aire a Wifredo Lam) que cerraba la procesión. Los niños lo azotaban constantemente formando un corro a su alrededor —que en cierto modo entorpecía la marcha—, mientras cantaban alborozados: ¡Serás enano, serás lampiño, pero esos güevos no son de niño! Un negro acababa de subir la escalerita rococó (con un toque churrigueresco) y el verdugo (una loca gallega sadomasoquista) le ajustaba el lazo. A decir verdad, aunque al pueblo le encanta todo tipo de morbo (de ahí el auge de la TV futura), los ahorcamientos eran tan rutinarios que solo los fanáticos compulsivos se sentaban (comiendo maní) delante del patíbulo hasta que, anocheciendo, concluía la función. El pueblo, en general, más bien abúlico, se dedicaba a sus tareas cotidianas (trabajo esclavo, comer, cagar y templar) sin demostrar un entusiasmo especial por las ejecuciones (mal síntoma). Sin embargo, otras actividades colaterales, íntimamente relacionadas entre sí, movían más público. El estrangulamiento manual y la asfixia por inmersión, eran de las más populares pues requerían de la participación directa de la masa. El verdugo se convertía en un simple director de escena (siempre auxiliado por las monjas), escogiendo entre las decenas de brazos levantados, los más aptos. En la plaza se colocaban los latones (los mismos que se usaban para lavar) y junto a ellos, de rodillas, desnudos y amarrados, los reos esperando. Los voluntarios solo tenían que forzarlos a hundir la cabeza en el agua y mantenerla firme por debajo de la superficie hasta que los cuerpos dejaran de luchar. Los más jóvenes se sentaban sobre las espaldas de los condenados y formaban su alboroto, dándole más realce a la función. Para el estrangulamiento manual, el verdugo seleccionaba a los más fuertes, ya que aunque lo pareciera a simple vista, no era nada fácil matar valiéndose solo de las manos. Las fuerzas, por momentos, podían fallar facilitando la entrada involuntaria de oxígeno, lo cual iba contra la ley. En esta villa se permitía, cosa que no ocurría en las dos anteriores (que permanecían en una fase evolutiva más primitiva), que el reo optara por una u otra modalidad asfixiante. Así, democráticamente, cualquiera podía elegir el latón, las manos liberadoras, la horca o un nuevo juguete que parecía tener grandes posibilidades en la preferencia popular: el garrote vil. La mujer elevó la mano como al desgano y señaló hacia la tosca silla en un rincón del arbolado patio. Hay algo racista y discriminatorio en ese aparato, dijo. ¿Se han fijado que solo hay negros en la cola? ¡Ni un indio ni un mestizo! Octavio asintió con la cabeza mientras trataba de mantener a su lado a Carlos Miguel, que se reía sin parar. Evidentemente la hierba indígena lo tenía arrebatado (era de efecto prolongado y retardado). Desde que descubrió que la muerte por asfixia provocaba en los ejecutados unas erecciones impresionantes, le había dado por gritarle pornógrafos a los verdugos (como si ellos fueron los culpables). También les llamaba degenerados. Ya veo por qué los obligan a encuerarse, escupía Carlos Miguel en medio de un ataque de risa. Claro, eso no había impedido que so pretexto de validar su tesis no saltara de un lugar a otro tocando (y probando) turgencias. El efecto era muy notable en los ahorcados (en otros casos, debido a la posición de los cuerpos, el fenómeno no era tan ostentoso). Cuando se abría la trampilla y los cuerpos caían al vacío, en sus agónicos, instintivos y desesperados esfuerzos por respirar y en sus estiramientos en busca de apoyo —independientemente de que se desnucaran o no—, había un último desafío, un sacudimiento de la sangre bombeada con urgencia, que hacía que las pingas se pararan, en una postrera provocación (la ridícula solución de cortarle los genitales —bate y pelotas— antes de la ejecución no funcionó y no llegó a implementarse nunca oficialmente porque, debido a la larga espera, los reos solían desangrarse, muriendo antes de que los mataran, lo cual también iba contra la ley). ELLA miró al negro que acababan de amarrar a la silla (especie de taburete rústico) y esperó hasta que el voluntario comenzó a mover el torniquete. Había varios métodos, si el voluntario tenía ganas de divertirse se tomaba su tiempo, prolongando al máximo la agonía del condenado. Pero si el negro no le caía bien, le daba rápido a la palanca de modo que el tornillo rompiera limpiamente las vértebras del cuello y poder pasar, sin mayor dilación, a otro sujeto, quizás más simpático. Cuando los ojos del negro comenzaron a escaparse de sus órbitas, la mujer le dio la espalda, atravesó el patio y salió a la explanada que conducía a la salida. Dile a tu amigo que se vista, pues en la cuarta villa es inmoral y punible andar desnudo por la calle. Octavio tuvo que ayudarlo. Después continuaron la marcha hasta una de las puertas (llamada de Monserrate) de la muralla que rodeaba la villa. Ven y mira, dijo ELLA, eso, ahí delante, es mierda (en efecto, había por doquier enormes montañas de mierda secándose al sol). Todos los muertos tienen algo en común, sin importar la edad ni la cara de la muerte: en el último minuto sus esfínteres se aflojan y terminan, literalmente, cagándose (nada que ver con la cobardía, constituye más bien un símbolo esotérico de la vida vivida). Por eso aquí, entre tantas ejecuciones, todo parece mierda, todo huele a mierda y todo sabe a mierda (y se vive en la mierda). No en balde es la villa de los niños (*los niños nacen para ser felices*), una especie de feria permanente (*los niños son la esperanza del mundo, los niños son los que saben querer*). A mí no me gustan los niños, dijo Carlos Miguel, así que espero que no nos demoremos mucho tiempo aquí. La verdad que la villa se veía alegre, los árboles adornados con cintas y pencas de guano (la mitad del tronco pintada con lechada) e incluso la silla eléctrica (versión familiar, sobredimensionada), en un sitial destacado a la entrada de la plaza principal, estaba decorada con bombillitos de colores que se encendían y apagaban intermitentemente antes de cada ejecución (un bonito detalle). Como era muy difícil mantener a los miles de niños controlados, se habían habilitado dos inmensos corrales a ambos lados izquierdos de la silla magna (la obsoleta, divisionista y diversionista noción de «lado derecho», fue abolida y declarada anticonstitucional en fecha tan lejana como 1961), denominados Cuartel Escolar y Escuela al Campo, donde debían permanecer la mayor parte del año. Al producirse el nefasto pero inevitable período denominado vacaciones productorrecreativas (VPR), ambos corrales, tanto el del Lado Izquierdo Glorioso (LIG) como el del Lado Izquierdo Victorioso (LIV) abrían sus compuertas y comenzaba la invasión de aquellos seres apañoletados sobre la villa. Si se ha utilizado, como es correcto, el plural para aludir a los lados izquierdos, es de rigor puntualizar que eso se debe NO a que exista división o resquebrajamiento alguno (para ello precisamente se abolió la odiada noción de derecha; el centro dejó de mencionarse cuando en su lugar se instauró la silla magna), sino para abarcar en la medida de lo posible las ricas manifestaciones (variaciones sobre un mismo tema) que hacen grande y noble el proceso (izquierda festiva, viajera, académica, tonta, millonaria, útil, extrema, intelectual, reciclada, ultra, etc.). No obstante, sería cerrar los ojos a la realidad, negar el impacto de aquella invasión veraniega que se cernía sobre la villa cada temporada. De ahí la importancia del grueso de las ejecuciones que se planificaban para ese período con el fin de brindar sano y solaz esparcimiento a las pequeñas (por la estatura) turbas ociosas. Todos querían manejar los voltios y los amperes aleccionadores; más, al ser, naturalmente, los adultos los que hacían cola ante el achicharrador patrio. Los hombres y mujeres solteros marchaban en solitario hacia al patíbulo, pero a los matrimonios (con papeles o no) se les otorgaba el privilegio de sentarse juntos en la silla (amplia, espaciosa, casi un trono). El 90% de los matrimonios sentenciados habían sido denunciados por sus propios hijos (el resto por los vecinos), por lo que era lógico que fueran estos, es decir las víctimas, quienes apretaran el botón rojo de la justicia. Las acusaciones eran monótonas, agrupadas en su inmensa mayoría bajo el acápite 69 (abuso infantil), aunque también las había por no darle a la mierda (FC, *fideliam caquensem*, según la terminología oficial) el tratamiento adecuado, lo cual traía como consecuencia una merma en la productividad e incumplimiento de las metas. Conclusión: crimen económico o sabotaje. Un matrimonio ocupaba ahora la silla. Ambos vestían los consabidos monos amarillos (de los condenados) y ya habían sido acondicionados para la ceremonia. La preparación previa consistía en afeitarles la cabeza, los brazos y las piernas y en empaparlos de agua salada. El orgulloso hijo (un niño de diecisiete años, seis pies dos pulgadas, 190 libras de peso y ocho pulgadas de pinga), aguardaba ansioso junto al interruptor mientras los voluntarios terminaban de atar los pies descalzos de los condenados a las chanclas de hierro. Unas gruesas correas de cuero sujetaban los cuerpos y los brazos. El niño señalaba hacia una copia de la «prueba del delito» principal (existía otra por abuso infantil), consistente en una hoja de yagua (algunas partes habían sido raspadas y otras tachadas con algo negro) clavada en un mural a los pies de la silla. Por lo que Octavio pudo oír, se trataba de un texto altamente subversivo, parte de una composición degenerada, seguramente inspirada por la fantasía más enfermiza y reaccionaria, donde se tergiversaba el orden constitucional. La curiosidad lo hizo acercarse y leer en voz baja el texto (Carlos Miguel se babeaba con los ojos en blanco): «Muchos matrimonios estaban autorizados (en realidad cualquiera que lo solicitara podía obtener una custodia) a ajusticiar a un niño de su elección. Padres y madres pugnaban por sus presas que trataban de esconderse dentro del corral. La tarea no era nada fácil, a pesar de los largos garfios que utilizaban para atraparlos (a los padres no les estaba permitido introducirse dentro del corral pues era sumamente peligroso y la cacería había que realizarla desde las vallas). Cuando cualquier matrimonio lograba capturar algún piojoso, pasaba a un minicorral, especie de hogar, donde procedían a matar a la fiera utilizando la imaginación. Lo normal (teniendo en cuenta la escasa creatividad de la masa) era que la mataran a palos, aunque, excepcionalmente, utilizaban otras técnicas de exterminio individual más sofisticadas. Después los cadáveres era arrojados hacia una canal motorizada que los transportaba a la trituradora nacional, donde terminaban (al fin) siendo útiles: alimento para perros o abono orgánico. De cualquier forma, sumaban tantos, que la mayoría tenía que pasar por la silla eléctrica donde procedían a ser achicharrados de inmediato. La superpoblación era tan alarmante que cualquiera que capturara a un menor de dieciséis años, no solo estaba autorizado a exterminarlo, sino que además era condecorado por (TACHADO). En la feria, a todo lo largo de la calle real, centenares de niños bellamente ataviados, colgaban de unas vigas en espera de la ejecución, y de paso servían para que los transeúntes se entretuvieran camino de la silla eléctrica, jugando al tiro al blanco (con pelotas de mierda seca). Los hijos (LARGO RASPADO) monstruos. La mujer observaba (TACHADO) en silencio, después dijo que los esperaría junto a la magna silla. (TACHADO) condujeron, atados de pies y manos a los criminales hasta una especie de cabaña, sin paredes naturalmente, colindante con la manigua». Eso es una mierda, dijo Carlos Miguel, parece un cuento mío. ¿Se puede matar a alguien por eso? E inmediatamente, como si la hierba indígena hubiese reactivado la memoria profunda se puso a recitar: *Recuerde el alma dormida, avive el seso e despierte contemplando cómo se passa la vida, cómo se viene la muerte tan callando, cuán presto se va el placer, cómo, después de acordado, da dolor; cómo a nuestro parecer, cualquier tiempo passado fue mejor...* En ese instante uno de los ayudantes terminó de colocar unas cazuelitas doradas (suspendidas por unos gruesos cables) sobre las cabezas rapadas de los criminales (a unas dos pulgadas). Las series de bombillitos de colores iniciaron su parpadeo premonitorio y la muchedumbre alborotada comenzó a aplaudir delirantemente. Octavio y Carlos Miguel dieron unos pasos atrás y el niño, sonriente (después de ser autorizado por la monja de guardia), apretó el botón rojo. Unos arcos violáceos y zumbones (como un furioso enjambre en busca de una rama donde posarse) saltaron sobre las cabezas rapadas y los cuerpos empezaron a forcejear con las amarras como poseídos por el mal de San Vito. Las puntas de los dedos se erizaban lanzando al espacio mínimas luces de bengala, mientras los pies, fritos en su propia manteca, despedían un olor nauseabundo a carne quemada. Los globos oculares estallaron y ambas cabezas brillaron (las llamas eran visibles), envueltas en una humareda espesa, como guirnaldas de pascua. Las bocas contraídas se abrieron lo suficiente para dejar escapar un líquido negro y asqueroso como chapapote derretido, mientras los niños les lanzaban cacabols (bolas de caca seca) y cantaban a todo pulmón: *¡Todos los niños del mundo, vamos una rueda a hacer y en mil lenguas cantaremos, en paz queremos crecer!* Cuando la ropa (a pesar de las profusas meadas) empezaba a arder, los ayudantes cortaron la electricidad y lanzaron cubos de agua a los chicharrones. Con unas palas los tiraron fuera de la plataforma e hicieron subir a la siguiente pareja. ELLA se arregló su cinta en la cabeza (se le había torcido), se sacudió su vestido de florones (briznas de mierda seca en el dobladillo y en los pliegues) y con un gesto cansado le indicó a Octavio (y a Carlos Miguel) que era hora de continuar el ascenso. Ya saliendo, una niña que con gran sufrimiento cargaba la cruz de un par de tetas (por lo menos de diez libras cada una), los obsequió con una caja de cacabols envuelta para regalo. Gracias, dijo la mujer, viendo como las aguas de la bahía, a los lejos, también parecían arder. Después que la Real y Militar Orden de Nuestra Señora de la Merced fuera dispersada definitivamente (hacia 1792), dijo cabizbaja, más allá de las prohibiciones, demoliciones, persecuciones y demás ones (incluidos los cojones, agregó Carlos Miguel, que empezaba a sentir una espontánea e inusitada erección), en 1844, si no recuerdo mal, la iglesia fue abierta con sacerdotes seculares congregados, hasta que en 1863 la tomaron los paúles (Congregación de la Misión). La obra tuvo que continuarse sin los planos originales, que habían desaparecido, y se dio por terminada en 1867. Claro, es un decir, en 1878 se construyó la Capilla de Lourdes y en 1883 se sustituyó parte del techo por una cúpula. Octavio tomó el libro (*La arquitectura colonial cubana*, de Joaquín E. Weiss) que le brindaba la mujer y leyó el párrafo subrayado: «Las naves principales de la iglesia forman una cruz latina que, con las naves laterales y las capillas de la cabecera, completan un rectángulo. Las naves se cubren con bóvedas de arista en tramos rectangulares en la nave central, y cuadrados en las colaterales, al paso que sobre el crucero se levanta una pequeña cúpula. La separación de las naves es por arcadas sobre pilares con pilastras adosadas, sobre las cuales revuelve el entablamento; y su iluminación es por lunetos bajo las bóvedas: una estructura enteramente conforme a las iglesias europeas de la segunda mitad del siglo XVII. La suntuosa decoración mural, única en nuestras iglesias coloniales, data del último cuarto del siglo XIX, y en ella participaron pintores cubanos de alto rango, como Melero, Herrera, Chartrand y Petit: también contiene la iglesia valiosos cuadros, de los que algunos se atribuyen a Zuloaga, Murillo y Alonso Cano». Tremenda iglesia, dijo Carlos Miguel, no por gusto fue allí que me bautizaron, eso está muy bien, pero si no me hago una paja ahora mismo, reviento. Ven y mira, dijo la mujer, cuando ya estaban a las puertas de la quinta villa. Desde lejos se escuchaban el redoblar de los tambores y las descargas de fusilería. Aquí se fusila, dijo ELLA, ¿no huele a sangre y pólvora? La entrada era por un foso que desembocaba en otros (algo así como un florido laberinto de fosos). Cada foso —algunos estrechos, otros más anchos—, moría en un viejo paredón (del tiempo de la colonia). La gente que transitaba por los callejones apuntalados parecía tristona, apagada, y aunque silenciosa, se movía con cierta agilidad. Tanto hombres como mujeres caminaban halando unas gigantescas jabas de yute y daban la impresión de ser cazadores en busca de una presa. Unos viejos uniformados pasaban constantemente el rastrillo a la entrada de cada foso. Este lugar es muy raro, dijo Octavio, pero siento algo familiar en él. Siguieron andando, pasaron por un sitio tenebroso (Surtida del Foso) bordeando la Tenaza de San Agustín por la derecha (en esta villa era legal tal denominación) hasta llegar a un foso enorme, obviamente el centro del laberinto, llamado de los laureles. El cartel lo decía bien claro: Foso de los Laureles. Lo más curioso era que no había un laurel por todo aquello. Entonces divisaron el túnel aspillerado por donde entraba la caravana de 26 nuevos canallas a punto de ser ajusticiados (cada tanda era de 26). Un pregonero, desde lo alto de una atalaya, iba enumerando NO los nombres sino la catadura de la escoria, que muy altiva, atravesaba un trillo pintado de amarillo que conducía al paredón. Poeta mediocre de 39 años (autor de un bodrio contrarrevolucionario titulado bochornosamente *Fidelia* o *Fidela*, derivaciones femeninas prohibidas por la ley: crimen de lesa patria), cantaba el pregonero; tres hombres amujerados, un escritor terrorista de diecisiete años (intentó desviar un avión en vuelo con una granada después de escapar de un campo de reeducación), cinco vendedores clandestinos de carne de res, cuatro pescadores furtivos de manjúas, dos agricultores reincidentes, seis cimarrones de monte, dos bandidos de montaña (alzados), un dramaturgo dramático y una pitonisa. ¡Fin de la tanda!, concluía sudoroso el pregonero. Veintiséis palos de almácigo (conocidos genéricamente como «el palito») se alineaban a una vara de la pared y a ellos fueron atados los prisioneros por eficientes voluntarios, mientras la Banda Militar tocaba la marcha patriótica *Siempre es 26*, en alusión a las tandas de fusilados. Frente al foso había una especie de mirador donde se situaba la muchedumbre (la asistencia era obligatoria). Toda la parte superior del paredón, el camino de ronda de la guarnición (catorce millones de duros había costado aquella mierda de 700 metros de largo), estaba protegida por las baterías antiaéreas llamadas de los Doce Apóstoles y del Sol que, curiosamente, NO apuntaban hacia el aire sino hacia los espectadores. Terminada la acción de atar a los prisioneros, entraron marciales los nuevos pelotones (se turnaban para no fatigarse) y se colocaron en posición de matar. ELLA parecía ensimismada, muy retirada hacia el fondo del foso (la cara embarrada de la tristeza ambiente). Octavio, a su lado, sentía miedo, rezaba un padrenuestro detrás del otro y ni siquiera se había dado cuenta de que Carlos Miguel, después de deambular entre el Revellín de San Leopoldo y la Tenaza de San Antonio, había caído, deslumbrado, en la Surtida de los Tinajones (donde se almacenaba el aceite de corza para el alumbrado de todo el baluarte). Era una especie de cueva con una escalerita central y los tinajones a los lados. Casi todos estaban vacíos y apestaban a orine con azufre. Era el lugar ideal, entre tanta sangre y tanta muerte, para hacerse la paja. No podía perder la oportunidad ahora que se le había parado (cosa que, a pesar de su juventud, cada vez le ocurría con menos frecuencia). Desde allí, inspiradísimo, escuchó la descarga de fusilería. Octavio se estremeció. Estaba lo suficientemente cerca como para ver como las balas hacían saltar las carnes. Lascas de rostros, trozos de masa encefálica, mechones de pelo, astillas de huesos y borbotones de sangre. Todo estallando contra el muro (como el mar contra los arrecifes; y valga la pobreza de la imagen). Pechos abiertos, piernas doblándose y la monja Jefa de Pelotón que se acerca con la 45 a dar el tiro de gracia. Uno por uno, sin apuro, pega la boca de la pistola detrás de la oreja y dispara (estirando el brazo para no mancharse). Esto es lo peor de todo lo que hemos visto, dijo Octavio. La muerte siempre es la misma, dijo ELLA parodiando —no estaba segura si a la McCullers o a Doña Inés de Bobadilla—, pero cada hombre, cada época, mata a su manera. Mientras, en la cueva, Carlos Miguel se venía soltando torrentes de leche sobre los tinajones (una sobreproducción desacostumbrada, consecuencia, muy probablemente, de la tranca india). Pronto la leche rebasó los bordes de la tinaja y se derramó sobre la siguiente, en bajada, en una especie de reacción en cadena. La mujer, mientras los voluntarios retiraban los cadáveres en carretones de mulos (*con qué seguro paso el mulo en el abismo*), llamados de La lechuza y se preparaba la nueva tanda, tomó a Octavio por la mano y juntos se internaron en los laberintos de fosos buscando la salida. ¡Leche, leche!, gritaba Carlos Miguel (exactamente igual que Ulises en la cueva de Polifemo) viendo el río de leche que inundaba las casamatas, que caía por las troneras hacia los fosos provocando gran desconcierto (la leche estaba prohibida para mayores de siete años) entre las viejas que con sus jabas en ristre andaban a la caza de víveres. ¡Leche,

leche!, chillaban ahora los niños, las amas de casa, los ancianos y hasta los propios voluntarios, metiendo sus jarros, litros, botellones, cazos, tibores, ollas de hierro, botas de cuero, cántaros, bacinillas, vasos de cristal, todo tipo de vasijas y recipientes en general, bajo los surtidores que parecían brotar de la roca. Era como si hubiera aparecido la pipa de agua, después de una semana esperándola. Octavio y la mujer corrían, mientras, a sus espaldas, una turba que cargaba una bañadera, estallaba en mil pedazos al atravesar, sin calcular riesgos, enloquecidos por el manantial lácteo carlosmiguelino, el Paso de los Jagüeyes (nada que ver con Los Jagüeyes del Parque Lenin), que, como se sabe, estaba minado. Esto es la revolución, dijo Octavio, no en balde sentía tanto miedo, hay que salir de aquí corriendo. Y así, muy sofocados, llegaron a la puerta de la villa, a tiempo, porque ya los guardias cerraban el portón y comenzaban a levantar los puentes. Allí estaba, esperándolos con una inmensa sonrisa en los labios, Carlos Miguel. Les fue contando mientras se alejaban, una absurda historia donde un tal Antonelli lo rescataba (cuando estaba a punto de ahogarse en su propia leche) conduciéndolo a través de pasadizos secretos hasta la salida. Tremendo tipo el tal Antonelli, concluyó Carlos Miguel. Luego tuvieron que caminar casi una legua para llegar a la sexta villa. Aquí hace muchos años que está abolida la pena de muerte, sentenció ELLA. ¿Por qué no nos sentamos un rato antes de entrar?, dijo Carlos Miguel, esta cuesta acabó conmigo. Ambos amigos se sentaron sobre un enorme mocorrero que a Octavio le trajo muchos recuerdos. Lo transportó a su adolescencia en Sabanalamar, un lugar anclado en su memoria (*la eterna miseria que es el acto de recordar*) y que ya no existía, por lo que ahora se le antojaba paradisíaco (*¡musa paradisíaca, ampara a los amantes!*). La vida es una mierda, dijo ELLA, abriendo con asco la caja de cacabols. Mierda y mierda, repitió arrojándola al barranco que corría a sus pies. Abajo (o arriba), La Habana apenas se divisaba sumida en un largo y tropical apagón. Mierda errante entre los platanales. Todo envuelto en un olor nauseabundo. *El olor sabe arrancar las máscaras de la civilización, sabe que el hombre y la mujer se encontrarán sin falta en el platanal.* Da lo mismo que se piense lo contrario o que no se piense nada, suspiró la mujer. También los hombres se meten en el platanal, así que yo no sé por qué la Virgilio fue tan exclusiva (más siendo una loca de atar) en esa frase tan lapidaria, protestó Carlos Miguel, con la cabeza algo más despejada, sin duda por la brisa que llegaba de en vuelta del platanal. Yo nunca me he metido en un platanal, mintió Octavio. La mujer los miró con tristeza. Su rostro cambiaba con el aire. A veces era como una de esas putas de postales antiguas que parecen inocentes vírgenes. Otras oscuro, enigmático, inescrutable. Como la boca de la ermita allá en Barrio Azul, como el sexo de Thais cuando se lo abría con las manos para que él lo trasteara con la lengua. Como la zanja frente a su casa, como la otra más pequeña, mínima, por donde manaba la miel de aguinaldo. Como la cueva en la loma, como el cristal en los ojos de Arturo, frente al azogue, cuando sentado la sentía. También como el inmenso, sedoso, negrísimo, suelto como despeñadero, al galope, pasando junto a su madre hace milenios. Me muero, dijo René antes de matarse. *No hay más que un problema filosófico verdaderamente serio: el suicidio*, dijo ELLA, es lo único que vale la pena discutir, así que vamos a entrar. Los tres penetraron en la villa que tenía aires de ciudadela abandonada, de ciudad recién bombardeada y de plaza sitiada a punto de ser tomada. En casi todas las esquinas se veían hombres uniformados (armados) vigi-

lando y las personas caminaban ensimismadas, algo enco-
gidas, como si una bomba pudiera caerles en la cabeza en
cualquier momento. Delante de cada comercio había una
cola. En las paradas de ómnibus había cola. Enseguida des-
embocaron en una amplia avenida sembrada de álamos, la
cual terminaba en una construcción circular (parecida a la
Ciudad Deportiva) pintada con los colores del arco iris
(una cursilería). Es allí, dijo ELLA, sin dar más explicaciones. En la gigantesca marquesina (con foquitos blancos de
esos que se encienden y se apagan sucesivamente para dar
idea de movimiento) se podía leer:

EL ADIÓS A LA VIRGEN
OBRA EN UN ACTO ÚNICO E IRREPETIBLE
GRANDES Y VARIADOS ACTORES
FUNCIÓN CONTINUA

Pagaron su entrada en la taquilla (carísima) y se acomodaron en las butacas. Casi la mitad del espacio lo
ocupaba el inmenso escenario; el resto, el patio de butacas (no había palcos, balcones ni nada parecido). Los
espectadores se comportaban de una forma muy extraña, pues había un entra y sale desconcertante. La gente
se levantaba y se iba. Nuevos grupos arribaban. Algunos se cambiaban de asiento continuamente. La parte
buena era que Octavio y Carlos Miguel pudieron ir
avanzando en su ubicación hasta alcanzar la primera
fila donde tenían una vista soberbia del espectáculo. La
dinámica de la representación era muy sencilla, los actores entraban a escena en cualquier momento y por
cualquiera de las siete puertas (todas al fondo), ejecuta-
ban un monólogo, generalmente breve (algunos preferían repartir octavillas con el discurso, otros no habla-

ban nada), y a continuación se suicidaban. Esto motivaba que en un momento dado hubiera siete personas matándose a la vez en escena, por diferentes métodos, lo que justificaba el movimiento del público hacia la actuación más interesante, en uno u otro ángulo. Los actores, antes de entrar, escogían la indumentaria que les apeteciera (estaba prohibido que entre ellos se ayudaran mutuamente a morir y mucho menos que se mataran los unos a los otros), sin importar época o lugar. Se aceptaba cualquier fantasía. En una esquina podía estar Romeo (sin Julieta) o Hamlet, junto a un vikingo; Ofelia codo a codo con Jerzy Kosinski; y Stefan Zweig de la mano de Gerard de Nerval (ahorcándose con la misma cuerda con la que sacaba a pasear a su cangrejo). Y muchos suicidas anónimos (los más) de todas las profesiones imaginables (siempre había más hombres que mujeres en escena, más jóvenes que viejos, más sanos que enfermos). La utilería era precisa y funcional: una horca, una miniguillotina (que el propio usuario podía accionar), pistolas, cuchillos, distintas clases de venenos (incluidas exóticas serpientes de importación), hornos y minihornos, balones de gas conectados a tiendas de campaña herméticas y transparentes (así y todo a veces se sentía peste a gas), un estanque artificial y montones de piedras, sables, bolsas de plástico (también de importación), entre otras delicadezas. Los tramoyistas (monjas disfrazadas) se dedicaban a retirar los cadáveres al final de cada unipersonal. En la esquina izquierda del escenario (cerca de la primera puerta), en un discreto trono (parecido a un altar) estaba ELLA, con la mirada perdida más allá de los cuerpos y las voces que se trucidaban. Como ajena. Ni siquiera prestó atención cuando dos jóvenes fornidos, disfrazados de japoneses (había también un grupo de samuráis, anteriores a la llamada Era Meiji, en cola para matarse porque sus amantes les habían sido infieles), saludaron al público con una leve inclinación de cabeza antes de subir a la plataforma (que facilitaba la visión del espectáculo). Allí, uno de ellos (un émulo de Mishima), abrió un paquete de algodón y extrajo un enorme y compacto rollo (sin duda preparado con mucho amor) y sin mover un solo músculo de la cara comenzó a introducírselo por el culo, sin apuro, hasta desaparecerlo completamente (unas nueve pulgadas). Después se sentó sobre una esterilla y se abrió el quimono dejando al descubierto el vientre y parte de un hermoso pecho. La función del acompañante era puramente decorativa. En teoría, él funcionaba como su kaishaku-nin (el encargado de parar el sufrimiento cortándole la cabeza), pero como estaba prohibido por ley, solo haría la pantomima, fingiendo que lo decapitaba. Mishima no habló nada ni repartió proclama alguna, sencillamente dobló varias veces su pañuelo blanco por la mitad de la hoja de la katana (era más refinado utilizar una espada en vez de cuchillo, daga o puñal), la alejó todo lo que pudo, respiró profundo y se golpeó el vientre por el lado derecho. La hoja entró limpiamente. Esperó unos segundos, acopiando fuerzas, y luego comenzó a moverla hasta llevarla al otro extremo. A medida que la piel se abría, una mezcla de vísceras y sangre caía en su regazo. En ese instante el seppuku se consideraba concluido con dignidad y era cuando el ayudante debía cortar la cabeza, pero como no era posible, el joven siguió revolviendo la espada en su interior hasta que cayó hacia delante sin sentido (agonizando pero no muerto todavía). El ayudante, que no era otro que un seguidor (y admirador furibundo) de Kawabata hizo como que guardaba la espada —la gente por ese lado comenzó a aplaudir—, dando por concluido su papel en la ceremonia, y se dirigió con pasos firmes hasta la tienda de campaña, se introdujo en su interior y abrió la llave del gas para su *performance*. Murió sin aspavientos y tampoco hizo declaración alguna. Pero eso no era lo normal, algunos actores hasta se excedían en sus peroratas y eran abucheados, siendo forzados a los hechos, no las palabras *(factum non verbum)*. Los había que recitaban poemas de despedida, unos llorones, otros patéticos. Un Nerón obeso consumió casi el tiempo límite asignado (quince minutos) para clavarse la daga en el cuello, repitiendo una y otra vez (en distintos tonos) el cansón ¡qué artista pierde el mundo! Una Cleopatra anoréxica no conseguía que su costosa serpiente le acabara de morder la teta, mientras Sócrates se bebía su cicuta mezclada con Havana Club (añejo siete años). Pancho Carrancho (disfrazado de su mujer) trataba de matarse clavándose siete palitos y un alfiler en la yugular. Sylvia Plath metía la cabeza en un horno y Anne Sexton gritaba que a la séptima va la vencida. La Hemingway (un travesti) se introducía su escopeta de dos cañones por su enorme ojo de culo y, valiéndose de los dedos de los pies, la disparaba, provocando un reguero de sesos por el techo (ovación). Un Séneca, viejo y aburrido (con poco público) moría atragantado por su horrenda retórica, en medio de espasmos y estertores. Una Storni trataba de ahogarse en el estanque (cerca de la puerta tres) pero a cada rato sacaba la cabeza y tarareaba una estrofa de *Alfonsina y el mar* (música de Mercedes Sosa de fondo). A su lado una Virginia Woolf se llenaba los bolsillos de piedras y se lanzaba de cabeza. Un adolescente se ahorcaba, otro se daba candela (en una tina especial, por la puerta cinco). Una loca se tomaba una botella de salfumán (ácido clorhídrico). Otra, un pomo de 100 pastillas de levomepromacina de 100 mg. Una Violeta Parra se cortaba las venas de ambas manos mientras cantaba *Gracias a la vida*. Un viejo con cáncer en la garganta se degollaba. Un divino Van Gogh (seis pies, veinte años, siete pulgadas y media) se mutilaba un güevo y una oreja, antes de dispararse debajo de la tetilla izquierda, tendido sobre una mala copia de *Campo de trigo con cuervos* (unas chiquillas histéricas en la primera fila se pusieron a llorar y a dar espeluznantes alaridos mientras tiraban sus prendas íntimas al escenario). Munch se ahogaba en un grito. Belmonte se clavaba un pitón. Una mujer se apuñalaba con saña. Un joven dijo que gozaba de excelente salud, amor correspondido, envidiable situación económica y que no lo podía soportar. Acto seguido se daba un aparatoso tiro en la boca. Sin que Octavio y Carlos Miguel se hubiesen percatado, hacía rato que ELLA había descendido del trono y caminaba entre los cadáveres y los aspirantes a difuntos, aparentemente consolándolos, pues susurraba frases en sus oídos. Ahora bajaba del escenario y los conminaba a que la siguieran. Es hora de irnos, dijo. Caminaron en silencio hasta las afueras de la villa y así continuaron hasta la cima que estaba envuelta en una espesa neblina (como nube). Yo debí aprovechar esta oportunidad, probablemente única, para suicidarme, dijo Carlos Miguel. Tú no puedes entrar aquí, le contestó la mujer. Este tramo debemos hacerlo nosotros dos solos. Octavio y yo. Pero no te angusties, que a la salida estaremos contigo. Tengo sueño, estoy mareado, dijo Carlos Miguel y se sentó junto a un ateje. ¿Alguien tiene un poco de hierba o alguna pastillita? Octavio y la mujer se alejaron adentrándose en lo gris. Esto parece la escena de la niebla en *Amarcord*, mira, hay hasta una vaca, ¿no? (tal vez el espectro de Ubre Blanca). Ella seguía en silencio, a unos pasos de él, como acallada por la tristeza. No se ve nada, no se oye nada, ¿qué clase de villa es esta? Aquí no vive nada, todo está muerto. Dime, ¿acaso esto es la muerte? ¿Estoy muerto? De pronto, casi contra su nariz, entrevió una arcada de hierro y sintió mucho frío. Empujó la verja que cedió y empezó a subir unos peldaños de piedra. Después siguió una acera, vio (o creyó ver) edificios, árboles, una ventana. Ven y mira, le oyó decir a ELLA, esta es la séptima y última villa. Octavio se acercó no sin cierto temor (un presentimiento que le aceleraba el pulso) y pegó los ojos al cristal. El olor era húmedo, pegajoso. El aire como una manta helada. ¿Dónde estaba el mar? Estaba seguro de que por allí no había mar y el río o los ríos, y la montaña o las montañas, nada tenían que ver con la loma de Barrio Azul o las lomas de Sabanalamar. No lo olía, no lo sentía, y si no estaba el mar, si no lo había, ¿cómo podría entrar y escuchar y palpar a Dios? Tanto dentro como a su alrededor regía la niebla. Se frotó los ojos, un círculo de acero, como una aureola, se ceñía sobre la cabeza de una sombra encorvada, dolorosamente familiar aunque irreconocible. Una sombra vieja y humillada que lo interrogaba. Esto es el fin, le pareció escuchar sin poder precisar el origen de los sonidos. Llevaba, sí, estaba casi seguro, una guayabera azul clarísimo y una fosforera con la forma manoseada de una mujer desnuda, un audífono, una caja de cigarros (no eran *Populares*), unos espejuelos de pasta carmelitosa, un cenicero blanco, *Testa-*

mento maldito y *Doce mil cabezas* de Marcial Lafuente Estefanía (40 y 60 pesetas respectivamente) y una jaula con un pájaro (el pájaro tenía las alas extendidas pero acombadas, trataba de caminar buscando el equilibrio, parecía untado de algo pegajoso: era obvio que se estaba muriendo). Era medio verdoso y medio amarilloso, como los ojos de Macías. Una mujer, a su lado, acababa de ser aplastada por un auto y se miraba el pecho ensangrentado (sobre el asfalto la pulsera rota). Mira —escuchó una voz—, estas son las medias que te compré por tu cumpleaños. Después la voz se apagó aunque la boca seguía modulando frases y los siete círculos comenzaron a flotar en la niebla. En su interior niños y adultos desterrados trataban de aferrarse en el aire, pero caían. Esto es el futuro por el que tanto has luchado, es tu futuro, dijo ELLA flotando sobre las dos aguas. Nada que ver con los tiempos jodidos ni con las monjas. Ahora era bellísima y con su manto hacía esfuerzos por abarcarlo todo mientras se esfumaba. Parecía decir adiós. Octavio cerró los ojos y los abrió cuando sintió que Carlos Miguel le tiraba del brazo.

—Coño, ¡mira para alante que te vas a destarrar!

El sol se derretía sobre la acera y había un gentío chapoteando en él. A media cuadra se alzaba la iglesia de la Merced o de las Mercedes, como la llamaban todos, apenas destacándose entre las viejas construcciones, sin las agujas que nunca llegaron a materializarse. Una fachada lavada por el polvo y su color, con una arcada, una inmensa concha (como la entrada de la ermita) protegida por ambos lados por tríos de columnas truncadas que más arriba, después de un saliente, revivían para enmarcar, entre dos ventanas, a la Virgen. Octavio se detiene y la mira, las manos abiertas escapando del manto están como llamando. Carlos Miguel lo empuja y ambos penetran. La iglesia está repleta, aunque es viernes. La misa está por terminar y todas las miradas están clavadas en el altar mayor, donde está la Virgen, coronada por el escudo de la Real y Militar Orden de la Merced. Dos escaleras de mármol conducen hasta ella. Cuántas veces él y su madre, cada 24 de septiembre, cuando los tiempos eran todavía benévolos, hicieron la inmensa cola para llegar hasta el camerín de la Virgen y mirarla de cerca. Extender la mano, tocar el pedestal, pedir algo. Salud, hijo, pide salud, que es lo único que importa, le decía al oído. Antes había ido a la iglesia de la Caridad a despedirse, a la de Párraga para rogar por la protección de Santa Bárbara, al Rincón de San Lázaro, tan milagroso. Había dejado para el final a las Mercedes porque era la iglesia donde solía venir con su madre. Miguelito, el hijo de su hermano Liriano, y Andrés, el hijo de su hermana Actina, se habían bautizado allí. Octavio había sido el padrino de ambos. Hacía mucho tiempo ya que todos ellos se habían ido a engrosar la lista de sus fieles difuntos, sus muertos por la distancia. Solo rostros extraños, como fantasmas. Figuras bidimensionales que llegaban de vez en cuando, detenidas en un tiempo que le era ajeno, del que nada sabía y al que solo era posible aproximarse por el olor. Un olor que traían las cartas. Un olor extranjero, a todo color. Es el olor de la Yuma, decían Arturo, Carlos Miguel y La Mano del Muerto. Es el olor de la vida, decía Abel. Hojas de un blanco inconcebible en el imperio desteñido del papel de bagazo de caña. Daban ganas de pasarle la lengua, de restregarlo por la piel, de saborearlo. Era el olor de la ausencia obligatoria, un olor sin raíces, engañoso, volátil, que ascendía como incienso hasta el altar de la Virgen, porque era lo único que tenía, lo único que podía ofrecer. La ausencia, la fatiga, el empecinamiento y la rabia, mucho dolor. Octavio la miraba a los ojos y sentía —como en los otros templos—, que estaba allí por última vez. Que aquello era un adiós.

—Dile adiós a la Virgen —dijo Carlos Miguel, apretado contra los cientos de cuerpos que levantaban sus brazos en una despedida.

—¿Qué?

—Dile adiós a la Virgen.

Y Octavio, aunque con los ojos nublados no la veía, levantó sus dos brazos, movió las manos, y dijo adiós…

6

...pero ahora estaba repasando, por última vez, la conversación con Carlos Miguel, la larga caminata por el Malecón y la Avenida del Puerto y la visita que hicieran juntos a la Iglesia de las Mercedes. Quería que aquellas horas permanecieran en su memoria (aquel rostro, aquellas imágenes), porque había decidido que no le diría nada, que no le avisaría, que no se despediría de él. El domingo por la mañana, había ido a llevarle unas cosas a su tía Aracely (fotos que no había tenido tiempo de mandar por correo, miles de negativos, algunos recuerdos que no se atrevía a llevar consigo por miedo a que se los quitaran en el aeropuerto, viejas medallas que guardaba desde la escuela primaria, diplomas, sus sellos, sus monedas antiguas, certificados escolares, de nacimiento, entre otros papeles considerados importantes). Como siempre, había coordinado los pasos a seguir. Tenía que permanecer tranquilo, ecuánime, con la cabeza clara en todo momento. Nada de cosas alocadas, de nerviosismo de último minuto. Cero despedidas, sería un día más, como otro cualquiera, como si nada fuera a cambiar. El momento más peligroso lo marcaría la visita del funcionario de la Reforma Urbana para sellar la casa. No quería que Teresa Carrillo se diera cuenta de lo que estaba pasando. Lo tenía todo bien calculado. Aracely serviría de enlace entre Abel, que sería el único del barrio (según creía entonces) que lo acompañaría al aeropuerto y su familia en Miami. Ella permanecería todo el tiempo en su casa esperando. Si Octavio lograba al fin montarse en el avión, Abel la llamaría para comunicárselo. Teóricamente el vuelo estaba programado para las seis (casi siempre, según había averiguado, se atrasaba por H o por B), así que había quedado con sus hermanos que sobre las siete trataran de coger llamada a casa de Aracely para confirmar si Octavio había conseguido abordar el aparato y entonces avisarle a su madre en Madrid, para que lo fuera a buscar a Barajas. Decían que por allá estaba haciendo mucho frío y él lo único que tenía para ponerse debajo del traje era un pulovito, que le había comprado (con ese fin) a María Caturra antes de irse. Su tía estaba resignada, le preparó almuerzo (una ensalada maravillosa de vegetales incluyendo zanahorias y remolachas) y al final tomaron café en la salita. El café de Aracely era mágico porque lo hacía prácticamente sin café (y sabía a café). Tenía una bolas de cristal —sabe Dios de qué infancia perdida las había sacado—, y con ellas rellenaba el recipiente metálico donde, en circunstancias normales, iría el café. Entonces, en los intersticios, entre bola y bola, echaba el polvo. No en balde la onza de café le alcanzaba para la quincena.

—Está riquísimo, tía.

—Tavi, tú sabes que ese café mezclado es veneno. Yo no sé cómo te lo puedes tomar. Yo solo lo uso para la leche.

En un momento dado, pretextando que iba al baño a lavarse las manos, entró al cuarto y se detuvo unos instantes ante el librero (en la pared que daba al pasillo del edificio) y de reojo contempló el altar con la imagen de San Juan Bosco (la hamaca recogida contra la otra pared). Miró el escaparate, la cama, la mesita de noche siempre con un libro (esta vez Lin Yu-Tang), el traste donde guardaba la ropa sucia. Todo minúsculo, a su aire. Después volvió a la sala.

—Bueno, tía, tengo que irme. Me queda un mundo de cosas por resolver. De todas formas nos hablamos más tarde. Yo trataré de darme una vuelta mañana temprano antes de irme, aunque sea un minuto.

Él sabía que no iba a volver, pero no quería que aquello pareciera una despedida definitiva. Le dio un beso en la mejilla —como hacía siempre—, y caminó apurado hacia la puerta.

—Escribe cuando llegues, la gente cuando se va se vuelve vaga y no escribe.

—Claro que te escribiré y algún día, cuando vaya a México, te compraré la hamaca que te prometí y te la haré llegar.

—Ya tú sabes cómo la quiero, igual que la mía. No vayas a comprar una mierda de esas para turistas.

—Despreocúpate.

Bajó la escalera sin volver la vista. Era absurdo, pero estaba seguro de que si lo hacía, vería a su difunta abuela María diciéndole adiós desde el balcón. Esa impresión le venía siempre que iba por allí, sin importar los años que habían pasado desde que la ingresaron en el Calixto García con un derrame cerebral. Todavía recordaba su agitación cuando lo vio entrar al cuarto. Trató de hablar, pero el inútil tubo que tenía en la garganta se lo impedía. Nunca entendió por qué la habían torturado punzándole la cabeza (decían que trataban de localizar el coágulo). Suerte que cuando él llegó ya había pasado todo aquello, porque seguro que no lo hubiera permitido (al menos hubiera formado su escándalo). Ese mismo día, cuando terminó la visita se marchó y llegando a la casa se encontró con la noticia de su muerte. Octavio no la había visto mal, aunque asustada se le notaba animada y con buen semblante, incluso pensó que se recuperaría. En la funeraria (Rivero) Aracely le contó que por el camino hacia el hospital, y todo el tiempo que estuvo allí, siempre la reconoció. La miraba nada más, sin hablarle. Solo repetía como una letanía: ángel de la guarda, mi dulce compañía, no me abandones ni de noche ni de día. Ella sabía que no regresaría a casa, concluyó su tía.

Antes, cuando venía de visita, siempre estaba ella ahí, en espera perpetua (de guardia, decía su tía). Al despedirse, la imagen de su abuela era lo último que veía. Yo sabía que hoy iba a venir alguien de allá, se lo dije a Aracely, pregúntale para que veas. Siempre le decía lo mismo, sonriendo. El recuerdo de su abuela María estaba indisolublemente ligado a El Vedado. Ella siempre había vivido allí y cuando pensaba en su abuela le llegaba el olor de los tilos, del jazmín, del galán de noche, de un parque con glorieta. La veía en septiembre, en Barrio Azul, ayudando a su padre a sembrar una mata de almendra en el jardín. Años después, Octavio se sentaría a su sombra y vería a su madre barrer las hojas moradas. Apuró el paso por 23 en dirección a la Cinemateca, mirando el paisaje que tan bien conocía y

donde tantas cosas buenas y malas le habían pasado. El
Loypa, donde venía a comer con C antes de seguir para
su disputada casa de 8. Después el Tencent. Allí, un día
de agosto, hacía muchos años (en otra era, el pleistoce-
no por lo menos), se encontró con su madre que venía
de visitar a su abuela. La saludó brevemente y después
cruzó la calle y se metió en el cine. A la salida cayó,
sin beberlo ni comerlo, en una recogida de hippies y
estuvo desaparecido una semana en Villa Marista. Vio
La Pelota, el cementerio al fondo donde estaban ente-
rradas sus abuelas (una, a la derecha de la capilla, cerca
de la pirámide; la otra, en el Osario Colectivo). No sintió deseos de entrar, eso lo deprimiría demasiado, así
que dobló por 12, por la misma esquina del MarInit, y
bajó toda la cuesta hasta el mar. Era temprano, el cielo estaba limpio y no hacía mucho calor. Se entretuvo
un rato sentado en el muro y después, en solitario, por
primera vez desde 1980, hizo el recorrido desde Solmar
a La Punta (el mismo que infinidad de veces realiza-
ra con Hugo, cantando, como si nada pudiera pasar-
les nunca). Aquello —el muro que rajaba la ciudad y
el mar—, venía a ser como la frontera de su vida y los
tiempos benévolos. De aquí para allá (sobre las aguas),
la casa, la familia, la arboleda, los perros, un cilindro
azul, la escalera que conducía a los altos de la botica,
una iglesia empalomada y vieja con recuerdos ahorcados, las serpentinas y el jodido corcho ahumándose sobre la extraña llama del reverbero para que su madre le
dibujara el bigote porque ya iban a pasar las carrozas,
una fuente de bordes carnosos al pie de unos laureles,
una ventana enrejada, el juego de cuarto renacimiento
español (regalo de bodas), un carnero que nunca termina de morir. Y vidrios, pedacitos de vidrio, llovien-

do como si fueran la felicidad. Después Sabanalamar y los monumentales aguaceros, siempre la lluvia cayendo sobre la inmensa llanura camagüeyana baldeando la sangre, mientras un niño y su adolescencia se morían. Luego Hugo llenaría todo el espacio y vendrían Soroa, el mirador, el río (olvidemos nuestras ropas sobre la hierba), tantas cosas y las calles pateadas una y otra vez. Bajo una luz infernal. Todo eso sobre las olas, hundiéndose. Del muro para acá, el desastre. La Habana convirtiéndose aceleradamente en el barrio de Campeche. El tiempo detenido y el vacío ensañándose con los cuerpos por dentro y por fuera. La cola entera. La casa en ruinas, cayéndose como la ciudad, la tomatera, la peligrosidad, el champú para perros, las pegatinas, el póquer, los acordeones de relajo, la posada dominical, el churre, el miedo, la incertidumbre y la espera interminable. Un grupo de niños y adolescentes saltaba desde el dienteperro a las pocetas. Chapoteaban, ajenos al naufragio nacional. Medio desnudos y al garete. Miró los cuerpos, algún bulto que se insinuaba, el petróleo haciendo estrías sobre la piel, el pelo reseco quemado por la inmundicia. Pieles blancas y negras y mulatas, igual que en el barrio de Campeche (a los indios ya los habían exterminado). Niños y adolescentes retozando a unos pasos de los tubos por donde la ciudad vomitaba sus miserias (la mojonera), ajenos a la hecatombe y el espanto. Siguió caminando hasta la parada de la Ruta 1. Era hora de regresar a casa, tenía muchas cosas que hacer. Con la maleta que le había regalado Aracely en casa de su tía Ena, sus viajes preparando lo que iba a llevar, habían aumentado considerablemente (por suerte ni una sola vez se había topado con La Lechuza, uno de sus primos). En la última semana, pieza a pieza sacó los cuatro trapos, el traje (con corbata y todo), los zapatos de payaso, el álbum de fotografías, las cartas y las fotos acumuladas en todos esos años, todo lo más voluminoso, y lo fue transportando; pero todavía le quedaban por seleccionar unos pocos libros, algún que otro recuerdo que no quería dejar atrás. También tenía que conseguir un par de medias, (en última instancia, aunque con mucha pena, se las pediría a Abel o a Rafael la Mano del Muerto). Ya inventaría, porque sin medias no se podía ir (lo tomarían por una provocación), eran capaces de virarlo del mismo aeropuerto (desacato, diversionismo ideológico), y eso sería el colmo. Bastantes salaciones y problemas tenía ya.

El viaje de regreso fue modélico (la guagua atestada y él colgado de una barra de la puerta trasera que, como era tradicional, iba abierta). Calles, parques, iglesias, el asfalto y la gente, montones de gentes, caminando bajo los portales de Monte (lo que quedaba de La Sortija a la izquierda) como si todo fuera a continuar igual, como si todos fueran a estar vivos dentro de unas horas, como si nada fuera a cambiar al día siguiente. Nadie miraba hacia el estribo, la gente se movía persiguiendo colas idénticas que se calcaban o se multiplicaban como lombrices (molotes compactos frente a ruinosos escaparatcs), entrando y saliendo de la Tienda de los Rastrojos donde se vendía y compraba —un novedoso concepto—, mercancías almacenadas (ropa podrida) y objetos antediluvianos, grifos, llaves mohosas o planchas de hierro. Nadie se percataba de que Octavio iba diciendo adiós (en realidad a nadie le importaba) a la Esquina de Tejas, a la cafetería donde (hace siglos) venía de noche con su padre a comprar medianoches (saliendo de la Asociación Cubana donde estaba ingresada su madre), del cine Valentino (sus osamentas). Y así coge 10 de Octubre enrumbando hacia la Calzada de Jesús del Monte, pasa la Clínica Dependientes, cruza el Puente de Aguadulce y ve, por la acera donde estaba El Zorro, el matorral, los raíles abandonados y el crucero (también una especie de garita siempre desierta), y el pasillo frente al cine Florida donde vivía Arcadio. Adiós, dice Octavio en el mismo instante que su nariz se clava (por un empujón) en la raja del culo de una mulata que está casi cayéndose en el escalón de arriba y siente la pinga del hombre que tiene a su izquierda (más una jaba con algo durísimo comprimiéndole las costillas). ¿Qué era lo que vendían en Tamarindo? El cine Moderno (el mejor baño del pueblo), la Calzada de Luyanó (con el Atlas y el Dora) y un poco más allá, la pizzería Sorrento, el Apolo (doblando por ahí el Santos Suárez, el parque, la pequeña biblioteca, y cerca, la casa de Matías el Asturiano). Y Los Ángeles (la tierra del Arrascapié) y el Mara, donde vio por primera vez a Hugo. La loma de la iglesia, la tienda de disfraces (la escalera, el timbre, las macetas con flores). Con gran esfuerzo mira hacia el balcón. La guagua sigue llevándose las paradas, manos coléricas golpean furiosamente las paredes de lata. Se detiene cerca de Dolores (el Tosca cerrado por reformas), nadie se apea por delante, dos o tres por detrás y el racimo se descompone para armarse enseguida sin mucho alivio. El culo de la mulata sigue ahí (la cartera de acero ha desaparecido pero en la bajada, la punta de una teta casi le saca un ojo) y la pinga del hombre de la izquierda está eufórica, porque en la rotación, en la compresión-descompresión del sube y baja, se ha ubicado convenientemente (una mano que trasteaba en sus bolsillos buscando sin duda la billetera tropieza con la pinga y sale huyendo). La Avenida de los Flamboyanes, y por ahí para arriba, el Alameda, el policlínico donde se le perdía Hugo (*Codine* y *La ascensión al Annapurna*), El Salto, el cine Santa Catalina. Pero por aquí, frente a La Polilla, la antigua Clínica Lourdes donde murió su abuela Tata (en realidad su bisabuela, un ser excepcional que en 1896, en plena reconcentración de Weyler, después de la detención de su marido por colaborar con los mambises, emprende con sus hijos la fuga, primero hacia el sur por Sabanalamar, luego hacia el nordeste, burlando la trocha Mariel-Majana para arribar a La Habana el 15 de febrero de 1898, a tiempo para ver la explosión del Maine). El paradero de La Víbora (ahí casi siempre la guagua se vaciaba un poco y pudo acomodarse mejor), la maltera (de noche se transformaba en El Trono de Sangre, una temible cervecera piloto), la pizzería (la más mala de todas), el Coppelita, el Gran Cinema (siempre tomado por las locas) y la primera parada de la 100, antes de llegar a la Avenida de Acosta (en la época de Hugo, todavía en la cafetería vendían sándwiches). El paisaje odiado se le pegaba a la retina y lo saturaba. En contra de toda lógica, algo, que no sabía cómo nombrar, cómo precisar, cómo definir, lo apesadumbraba. Su sueño (poder salir de aquel infierno) estaba quizás a escasas horas de realizarse, y sí, no es que dudase, que titubease, pero estaba triste (cuando debía saltar de alegría) y tenía miedo (eso sí era normal). Aquel infierno inhabitable donde había vivido le era conocido, jugaba con sus trucos, sabía cómo defenderse, cómo evadir a la policía, cómo disfrazarse; pero después que dejara atrás toda esa mierda, qué pasaría. Sería, donde quiera que fuera, eso que llaman un extranjero, y él tenía al respecto mucha literatura metida en la cabeza que lo aturdía. Aquí, más o menos, él se confundía entre sus iguales (solo lo diferenciaba el número en su carné de identidad), sabía escabullirse. Pero allá (cualquier cosa que eso significase), él sería un extraño. Alguien fuera de su medio, un desarraigado. Aguantándose de la barra, en el fondo de la guagua, cerca de la cocina, libre ya de la pinga, la teta, el culo y la cartera que lo mantuvieron en vilo una buena parte del viaje, miraba como las cosas y los seres seguían desplazándose ajenos, del otro lado del mugroso cristal de la ventanilla. Súbitamente triste, mientras la guagua doblaba por la avenida de Santa Amalia hacia el río de Primera, hacia la loma, hacia la ermita, hacia el placer con su poceta y su trillo (ya solo persistiendo en su memoria); en fin, hacia su casa en Barrio Azul. Todo tenía su precio —pensaba Octavio a punto de echarse a llorar como una Magdalena—, y esa palabra trisílaba tan desprestigiada, tan asquerosamente manoseada, tan a la boca del ser más repugnante que hubiera padecido (la única persona a la que en verdad odiaba), el Máximo Máximo, el Cacique ya no del Barrio, sino del País de Campeche; esa palabra inmunda, mentirosa, cagalitrosa (y a la vez soñada, amada, imaginada, pajeada y templada en noches de locura); esa palabrita cabrona y huidiza; esa puta que podía observar como una pinga se hundía en cualquier agujero sin otorgarle implicaciones políticas; o como un hombre hablaba o escribía lo que le daba la gana, incluso contra ella, sin ordenar su inmediato encarcelamiento y su posterior fusilamiento; o como un hombre o una mujer podían pintarse o vestirse de azul o de amarillo (o de rojo) o andar descalzos o en chancletas sin constituir un crimen contra el ornato público ni atentar contra el normal desarrollo de la niñez, la juventud y la familia (o diversionismo ideológico); o como cualquiera, él mismo, Octavio, podría (oh iluso) llegar al aeropuerto José Martí (sin el visto bueno de la Reforma Urbana) y comprar un pasaje de ida y vuelta (con moneda nacional) para Francia en compañía de la Mano del Muerto (*Mon ami, le jour du départ est arrivé* —le diría loco de contento Rafael, acomodando disimuladamente la cimitarra de un pie entre sus güevos asimétricos—, mañana cogeremos un tren en la Gare du Nord, para Auvers-sur-Oise y nos revolcaremos en los campos de trigo haya o no haya cuervos); o simplemente comer, trabajar, dormir, cagar, ver la televisión o ir al teatro o al cine, con tranquilidad; esas tres sílabas altisonantes, patrioteras, hímnicas, por las que tantos han muerto y con las que tantos (un número infinitamente mayor) se han enriquecido (y envilecido); dulces y amargas (como la canción de El Puma), necesarias, sublimes, cursis, imprescindibles; esa palabra que tanto nombra y tanto oculta, también tiene un precio (alto, caro, mortal a veces) y hay que pagarlo. Sí, la libertad tiene un precio, hay que pagarlo y yo me cago en la nostalgia, tenía ganas de gritar Octavio, pero optó por callarse el hocico y seguir mirando por la ventanilla.

Octavio se apeó y caminó hasta su casa, apurado, como siempre lo hacía aunque no tuviera prisa. Era como si estuviera huyendo permanentemente de la mirada de los vecinos. Como si solo se sintiera seguro fuera de la vista de todos. En su casa. Eran casi las cinco de la tarde, todas las ventanas estaban cerradas y hacía calor. Los perros saltaban a su alrededor, alborotados, como si hiciera un mes que no lo veían. El gato, sobre la tabla de planchar, dormía indiferente al ajetreo de los perros.

Abel se encargaría de sus animales, ya se lo había prometido, en especial del gato (adoraba a los gatos, tenía varios, incluso uno medio paralítico). A los perros los llevaría para casa de Tronco (conseguía sobras en el Círculo Infantil donde trabajaba una hermana). Ellos conocían bien a su amigo y no se sentirían raros con él (aunque a Mocho, su preferido, le iba a costar trabajo acostumbrarse). Van a estar bien, les dijo Octavio, acariciándoles la cabeza (ni siquiera tenía nada para matarles las pulgas y las garrapatas, por lo que no paraban de rascarse con desesperación). Después se metió en su cuarto, se quitó la ropa y se tiró en la cama. Tenía demasiadas ideas dándole vueltas y le dolía un poco la cabeza (no le quedaba ni una jodida aspirina). En eso sintió que Arturo lo llamaba por la ventana que daba a la calle.

—¿Qué pasa?

—Nada, como lo vi todo cerrado, pensé que no había nadie.

—Es que me duele la cabeza.

—Voy a la casa a buscarte una aspirina y viro.

—Está bien, te lo voy a agradecer.

—No jodas, chico.

Le daba pena irse como un delincuente, engañar a la gente que lo había apoyado. Pero tampoco podía andar por ahí haciendo alardes, no podía correr riesgos, no podía confiar en el silencio de sus amigos (porque una salida del país como la suya era un acontecimiento extraordinario, algo así como un viaje a Marte y eso casi nadie se lo podía callar). Tenía mucha gente en contra (por cosas hasta que él mismo ignoraba); gente que gozaría aplastándolo, que se sacarían un ojo con tal de verlo tuerto (o ciego, ya no recordaba bien cómo era que decía su madre). El más mínimo problema, una denuncia que le hiciera la perra hija de puta de Teresa Carrillo por la cosa más imbécil, por lo más absurdo (por ejemplo —ya lo había hecho una vez—, que le habían robado el bombillo del portal y que ella sospechaba del antisocial que vivía al lado, que para colmo estaba en trámites de salida definitiva del país), cualquier cosa podía joderlo todo. Después les escribiría explicándoles, pidiéndoles que lo perdonaran.

Arturo volvió en seguida con un par de aspirinas. Fue a la cocina y le trajo el agua para que no tuviera que levantarse. Le pasó la mano por la cabeza y le dijo que iba a casa de Laura y que volvería más tarde a ver cómo seguía. Tenía puesto su safari crema de los domingos y se había enchumbado con colonia Bebito.

—No vengas muy tarde que me quiero acostar temprano. Mañana es lunes y tengo un día muy complicado.

Al rato Octavio se levantó y fue al librero de la sala. Cogió las *Lluvias* de Saint-John Perse y la *Tierra baldía* de Eliot, ambas publicadas por la Colección Centro en 1961 y 1962, respectivamente. Lo había meditado mucho y esos serían los únicos libros que se llevaría. Además, eran muy pequeños y probablemente no llamarían la atención. Después volvió a la cama y comenzó a hacerse una paja para relajarse (estaba muy tenso), activar los chacras y destupir los nadis (unos ejercicios respiratorios previos no le vendrían mal, pero no tenía ganas de hacer ridiculeces con los dedos y la nariz). Recordó, para animarse, los palos con Thais, echados en esa misma cama (ahí mismo también se había templado a Ubre Blanca, una de las amigas de Arturo, el día del maratón fotográfico —Raúl usó esa cama para lo mismo—, al gorila inspector de la luz, a René el Volador, a Rafael la Mano del Muerto y un millón de veces al propio Arturo). Se había quedado con las ganas de templarse a Carlos Miguel, aunque en mente lo había hecho muchas veces. Pobre muchacho, pensaba con los ojos ya cerrados, muy impulsado y casi a punto de venirse, cuando regresó Arturo.

—Eh, se ve que ya estás bien.

Octavio se río, observando cómo se desvestía. Arturo se acostó a su lado, bocabajo, apoyando los codos cerca de su cara.

—¿Qué me miras? —dijo Arturo.

—La nariz que se estira bajo una mata de güira.

Después no hablaron más. Hicieron el amor con tristeza. Era como si algo irrevocable le llegara al muchacho, algo que Octavio no podía ocultar y que los empapaba y convertía aquel encuentro en definitivo.

—Te noto triste —dijo Octavio acariciándole el pelo.

—No, estoy aburrido.

—¿Aburrido, aquí, conmigo?

—O cansado, no sé… Todo los días la misma rutina, hacer lo mismo y lo mismo.

—¿Discutiste o algo con Laura?

—No, te digo que no… Conseguí un trabajo, un contacto de mi abuela… En el Ministerio del Trabajo lo que están dando es pinga.

—Oye, te lo digo en serio, ya va siendo hora de que asientes un poco la cabeza. Tanta «locura», como dices tú, llega a cansar. La vida tiene otras cosas.

—¿Ah sí?

—Sí.

Octavio se dejó besar. Era un juego que empezaba suave con un labio, después con el otro, y por último, para ponerle su sello distintivo, acababa en un arrebato. Arturo se acomodó sobre él, abrió las piernas y se la fue encajando. A medida que sentía como penetraba, levantaba la cabeza y cerraba los ojos. Era un acto reflejo.

—Voy a quedarme a dormir aquí hoy —dijo casi en un susurro.

Octavio lo desacopló con suavidad y se apartó un poco.

—Lo siento, pero no puede ser. Ya casi van a ser las nueve y yo necesito descansar.

Arturo intentó aproximarse de nuevo.

—Estate tranquilo, es mejor que te vayas ya.

—Eh, ¿pero qué te pasa hoy?

No lo pensó. De pronto se encontró diciendo:

—Arturo, me voy mañana.

—¿Qué?

—Lo que oíste.

El muchacho se estiró sobre la cama y quedó bocarriba mirando el techo. Una expresión extraña en el rostro. Octavio le pasó la mano por el pecho. Fue el detonante, Arturo se recogió sobre sí mismo (en posición fetal), escondió la cabeza y empezó a llorar. Daba lo mismo lo que dijera o hiciera Octavio, nada podía calmar aquel llanto. Era como si algo muy valioso se hubiese roto. Entonces se sentó en la cama y lo dejó llorar. Era un muchacho indefenso y estaba llorando. Había que dejarlo. Horas, siglos, milenios después se fue calmando. A cada rato lo estremecían los sollozos y jadeaba como si le faltara el aire. De pronto, se le abrazó y empezó de nuevo. Estaba echado sobre sus piernas, inconsolable. Lucía extraño aquel ser, con aquellas patas y aquellas manos enormes, desnudo y llorando.

—Bueno, debes de estar contento. No tienes por qué llorar. Nadie se ha muerto. El mundo no se acaba, sino todo lo contrario. Vamos a seguir en contacto. Toma, ponte el calzoncillo —Arturo lo obedeció, todavía soltando mocos—. Quiero que esto sea un secreto entre tú y yo. No quiero que hoy se lo digas a tu abuela ni a nadie.

—¿A qué hora te vas?

—Por la tarde, pero por la mañana vienen a sellar la casa . Después me largo para casa de mi tía. No se lo he dicho a nadie. No quiero despedirme de nadie. Creo que es mejor así. Voy a confiar en ti y te voy a pedir que el martes me disculpes con los amigos.

—Yo tengo que ir temprano a lo del trabajo que te dije. Pero vengo, me baño y voy al aeropuerto.

—Prefiero que no vayas.

—Voy a ir de todas maneras.

—Bueno, ahora vete y ya.

—Me voy.

—Nos vemos.

—Seguro.

Arturo, que había terminado de vestirse, caminó hasta la puerta, la abrió y volvió el rostro hacia Octavio.

—No lo hagas.

El muchacho cerró y se marchó. Octavio respiró hondo, después dio una vuelta por la casa, revisando a ver si todo estaba en orden, regresó al cuarto y se acostó a leer. No había pasado ni media hora cuando sintió que le tocaban a la puerta.

—¿Quién es?

—Yo, Rafael.

Abrió. Rafael lo miraba con una sonrisa de oreja a oreja.

—*Mon ami, le jour du départ est arrivé*, eh. Qué calladito te lo tenías, eh. Si no es por Arturo que va a la casa y me avisa, ni me entero, eh. Aquí traigo un litro de Coronilla —levantó la mano con la botella—, porque esto hay que celebrarlo en grande, eh.

Octavio lo dejó entrar, sin saber qué decir, viendo que

esa botella que exhibía no era la primera que se empinaba —apestaba a destilería clandestina—, y caminó hasta la silla donde había dejado el pantalón.

—No, no te vistas —se agarró con gran alarde la cimitarra—, eh, yo soy el que se va a encuerar porque quiero que te lleves un bonito recuerdo mío, eh.

—Aclárame algo, ¿tú quieres que me lleve un bonito recuerdo tuyo o que no me pueda sentar en el avión?

Los dos se rieron. Rafael se quitó el pulóver y trastabilló, de pie, tratando de sacarse los ajustados pantalones.

—Esto es sin vaso, a pico de botella, eh.

—Bueno, yo un buche nada más, porque no quiero amanecer mañana con dolor de cabeza. Como comprenderás tengo que tener la mente clara. Quiero dormir, descansar un poco. Hoy he tenido un día de madre. Y mañana será peor.

—Yo sé, yo sé.

Ya era raro ver a Rafael contento, tenía una amargura en su alma cada día más difícil de disimular. Aparte de que él no hacía ningún esfuerzo en ese sentido. Las relaciones con su mujer iban de mal en peor. La casa de Octavio era como un respiro, una ventana por donde contemplar el Arco de Triunfo de la Estrella, al final de los Campos Elíseos (que Rafael jamás visitaría). Por eso soportó el embate del amigo con resignación, estoicismo y hasta con cierto entusiasmo. Cuando terminaron, Rafael le dijo:

—Te voy a extrañar, eh.

—Cuídate, que estoy seguro que nos volveremos a ver algún día. Si no es aquí, bueno, será en la Place de la Concorde o delante de la Tour Eiffel. O en lo alto, acuérdate que tiene 306 metros y que se construyó entre 1887 y 1889.

—Un jabao en París —dijo embelesado, sonriente, con la cabeza perdida, mientras tragaba el aguardiente.

—*Pourquoi pas?*

—*Le jour du départ est arrivé*, eh. Yo pensé que no llegaría nunca, eh.

—Antes de irte te voy a dar los libros para que los repases y no se te olvide lo que aprendiste. Los tengo a mano. Ah, y no pelees tanto con tu mujer, eso te amarga.

—Si yo no peleo, es ella.

—Oye, casi son las doce, mañana seguramente nos vemos.

—¡Cómo no nos vamos a ver! ¡Yo estoy en el aeropuerto de patria o matao!

—Sería mejor que no fueras, las despedidas no son buenas.

—Olvídate de eso.

Al rato, Rafael recogió los libros y se marchó. Octavio lo acompañó hasta la puerta. No había agua en la pila, así que se lavó como pudo con la de los perros. Apagó la luz, después de aquellos dos palos imprevistos y casi consecutivos cayó en la cama rendido, muerto. Mañana será otro día, dijo.

Pensó que iba a tener dificultades para quedarse dormido, pero exactamente igual que ya le había ocurrido en otras ocasiones de gran tensión o pesadumbre (la muerte de sus abuelas o la partida de sus padres), durmió profundamente. A las ocho en punto se despertó, se puso su ropa de trabajo y metió en un cartucho los libros, la pluma y una hoja blanca doblada en cuatro. Después, como si fuera algo que hubiera meditado mucho, fue al altar y bajó la imagen de la Virgen de la Caridad (que era lo único que quedaba ahí, con todo lo demás había cargado su tía Ena, incluyendo la Virgencita de Fátima que guardaba desde su infancia). Se la llevaría, estaría con él hasta el final, de la misma manera que lo había estado con su madre, de casa en casa, de barrio en barrio, hasta el día de su partida. La envolvió en una camisa vieja y la puso junto a la puerta, al lado del cartucho.

Dio una vuelta por la casa, mirándolo todo, cada rincón, los escaparates (no quería ningún imprevisto de última hora, que se le olvidara algún detalle), cerrando las ventanas. Colocó las piezas rotas encima de la meseta de la cocina y se dispuso a esperar a la Reforma Urbana. Al rato se apareció Abel y se llevó los animales. ¿Todo marcha bien?, le preguntó. Hasta ahora todo va bien, le contestó. A las nueve tocaron a la puerta, era un hombre el que venía a sellar. No pasó de la sala ni le pidió los andariveles rotos.

—Firma aquí —Octavio firmó y el hombre le extendió un papel—. Esto tienes que entregarlo en el aeropuerto. ¿Ya recogiste todo?

—Sí, es eso que está junto a la puerta.

—Bueno, vamos a sellar.

Salieron al portal, Octavio le entregó las llaves de la casa y el hombre puso el sello en la puerta. Octavio estaba muy nervioso mirando hacia todas partes. Abel, desde el puesto de viandas de la esquina observaba discretamente la operación, preparado para cualquier eventualidad.

—Que tengas buen viaje —dijo el hombre, le dio la mano y le sonrió.

—Gracias.

Los dos salieron juntos. Octavio cerró por última vez la puertecita medio destartalada del portal y se encaminó sin mirar atrás hacia la parada de la guagua. Coño, esto tiene que ser un milagro, se iba diciendo, que no me haya tocado un hijo de puta para el inventario final. Esto es obra tuya, repetía y apretaba el bulto con la imagen de la Virgen de la Caridad. Abel se le unió en la parada.

—¿Sin problemas?

—Todo perfecto.

—Coño, sigue la suerte. Ahí viene la guagua.

Llegaron a casa de su tía sin problemas. Estaba nervioso porque tenía que estar en el aeropuerto cuatro horas antes de la partida y era mejor llegar cinco, por cualquier problema que se pudiera presentar. Se vistió (su tía estaba sola en la casa) y metió los libros y el bulto con la Virgen en la maleta. El pasaporte, el pasaje (con el visto bueno de la Reforma Urbana dentro), la pluma y la hoja en blanco en el bolsillo de la camisa. Abel observaba toda la operación en silencio.

—¿No vas a comer nada? —dijo su tía.

—No, no tengo hambre. La sed es lo que no se me quita.

—Eso son los nervios, tranquilízate que todo va a salir bien con el favor de Dios y la Virgen, y dentro de unas horas estarás con mi hermana. Dichoso tú que la podrás ver, yo sé que me moriré sin volverla a ver —dijo y ahí mismo se echó a llorar.

—Cálmese, señora, eso lo pone peor a él —dijo Abel.

Octavio fue a la cocina y volvió con un vaso de agua. Vio el pasillo interior, a un lado, donde de niño jugaba con sus primos a levantar construcciones metálicas y armar rompecabezas (también a jugar Monopolio con Martica, la dueña de una misteriosa *ouija*). Después su tía salió y Abel y Octavio se quedaron solos unos instantes en la sala.

—La máquina está lista —dijo su tía desde la puerta.

Abel cogió la maleta y salieron.

—Bueno, ahora sí que le jour du départ est arrivé, como dice la Mano del Muerto, así que vámonos.

Por el camino al aeropuerto ellos no hablaron. La tía, ahora contenta, desarrollaba un monólogo, diciéndole al sobrino que le recordara a su hermana, las pastillas para dar de cuerpo y las vitaminas. Octavio dejaba que las palabras y el paisaje pasaran frente a sus ojos sin fijarse. Era una franja verde veteada de gris y de concreto. Se aflojó un poco el nudo de la corbata y le vinieron a la mente unas décimas del Cucalambé. Era algo titulado

Adiós a mis lares. La última la dijo en alta voz, marcando el ritmo con la mano y tratando de que la voz le sonara alegre:

> *Adiós, pues, feraces montes,*
> *en cuyos verdes circuitos,*
> *sobre los altos caimitos*
> *cantan los pardos sinsontes.*
> *De más amplios horizontes*
> *pretendo lanzarme en pos,*
> *y nunca permita Dios,*
> *pues no tengo tal idea,*
> *que este adiós para ti sea*
> *mi triste y último adiós.*

Y sin que viniera al caso (o sí, un poco, porque todo parecía indicar que podría marcharse al fin a la madre patria, aunque él no estaría tranquilo hasta que el avión estuviera a una distancia tal que no lo pudieran virar), se acordó de su padre, durmiéndolo en el sillón de la sala mientras le cantaba:

> *Me cago en Manuel Azaña,*
> *en Franco y en Cabanellas*
> *y en toda la gente aquella*
> *que está peleando en España.*
> *Me cago en quien enmaraña*
> *la situación española.*
> *Me cago en quien la controla,*
> *me cago en Queipo del Llano*
> *y aunque me ensucie las manos,*
> *me limpio el culo con Mola.*

Así haría él, se limpiaría el culo con todo. Parquearon a la entrada de la terminal (el chofer, un vecino de su tía,

225

ni se apeó). Aquello era una cárcel, había que despedirse en la puerta del edificio de la terminal, él entraría y Abel y su tía subirían a la terraza, a esperar, con la esperanza de verlo caminar hacia el avión. Abel le dio la maleta. Su tía lo besó. Octavio no podía hablar así que abrió la puerta y entró. Lo primero que vio fue un perro que le indicó con la mano la dirección a seguir (obvia, por otro lado), el mostrador de Iberia. Había dos muchachas ataviadas con el uniforme de la compañía aérea (difícil imaginar algo más ridículo) que lo recibieron con una sonrisa. Le entregó a una de ellas (la que le pareció más dulce) el pasaporte y el pasaje. Octavio puso cara fúnebre, intentando aparentar más congoja de la que en realidad sentía (a veces daba inesperados resultados). La muchacha lo examinó página por página y cuando llegó a la visa, levantó la cabeza y lo miró.

—Su visa está vencida, señor.

El «señor» lo paralizó (y lo estremeció como un corrientazo), pero se repuso enseguida y sonrió:

—Ya me advirtió el señor cónsul que podría surgir alguna confusión con mi visa, que es anterior al modelo actual, pero que se mantiene vigente como bien se me aclaró allá, pues los 90 días empiezan a correr a partir del momento en que se pise territorio español. Precisamente por eso, yo estuve una vez más en el consulado el viernes y el cónsul en persona me dio su tarjeta y me dijo que si confrontaba alguna dificultad, cualquier problema, en el aeropuerto, que por favor, no tuvieran ninguna pena y no dudara en llamarlo —dijo Octavio pausadamente (el discurso lo había ensayado varias veces, corrigiéndolo sobre la marcha, en busca de la palabra precisa, hasta aprendérselo de memoria). Sacó de la cartera la tarjeta del cónsul y, sonriendo, se la entregó a la empleada.

La muchacha dudó unos instantes con la tarjeta en la mano y después se perdió con su pasaporte, el pasaje y la tarjeta consular en el interior de algo que parecía una oficina, al fondo. Octavio se agachó y acomodó la maleta más cerca de sus pies. La otra muchacha estaba revisando unos papeles. La espera le resultó interminable (sí, es un lugar común). Él no sabía si estaba llamando por teléfono (aunque lo más probable era que el consulado ya estuviese cerrado) o consultando con algún jefe. Al final apareció la empleada, le sonrió y se puso a preparar la carta de embarque. Cuando terminó, le entregó los boletos y su pasaporte (se quedó con la tarjeta del cónsul, por un momento Octavio pensó en pedírsela; pero desistió, para qué carajo quería él esa mierda) y le señaló hacia dos perros uniformados que estaban a la entrada de un pasillo, junto una estera.

—Pase por allí, señor, y que tenga buen viaje.

—Gracias, muy amable.

Uno de los perros lo detuvo enseguida con un gesto y le indicó que depositara la maleta sobre la pequeña estera para inspección y que él pasara hacia el lado opuesto. Allí el otro perro buscó en el pasaporte el cuño autorizando la salida y recogió el papel de la Reforma Urbana. Después miró la foto y lo observó escrutándolo (todo eso sin hablar una palabra). Luego lo condujo hacia una especie de cubículo con divisiones de madera y una mesa con su silla.

—Vacíe sus bolsillos y póngalo todo arriba de la mesa.

Octavio sacó sus cigarros (una caja abierta y otra cerrada, Aromas), una caja de fósforos Chispa (por primera vez se fijó que tenía impreso el año —1983— en azul), la pluma (un bolígrafo), un resguardo que metía miedo (el que le había preparado Alberto), la cartera con cinco

pesos, un pañuelo blanco, y un papel con las direcciones y teléfonos de la familia. El perro lo observó todo,
abrió la cartera y leyó las direcciones.

—¿Y esto qué significa?

—Son las direcciones y teléfonos de mi familia.

—El dinero tiene que gastarlo aquí, no lo puede sacar.

Octavio asintió con la cabeza. El perro movió con la
punta de un lápiz el resguardo.

—¿Y esto qué es?

—De mi religión —dijo Octavio.

—Quítese el saco.

Octavio obedeció, se quitó el saco y se lo entregó al perro que después de revisar los bolsillos, lo viró al derecho y al revés buscando sabe Dios qué. A continuación,
extrajo de la gaveta de la mesa un aparato que parecía
una pistola intergaláctica.

—Aflójese el cinturón, quítese los zapatos y levante los brazos.

El perro empezó a pasarle el aparato aquel por todo
el cuerpo, incluso lo metía dentro de los bolsillos del
pantalón y la camisa. Después agarró el pantalón por
la cintura y lo sacudió fuertemente (las medias que le
había regalado Abel tenían un hueco en el calcañar).
Enseguida se agachó y fisgoneó dentro de los zapatos,
las suelas, el tacón, la costura que tenía uno de ellos por
un costado (y eso que le había echado un emplaste de
betún para que no se notara tanto).

—Ya puede recoger eso y ponerse el saco y los zapatos.

Octavio salió por la parte trasera del cubículo y vio su
maleta colocada sobre una larga mesa (allí también se
iban sus vidrios, pedacitos de vidrio —su tesoro—, en
el bolsillo del único pantalón que decidió llevarse). Caminó hasta una puerta donde otro policía, le volvió a
revisar el pasaporte y el pasaje. De ahí pasó a un sa-

lón también chiquito donde ya había varias personas esperando. Al fondo, una puerta de cristales custodiada por más policías (esta vez con armas largas) y en el centro una escalera que conducía a otro salón donde, según un minúsculo cartel, había una cafetería y una tienda. Esperó a que alguien subiera y atrás siguió él. En realidad, había dos tiendecitas (si es que se les podía llamar así), en una vendían periódicos y revistas (compró el *Granma* y Trabajadores para entretenerse leyendo mientras esperaba) y en la otra efectos electrodomésticos (pero solo en moneda extranjera). Radios y grabadoras portátiles, algún reloj despertador, cosas así. Se acercó al mostrador de la cafetería, que estaba desierto. Tenía hambre.

—¿Qué podría comprar con cuatro pesos y algún menudo?

—Un bocadito de jamón y queso y un refresco —respondió seco el dependiente (una monja).

—Sírvame eso mismo, por favor.

Comió aquella minucia (una lasca de jamón y otra de queso finísimas entre dos rodajas de pan de molde) y se tomó el refresco. Con el menudo que le quedaba pudo pedir un café (malísimo). Después reparó en que la mayoría de la gente se concentraba ante una pared de cristal muy oscuro y hacía gestos que se le antojaron absurdos. Prendió un cigarro y se lo fumó allí sentado, observando todo el movimiento a su alrededor. Se mantenía muy alerta, a cada rato llamaban gentes por los altavoces (lo último que deseaba era escuchar su nombre por esa vía). Aquello estaba minado de monjas disfrazadas de viajeros (las estudió llevándose sus pases). Cuando terminó el cigarro, lo apagó cuidadosamente en el cenicero (capaz que si lo dejaba encendido lo acusaran de incendiario o saboteador) y se acercó también al cristal (que era de esos que permitían la visión hacia afuera pero no hacia dentro y que quizás fuera la causa de que aquella jaula sádica fuera conocida popularmente como la pecera). Desde uno de los ángulos (pegándose bien al cristal ahumado, pues estaba casi paralela), era posible divisar la terraza atestada de personas. Enseguida distinguió a Abel y a su tía. Junto a ellos estaban Arturo y Rafael la Mano del Muerto, bajo el sol, mirando la pista vacía. Un poco más allá, recostado a la baranda, inmóvil entre el gentío, había una figura que le resultó familiar por los colores de la camisa. Sí, aquello era el test de Rorschach portátil de Carlos Miguel. El pelo sobre la frente, sí, no cabía dudas, era Carlos Miguel (acabó de reafirmarlo cuando vio que Arturo se le acercaba y le decía algo). Estuvo un rato ahí, mirando a sus amigos y después bajó y se sentó lo más cerca que pudo de la puerta de cristales que daba a la pista a leer el periódico. *Granma, 5 de diciembre de 1983, Año del xxx Aniversario del Moncada, Órgano oficial del Comité Central del Partido Comunista de Cuba*. El titular principal: RECHAZO SIRIO ANTE ATAQUE MASIVO DE AVIACIÓN YANQUI. Y debajo, en negritas: Derribados por lo menos dos aviones yanquis al atacar posiciones en Líbano. Capturado uno de los pilotos norteamericanos. Bombardea la aviación y la flota yanqui posiciones patrióticas en Beirut; muertos ocho «marines». A la izquierda de ese titular: ENTABLADA VERDADERA PORFÍA PRODUCTIVA ENTRE ABASTECEDORES DE CAÑA Y PLANTA MOLEDORA DEL COMPLEJO 6 DE AGOSTO. Y a la derecha: ¡VIVAN LOS DIGNOS HOMBRES Y MUJERES DE LOS CASCOS BLANCOS! Con esa primera plana se entretendría bastante. En realidad, se le fueron cerrando los ojos —se sentía exhausto—; medio embelesado estaba cuando algo lo hizo reaccionar. Prendió un cigarro. La gente, de pie, a una prudencial distancia de la puerta de cristales que daba a la pista, señalaba sin mucho alboroto el DC10 de Iberia que acaba de aterrizar. Quiso hacer lo mismo, pero se contuvo y prefirió permanecer en su asiento, alerta. De cualquier forma, ya vería el avión. La ansiedad en la sala se podía respirar.

Una hora más tarde mandaron a formar fila dentro del salón. Octavio tampoco quería ser el primero en salir, así ganaría más tiempo para mirar atrás. El perro del otro lado del cristal hablaba con alguien a través de un aparato. Al cabo de otra media hora, abrieron la puerta y fueron chequeando los documentos de los pasajeros uno por uno. Los obligaron a caminar debajo de un techo corredizo —lo que les impedía ver la terraza— por un buen trecho y después un guardia hizo doblar la fila hacia el avión. Cada diez metros más o menos había un perro uniformado chequeando la operación. El avión a lo lejos imponía su enorme presencia. Al llegar a la base de la escalerilla la cola se detuvo pues, una vez más, estaban revisando los documentos. Ese fue el momento que aprovechó Octavio para mirar hacia atrás. La terraza estaba muy lejos y era imposible distinguir de quiénes eran aquellos brazos, aquellas manos que decían adiós. Los rostros, los cuerpos asomando sobre la barandilla, un murmullo sordo, un alarido desgarrado que no se oía, todo, no era más que una raya que se difuminaba, una mancha herida oscureciéndose, porque estaba cayendo la tarde. El perro miró sus documentos y le indicó que siguiera. Se pasó la mano por la frente —estaba sudando a mares— y se quitó el saco antes de empezar a subir. Cuando le faltaban apenas un par de escalones para llegar al tope se volvió de frente a la terraza (temblando, con los ojos nublados), alzó los brazos y los agitó (era la señal convenida con Abel). Después continuó hacia el interior de la nave. La azafata, sonriente, le indicó donde sentarse (él había escogido ventanilla en sección de fumadores) y a partir de ese momento todo es confuso. Mira por la ventanilla como cae la noche, ajeno a lo que está ocurriendo dentro del avión, y así pasan horas, siglos, milenios, hasta que siente que el aparato está deslizándose por la pista, ve luces a su derecha, negrura, y ya en el aire, antes de cerrarse la noche, su ciudad. Todavía no conocía este poema de Kavafis y por lo tanto no podía decir: *Iré a otra tierra, hacia otro mar y una ciudad mejor con certeza hallaré. Pues cada esfuerzo mío está aquí condenado, y muere mi corazón lo mismo que mis pensamientos en esta desolada languidez. Donde vuelvo mis ojos solo veo las oscuras ruinas de mi vida y los muchos años que aquí pasé o destruí.* Y, desde luego, también ignoraba la conclusión: *No hallarás otra tierra ni otro mar. La ciudad irá en ti siempre. Volverás a las mismas calles. Y en los mismos suburbios llegará tu vejez; en la misma casa encanecerás. Pues la ciudad siempre es la misma. Otra no busques –no la hay–, ni caminos ni barco para ti. La vida que aquí perdiste la has destruido en toda la tierra.*

Así que ahora Octavio González Paula (para los suyos, Tavi), estaba volando y su ciudad, con sus vivos, sus muertos y todo lo demás, se iba consigo, sucediéndose, a través del mar y del tiempo…

7

…pero ahora estaba repasando, por última vez, la conversación con Carlos Miguel, la larga caminata por el Malecón y la Avenida del Puerto y la visita que hicieran juntos a la Iglesia de las Mercedes y… No, eso ya se acabó. No más. Tavi llegó a Madrid al amanecer del día 6 de diciembre de 1983. No le pusieron el túnel, ahora tan de moda, y había -9°C en Barajas (salió de La Habana con 33°C). Cuando se agarró del pasamanos metálico la mano se le crispó y los dedos se le engarrotaron. Descendió la escalerilla temblando y así entró en la terminal donde, al presentar sus papeles, lo detuvieron y lo mandaron a la Comisaría. Fue muy simpático: a un extranjero llegado del infierno le dan instrucciones de cómo encaminarse solo por el paraíso para entregarse a la policía. Él podía sencillamente desviarse de su ruta e irse para el carajo, pero no lo hizo, entre otras cosas porque deseaba recuperar la maleta. En la Comisaría hablaban de esperar a que viniera un superior para llamar a La Habana, al consulado, pero él les explicó (a esa gente se le podía explicar cosas, eran seres normales) su situación y les contó la misma historia del cónsul y la tarjeta. Un cubano que había por allí lo ayudó dándole la razón (después de todo él tenía una visa y había pagado su pasaje) y al rato estaba en la aduana recogiendo su maleta y reuniéndose con su madre y su padre (que lo esperaban con una parca azul). Cogieron un taxi y Tavi vio por primera vez una ciudad extranjera. Los edificios por la M30, todos de un color ocre, con los ladrillos por fuera, como si se hubieran olvidado de repellarlos y pintarlos. Demasiadas imágenes para retenerlas, demasiados colores mareaban la vista (él venía de una ciudad gris y desteñida), montones de gentes muy bien abrigadas caminando sin prisa, avenidas atestadas de autos, tiendas iluminadas, era diciembre (como ahora) y todos se preparaban para la Navidad. Por su parte, él no paraba de temblar, ni siquiera en la casa, sentado en una butaca junto a la bombona todavía con la parca y una colcha sobre las piernas, narrándoles a sus padres (la contentura se les salía por los ojos y las manos), su odisea. Su madre loca con su Virgen, el padre recordando los días en que tenía que limpiarse el culo con el *Granma* (ahora lo ojeaba con aire vencedor) y el teléfono sonando (Miami *speaking*). Su madre le había comprado distintos tipos de embutidos y él los devoraba, saboreando maravillado la Mahou 5 estrellas y tragando aceitunas aliñadas (un placer olvidado). Pensaba en sus amigos, en su tía, en lo que estarían haciendo a esa hora. Su padre encendía un Popular (que le había traído Tavi) y se preguntaba cómo había podido empujarse aquella mierda llena de tarugos (ahora fumaba Ducados), que necesitaba una caja de fósforos entera para mantenerse echando humo. Tavi encendía, con su flamante fosforera (aquí encendedor) rellenable, un Aromas (pronto cambiaría para Fortuna Lights). Se moría de sueño pero sus padres le aconsejaron que tenía que mantenerse despierto para que no lo afectara demasiado el cambio de hora *(jetlag)*. Esa tarde dieron una vuelta por su nuevo barrio (en las afueras) y visitaron varios comercios, entre ellos una Galería (que lo maravilló), pero a las ocho no pudo más y se acostó. Esa noche durmió como en sus buenos tiempos, sin soñar nada, y se despertó algo sobresaltado, confuso, tiritando, sin reconocer el lugar. Le parecía mentira que estuviera realmente junto a sus padres (que constituían el fundamento de su círculo vital, el prana que alimentaba sus chacras), que la pesadilla infernal hubiera quedado atrás. La mañana estaba azul, sin una nube, salió y se sentó en la escalera del edificio para calentarse al sol. Ahí tuvo su primera decepción española: ese sol era una mierda que no calentaba absolutamente nada, ni siquiera subía hasta el centro del cielo. Se alzaba un poco, a regañadientes, como si le diera pereza elevarse; y ahí se mantenía, a medio camino de la nada, para al rato volver a esconderse. Era un adorno inútil. Tuvo que entrar porque se congelaba. La segunda decepción la tuvo al rato: ya no cabían dudas, el café era una bazofia. No importaba la marca, el problema estaba en cómo lo procesaban y cómo lo mezclaban (no tenían ni puta idea de cómo se tostaba el café). Armaban un lío con el torrefacto y el natural, que si 70 y 30, que 50 y 50 (cualquier combinación era la misma porquería). Una mierda, un agua de culo que daba dolor de estómago. Su madre con la cafetera italiana lograba algo aceptable. En las cafeterías, el llamado expreso era lo mejorcito, pero había que adiestrar al dependiente, a fuerza de visitas continuas y programadas, hasta lograr «un solo corto bien corto», medianamente pasajero. Ese segundo día también habló con sus hermanos (y con su adorada hermana) y conmigo. Quedamos en que nos seguiríamos escribiendo (las llamadas solo de vez en cuando, eran muy caras). Le dije que su novela, sus hojas de diario, las fotos, sus papeles en general, las Carteleras, los libros (entre ellos el *Gilgamesh*), todo lo que me había mandado, hasta el acordeón de relajo, todo, lo había recibido, estaba bien guardado y esperando por él (en realidad se habían perdido unas hojas, había obvias lagunas en algunos textos, pero no quise amargarlo tan pronto). Yo lo noté muy contento ese segundo día (el primero casi no pudimos hablar, fue una locura), protestando por todo, igual que en Cuba, pero contento. Le dije que trataría de ir a verlo lo antes posible, que trabajaría mucho para reunir dinero con ese fin. Él, por su parte, poco a poco fue adaptando el oído a esa jerga que hablaban en Madrid, que no era español ni la cabeza de un guanajo (tal vez, si acaso, eso que ellos llamaban «castellano», que él siempre supuso sinónimo de «español»), aspirando las jotas, escupiendo las zetas, diferenciando (decían ellos) las c de las s y cambiando las d finales por unas zetas insólitas, entre otras lindezas fonéticas, y empezó a entender algo de lo que le decían. Yo pensaba que de la misma manera que en Italia se habla el italiano, en Alemania el alemán y en Francia el francés, en España se hablaba el español, me dijo en una carta, pero ni siquiera España existe. Aquí no hay españoles sino gallegos, catalanes, vascos, andaluces y cosas así. Algunos hasta se ofenden y te insultan si los llamas españoles. España existe para los extranjeros, España es un concepto extranjero. Ya se movía en metro y estaba, sencillamente, maravillado. Con el plano en la mano fue descubriendo la ciudad. Escogía una parada y caminaba mucho en misión exploratoria. El centro, toda la parte vieja, era de una belleza que le aguaba los ojos. Se metía horas recorriendo el Retiro, fumando junto al estanque lleno de niños y de vida a pesar de que el aire era como una nevera (le habían regalado una bufanda y no se la quitaba ni para cagar); se extasiaba siglos, milenios, en la cuesta de Moyano, al borde del orgasmo, catatónico con los millones de libros que no había leído (y que ansiaba leer). Tenía miedo entrar en el Prado y enfrentarse al Bosco y lo fue posponiendo para ir conmigo. La tercera decepción la sufrió a la semana, estaba en un bar (había que apartar con el pie la inmundicia acumulada en el suelo para llegar a la barra) por la Puerta del Sol tomándose un carajillo, cuando vio a una mujer que estaba sola en una esquina de la barra (en Cuba eso no se estilaba, a no ser que fuera una carretillera de los 80 o una jinetera dolarizada de este nuevo siglo). Se sentó a su lado y empezó a sacarle fiesta (estaba bastante buena y él tenía un atraso de una semana; con el frío se le había perdido, no se la encontraba y ni siquiera se la había sacudido últimamente como es debido). Conversaron, se tomaron unos cuantos chatos (había una humareda que apenas se veía) y terminaron en un hostal de la calle de la Ballesta (era guapa la tía). Tavi le dio con ganas, pero aquella flaca blanquísima con una pendejera alucinante en las axilas, era una pazguata, apenas se movía (estaba como azorada, como si nunca antes se la hubiesen templado). En fin, que su experiencia inaugural con una extranjera había sido frustrante, un fracaso, nada que ver con Thais y Ubre Blanca, para solo mencionar dos experiencias memorables (por un momento llegó a pensar que lo que tenía debajo era una muñeca de trapo), pero tuvo su contrapartida buena. Aquella mujer se arrebató con él, lo llamaba todos los días, por lo menos una vez a la semana iban al mismo hostal y lo ayudó a conseguir trabajo. El marido (porque,

237

claro, aunque pareciera imposible estaba casada y tenía dos hijos), para colmo de las casualidades, era dueño de una imprenta y colocó a Tavi, clandestinamente (no tenía permiso de trabajo ni nunca lo conseguiría, cada vez que se presentaba un tipo que oliera a Hacienda tenía que saltar por una ventana a un patio interior y esconderse detrás de los latones de basura). Era un local pequeño, con maquinarias antiguas, parecidas a las que él operaba en Cuba. Era el único extranjero (el cubanito, le llamaban en su presencia; a sus espaldas, el sudaca), el resto del personal lo conformaban amigos o familiares del dueño. Isidro y Almudena lo trataban bien, formaban una linda pareja (él le llevaba cinco años) y lo ayudaron mucho en esos difíciles tiempos. También, en otro sentido, sor Isabel que tenía una especie de almacén donde los cubanos recién llegados se apertrechaban de abrigos, ropa y zapatos, lo ayudó y orientó. Fue uno de los primeros lugares a donde su madre lo llevó (el segundo fue a las Católicas, donde iniciaría los trámites para el traslado definitivo a la meca por antonomasia de los cubanos exiliados: Miami). Su madre estaba apuntada en el comedor de Canarias y casi siempre Tavi la acompañaba. El padre jamás fue, decía que eso era para indigentes y él no lo era, que a él lo mantenían sus hijos. Ahora le tocaba a ellos, bastante lo había hecho él, concluía. En uno de esos viajes con su madre al comedor, conoció a Rubén, un cubano (de Párraga) que llevaba casi tres años en Madrid y que todavía no había podido sacar a su mujer y su hija de Cuba. Esto es muy duro, mi hermano, se quejaba, no nos dan permiso de trabajo y hay que buscársela como se pueda. Plantaba su repisa con cigarrillos de contrabando (estraperlo, decía ya él) en la calle Montera, que era una calle de putas desahuciadas. Ellas y él se ayudaban avisándose mutuamente cuando se acercaba la policía. Rubén recogía su repisa y se escondía en los cuartos donde ellas desarrollaban su labor. Así había sobrevivido (yo no tengo familia en Miami, caballo, se justificaba). Vivía en Lavapiés, en un cuarto alquilado. Todas las mañanas, aunque estuviera nevando (en Madrid hacía mucho frío, pero nevaba poco), cogía su jabón y su toalla y se iba hasta Embajadores, a los baños públicos (100 pesetas costaban los 10 minutos de agua caliente). Como es natural sus vecinos lo tenían por loco. Y es que el baño no era lo de ellos. Almudena una vez le contó riéndose cómo es que se bañaban (en verano). Llenaban la bañadera de agua y se iban metiendo por edades, primero los niños, después ella y por último el esposo (sin cambiar el agua, claro, que era carísima). El resto del tiempo, cuando sentían la necesidad, se «duchaban», que consistía en meterse bajo la ducha pero sin enjabonarse ni nada. Por eso, se quejaba Tavi, en más de una ocasión en el metro se me ha sentado una mujer elegantísima al lado y la peste a bacalao podrido me ha obligado apearme en la primera parada para no vomitarme dentro. Antes, agregaba Rubén, era peor. A mí me contó un amigo que llegó aquí en los primeros años de la revolución, que fue a una tienda a comprar desodorante, cepillo y pasta de dientes, y que el dependiente primero lo miró ofendido, después cuando su amigo insistió (pensando que no lo había entendido bien), lo sacó del establecimiento, gritándole que la suya era una casa decente y no se vendían «artículos de maricas». Rubén también era un experto en localizar «teléfonos pegados». En esos años, cuando llovía, nevaba o por problemas de la anticuada tecnología, algunos teléfonos se trababan y entonces se podía hablar sin necesidad de echar monedas (a veces era porque estaban llenos). Desde luego, también era un especialista en ayudar a los aparatos a «pegarse». Yo los emborracho, decía. Se «emborrachaban» con cualquier líquido corrosivo que le echaran por la ranura de las monedas. También funcionaba el método de hacerle un agujerito a una moneda y atarla con un hilo de nailon. El único inconveniente era que el dedo (había que subir y bajar la moneda con cierta habilidad) se cansara o que se partiera el hilo. Tenía su arte. Los cubanos se llamaban unos a otros (tratando de burlar la tiranía de la tarifa por «pasos») y se hacían largas colas frente a la cabina premiada hasta que alguien avisaba a la policía y había que salir corriendo. No le era fácil a un cubano poner teléfono en su propia casa, necesitaba de un fiador español, alguien que lo avalara y a veces ni así. No obstante, siempre había quien se las ingeniaba para alquilar un piso con teléfono (preferiblemente en Carabanchel, Vallecas, Móstoles o Aluche), entonces los tres meses siguientes (el tiempo que demoraba en llegar la cuenta), cobraba 1,000 pesetas por media hora de conversación. Había que sacar turno y en ocasiones esperar varios días para poder hablar. De más está decir que pasados los tres meses el inquilino desaparecía sin dejar huellas. Quizás una de las cosas que más necesita el inmigrante es la comunicación con los suyos, es algo vital.

El 17 le prendió la vela a San Lázaro, como le había prometido en Cuba. Su madre solo tenía una estampa, pero le puso flores de plástico y al lado la vela. Con el primer sueldo que cobró en la imprenta compró un calentador eléctrico, una casetera pequeña y la vitamina C para Alberto el babalao. Con el asunto de la vitamina casi le da un ataque: en Madrid NO vendían vitamina C en pastillas en ninguna parte. Solo unos tubos con 10 comprimidos efervescentes que había que disolver en agua. Parecía una naranjada, que estaba muy bien, sabía rica, pero que para Cuba no servía, él lo que necesitaba era un pomo que tuviera por lo menos 100 pastillas de 500 mg. De todas formas compró dos tubos de aquellos y se los mandó con una carta (aparte) explicándole lo que pasaba, que fuera resolviendo con eso, y que él las mandaría a pedir a Miami. Así lo hizo, me escribió en ese sentido y yo le mandé un pomo de 250 tabletas de 500 mg. Cuando lo tuvo consigo, preparó el paquetico, fue a Cibeles y lo echó. Nunca Alberto le acusó recibo. Lo que sí le llegaron (junto con las de su familia en Miami), cartas de Abel, Arturo, Carlos Miguel y Rafael. Tavi se puso muy contento y triste a la vez. Abel le contaba que su perro Mocho se escapaba todas las noche de casa de Tronco para ir a dormir a la puerta de su cuarto. Por las mañanas Abel lo recogía, todos los días lo mismo, hasta que un día lo encontró muerto. Se murió de tristeza, decía Abel. También le escribía (en clave) que el garito lo habían montado ahora en El Calvario, en casa de Abilio el carnicero. La carta de Carlos Miguel venía en el mismo sobre que la de Arturo y fue la única que recibió de él. También la única que recibió de Rafael la Mano del Muerto. Arturo sí le escribió un par más, hablando boberías del barrio y pidiéndole que le mandara pegatinas. Por Abel supo también (tres o cuatro meses después, ya se habían ido sus padres) que Rafael había cogido a la mujer con Germán (que se escapó por el patio con un navajazo en el brazo). Cuando llegó la policía se encontró a Rafael en el suelo, llorando, junto al cadáver de su mujer. La había pinchado 34 veces con su sevillana. No sirvió de atenuante que la hubiera sorprendido pegándole los tarros, lo condenaron a muerte y a la semana lo fusilaron (yo pienso que se puso fatal o lo quisieron utilizar de ejemplo de algo, pues a esos hijos de puta no les interesan mucho los crímenes pasionales, generalmente lo que hacen es que te meten 30 años por la cabeza). El suceso deprimió mucho a Octavio, que le dio por beber más de la cuenta (ginebra holandesa) y por chuparle la pendejera sobacal a la Almudena (le recordaba la de Rafael) mientras se la templaba triste. Una noche, temprano, mucho antes de que mataran a Rafael (ni siquiera se había acabado el año), después de acompañarla a la boca del metro de Sol, cogió por Carretas y se detuvo junto a Los Tres Cerditos, un bar-restaurante-cafetería. Una de las cosas que le había advertido Rubén era que ni se apareciera por allí. Sí, en el Madrid de la época, era el único lugar cubano, vendían lechón asado y todo, pero siempre había broncas y la policía hacía redadas (presuntamente por drogas). Estaba junto al cine Carretas. Aún no había ido al cine en Madrid, vio que la entrada era muy barata, la película no parecía gran cosa, pero era temprano y no tenía ganas de volver a la casa todavía. Así que entró, una acomodara gorda que no podía ni con su alma lo guió con su linterna y al final le extendió la mano (ahí se enteró que se acostumbraba a pagar con alguna calderilla). Buscó en el bolsillo de la parca y encontró una moneda de 25 pesetas (era mucho, 150 le había costado la entrada, pero era lo único que tenía, así que se la dio). En la pantalla un asiático disparaba su ametralladora contra alguien que escapaba en un carro. Cerró los ojos para acostumbrarse a la oscuridad y respiró profundo con la intención de llenarse de una vez por todas de aquel olor nauseabundo, típico de los lugares cerrados en Madrid. Era como una peste a grajo concentrado mezclado con patas podridas, leche cortada, vómito etílico reciente y su toque de mariguana. Estuvo así un minuto (contando del 1 al 60) y luego los abrió. Enseguida se puso en guardia porque allí pasaba algo o aquel no era un cine normal. La gente caminaba por los pasillos y por delante de la pantalla como si estuviera paseando. En alguna esquina había un grupito mirando atentamente, unos se levantaban por aquí y cambiaban de asiento (como en el teatro de la sexta villa); otros permanecían imperturbables, lo mismo viejos que jóvenes, familias que parejas (a su lado había una abuela dormida); una loca (de eso no tenía dudas) caminaba por todo el cine abriendo y cerrando un sobretodo acompañando la acción de unos griticos. Cuando la vio de frente se dio cuenta de que aquella cosa horrenda estaba encuera. En realidad había dos películas desarrollándose simultáneamente, una en la pantalla y la otra repartida por toda la sala. Unos pocos atendían a la primera y el resto a la segunda. Jamás en su puta vida había visto algo así, ni siquiera imaginó que pudiera existir. Se levantó y siguió al modelo del sobretodo por el pasillo, hacia la parte trasera donde estaba la cabina de proyección. Lindezas fue lo que encontró por el camino, *minishows*, unos más vistosos que otros. A un gordo, pegado a la pared del fondo, lo estaban ensartando por turno (había una cola de tres o cuatro y como diez disfrutando el espectáculo). A lo largo de la pared, varios individuos exhibían sus pollas tiesas o muertas y los viandantes, al pasar, las palpaban y si les gustaban se agachaban y ahí mismo se ponían a chupar el pirulí. Igual ocurría por las butacas. Era fácil detectar dónde se estaba desarrollando la acción pues siempre iba acompañada de un coro de mirones. Así le dio la vuelta al cine y pensaba que ya lo había visto todo; pero lo mejor se escondía detrás de la pantalla, en un largo pasillo como una media luna, donde también estaban ubicados los servicios o WC, como se decía por allí. En aquella parte casi había más gentes que en las butacas. Todos los urinarios, uno al lado del otro (cero privacidad) y los inodoros con puertas (todas abiertas) estaban ocupados con gente templando, mamando o masturbándose (cientos de mirones alrededor). Todos fumaban cigarros o porros (mariguana) por lo que el ejercicio se efectuaba dentro de una neblina, entre gris y azul, asfixiante. Por el suelo había dos o tres durmiendo, uno echando espuma por la boca todavía con la jeringuilla en el brazo. Un chapero pálido, ojeroso (tendría 15 o 16 años), se le acercó y le dijo: lo que te apetezca por 500 pesetas. Tavi siguió su camino como si no lo hubiera escuchado y salió por el otro lado de la pantalla. Aquello era algo realmente insólito, a lo que no estaba acostumbrado, pero que tampoco lo entusiasmaba en lo absoluto. No era lo suyo.

Diciembre se estaba acabando y Madrid era un encanto. La Puerta de Sol, la Gran Vía, Alcalá, las calles principales adornadas, fiestas, villancicos, la alegría se sentía en el aire. Fue con su madre y su padre al mercadito de Navidad de la Plaza Mayor, querían comprar un arbolito aunque fuera pequeño y pasaron la mañana bien. Su madre, por días, caía en unos estados depresivos que la tiraban en la cama (sufría ahora por su hermana Ena; y por su hermano Atardo, que se estaba muriendo de una cirrosis hepática). Su padre se levantaba temprano y salía a recoger cartones y chatarras. Se buscaba sus pelas y se entretenía (de paso, para asombro de los chatarreros habituales inventó el carretón con una caja de madera, unos tablones y unos patines viejos —ellos cargaban todo a lomo—, y duplicó sus ganancias). Fue el único fin de año feliz que pasaron juntos los tres en el exilio madrileño. Cenaron una pierna de puerco asada (quedó regular, no existía la naranja agria), con arroz y frijoles negros (carísimos, comprados en el Corte Inglés que era el único lugar que los vendía) y turrones (más vino que le regalaron en el trabajo, manchego, Valdepeñas). Por la televisión ponían constantemente un anuncio de un turrón que tenía una cancioncita que lo mataba: *Han llenado de luces la ciudad, en el aire se escucha un son de paz, la gente se sonríe, es Navidad. ¿Quién no tiene muy lejos a un ser querido? ¿Quién no echará de menos algún amigo… y un pedacito de turrón?* Algo así decía la letra. El 25 cuando se levantaron por la mañana, el patio del edificio estaba cubierto de nieve. Era la primera nevada para los tres, salieron y hasta su madre se revolcó en la nieve, para asombro de los vecinos que los miraban como si fueran locos peligrosos (lástima que en esa época no tuvieran cámara fotográfica). Yo llamé ese mismo día y hablé con Tavi, lo encontré alegre, a pesar de todo. Le dije que estaba planificando para ir en la primavera. El nuevo año, 1984, lo esperaron en la salita de la casa con las paredes empapeladas chorreando agua por la humedad (vivían en la planta baja que era lo más barato), comieron las doce uvas y brindaron con Freixenet Cordón Negro (regalo de Almudena). En febrero sus padres lograron irse para Miami (les sirvió la reclamación que todavía estando en Cuba les había hecho su tía Adelaida, a nombre de su padre). Cuando aquello la reclamación de hermano a hermano (ciudadano norteamericano) sufría una espera de cinco años, hoy ya va por quince o veinte, creo. Su madre se fue llorando, prometiéndole que lo primero que haría sería reclamarlo (de madre residente, ella entraba con residencia permanente, a hijo soltero, la espera estaba en poco más de dos años). La casa vacía, además de incosteable, se le hacía enorme (igual que en Cuba) y Octavio se mudó para una buhardilla en la calle León, cerca del metro Antón Martín, que le consiguió (adivinen) Almudena. Era muy pequeñita, no se podía sentar en la cama porque se daba en la cabeza y no tenía ni refrigerador ni televisor (ni casi muebles, solo una silla y una mesa). Junto a la puerta había una especie de minifregadero con su grifo y una cocina eléctrica con dos hornillas. El baño quedaba afuera, en un pasillo (tendría que comprarse un tibor para mear de noche a no ser que utilizara el minifregadero). Había una ventana, con paisaje de azoteas y antenas de televisión que daba grima, con un reborde de tejas. Ahí guardaba la leche (que amanecía congelada). La misma Almudena (que ahora no tenía que pagar hostal para templar) le habló de una compañía que alquilaba televisores de uso, en colores y todo, por 200 pesetas a la semana (ella pagaba). De todas formas la televisión era horrenda, mucho fútbol, cuando no era la Copa de Rey era la de la Reina o la del Príncipe o la del conde de Montecristo. Siempre había imbéciles en la pantalla persiguiendo una pelota para patearla (a Tavi solo le interesaban las quinielas, con la esperanza, como cantaba Perales, de empatarse con «una de catorce»). El fútbol a veces se volvía una amenaza, en los grandes partidos (el Real Madrid contra el Barcelona, por ejemplo) la ciudad era literalmente tomada por bandas de energúmenos que sembraban el terror destrozándolo todo (hasta los fanáticos del horrendo deporte se refugiaban en sus casas). Eso lo sacaba de quicio, pero le sirvió para descubrir los cinestudio, que había varios (Groucho, Regio, Covadonga, Griffith), donde ponían maravillas por 250 pesetas. Él recogía los programas semanales y estaba atento. Echaban tres y cuatros películas diarias (función continua), según el día de la semana. En uno de ellos vio *Saló* y la *Trilogía de la vida* de Pasolini. La *Trilogía* lo apasionó, pero Saló no pudo terminarla; la aguantó hasta la Jornada de la Mierda. Ahí entró en una disyuntiva, salía o vomitaba. Fue por entonces que le llegó la noticia de la muerte de Rafael. Ni se le ocurrió ir por el Carretas (todavía las llamadas Salas X demorarían un poco), ese ambiente no le gustaba (ni siquiera podía mear si había alguien al lado). Sin embargo, tenía que hacer algo (Almudena descartada). Siempre pensó que la única manera de contrarrestar la resaca de cualquier muerte era templando. Entonces se paró junto a uno de los quioscos de periódicos en la Puerta del Sol, frente a la peletería Los Guerrilleros (tremendo nombrecito), un lugar que a cualquier hora del día o de la noche estaba lleno de chaperos. En su vida había pagado por templar, pero por Rafael valía la experiencia (ya se había bajado dos o tres ginebras). Miró el panorama, payos y gitanos juntos, compartiendo oficio y sin pelearse era algo digno de admirar en un lugar donde cada comienzo de curso los gitanitos que se atrevían a ir a la escuela tenían que ser escoltados por la policía para no ser linchados por las madres de los demás niños (por otro lado, a esas mismas madres les encantaba disfrazarse de Lola Flores y bailar sevillanas). Cambió miradas con un gitano (un payo se puso impertinente, pero el gitano lo espantó). Doblaron por Espoz y Mina. El chapero quería 2,000 pesetas por adelantado (más el pago de la habitación en el hostal, que eran 500). Era un trigueño, un poco más bajo que él, de 19 años. El gitano habló con alguien en la escalera, que le dio la llave. El cuarto, aunque pequeño, estaba mejor que su buhardilla.

—¿Cómo te llamas?

—Paco.

—Paco, yo me llamo Rafael.

—Vale, lo que tú digas, tío. ¿Qué hago? ¿Me quito la ropa?

—Sí, claro.

Tavi vio cómo se iba deshaciendo de los trapos, montones de trapos (hizo una montaña sobre la silla), hasta que se quedó junto a la cama con un calzoncillo mínimo. No marcaba mucho paquete (nada que ver con la Cimitarra de un Pie).

—Qué, tío, ¿vienes?

—Quítate eso.

El gitano quedó desnudo sin saber qué hacer. Tavi se acercó y se sentó en la cama, lo atrajo hacia sí y pegó su rostro a su vientre, que estaba tibio. El muchacho le pasó la mano por la cabeza.

—¿Quieres follarme o que te folle yo?

—Quiero que te calles y que te acuestes.

—Vale, tío, vale. No te cabrees.

Tavi le acarició el rostro, el muchacho empezó a tocarse.

—¿No te mola mi polla?

—Sí —Tavi intentó una sonrisa.

—No te entiendo, tío. ¿No te vas desvestir?

—Se me han quitado las ganas.

—¿Quieres que me haga la paja?

—Como quieras.

Tavi lo observaba cada vez más triste.

—Joder, tío, que me corro.

Al rato bajaron juntos la escalera y se despidieron en la esquina de la cafetería. El chapero le dijo que cuando quisiera lo buscara, que siempre andaba por allí. Tavi se fue atravesando la ciudad hasta salir a la Plaza de Santa Ana por la esquina del Hotel Victoria. El parquecito estaba atestado al igual que la cervecería alemana (la piloto de aquí). No obstante paró y se tomó una jarra sin mucho apuro. Los domingos aquel sitio se abarrotaba de hippies trasnochados con sus caras de imbéciles felices vendiendo collares y pulseras de canutillos y bodrios artesanales. Los alrededores de la estatua de Calderón (mirando compungida hacia el Teatro Español), siempre cagada de palomas, se llenaba de tipos en perpetuo trance de *cannabis* y sus afines y derivados. Había un flaco descojonado, de barba y melena negrísimas que se daba un aire a Carlos Miguel. ¿Qué sería de la vida de Carlos Miguel?

A finales de marzo del 84, llegué a Madrid. Todavía hacía un poquito de frío; agradable. Era mi primer viaje fuera de Miami, todavía no tenía la residencia y tuve que gestionar un permiso especial. Tavi me estaba esperando en el aeropuerto, era nuestro reencuentro después de casi cuatro años. Él no había cambiado, estaba igual; no igual: estaba mejor. Nada quedaba del cadáver que mostraban las pocas fotos en blanco y negro que me mandó de Cuba (puro campo de concentración). Estaba más lleno, más fuerte y con buenos colores. Nos abrazamos sin decir palabra y así estuvimos un rato. Cogimos una guagua (cero taxi, dijo él, que hay que ahorrar dinero) que nos dejó en la Plaza Colón y de ahí fuimos caminando hasta su buhardilla, arrastrando las dos maletas. Subimos los cuatro pisos y llegamos empapados en sudor. Él me miraba y sonreía.

—Me parece mentira que estemos tú yo aquí, libres y juntos —dijo.

—Bueno, aquí estamos. Estoy un poco mareado por el viaje, todavía los oídos me zumban. Me gustaría darme un baño para quitarme la zoncera.

—Voy a meter el calentador en el baño para que se vaya calentando.

Lo vi arrastrar el aparato y me quedé mirando su mundo. No sabía cómo iba a decirle lo que tenía que decirle, pero de lo que sí estaba seguro es que no lo haría ahora, hoy, ni mañana ni pasado. Tenía once días por delante (el tiempo que había logrado resolver para estas vacaciones) y deseaba que aquellos días que se avecinaban fueran felices. Cuando regresó dijo que iba a hacer café.

—El café aquí es una mierda —agregó.

—Ya me lo habías advertido. Abre un Pilón.

Seguimos hablando de mil tonterías mientras yo sacaba un paquete de café de la maleta (había traído cuatro) y ponía sobre la mesa el resto de los tesoros: dos enormes plátanos verdes, latas de Materva, de Iromber y de frijoles negros Kirby; un *six-pack* de malta Hatuey, una botella de mojo criollo, tres malangas, un aguacate y una Hitachi con un enorme transformador (que le mandaba Concha para que pudiera hacer arroz). Aparte de fotos de su familia, cartas y un casete de sus hermanos. Después fuimos para el baño (abrió con llave), y entramos. Era amplio, casi del mismo tamaño que la buhardilla. Pegada a la pared había una antiquísima bañadera *(old fashion)*, con una manguera suelta (la ducha) que era necesario mantener en la mano todo el tiempo porque no había donde colgarla. Él se sentó sobre la taza del inodoro.

—¿No te vas a bañar conmigo?

—Prefiero verte, ya yo me bañé antes de salir para el aeropuerto.

—Mono, ¿por qué tú eres tan mono?

Me desnudé y coloqué la ropa sobre un tareco de madera que había al lado. Él me miraba idiotizado. No podía imaginarme qué cosas le estaban pasando por la cabeza. Al rato se levantó, se acercó y sujetó la ducha para que me echara el champú. Yo, no podía explicarme por qué, estaba muy nervioso. Cuando terminé de bañarme, me alcanzó la toalla y me ayudó a secarme. Hasta ese momento tenía la pinga muerta, pero cuando sentí sus manos el animal se me encabritó.

—No me has dado ni un beso —dije.

Me besó suavemente en la mejilla.

—Mejor vístete y vamos para el cuarto. Alguien puede necesitar el baño, es colectivo, como te habrás dado cuenta. Si se huelen algo pueden ir con el chisme a la dueña, y no me conviene. Aquí estoy en un lugar céntrico, cerca del trabajo, y pago poco para cómo están los alquileres.

—Okey —dije, lo atraje y lo besé en la boca.

Era una boca extraña, no la recordaba. Tampoco su aliento. En el cuarto estuvimos haciendo, casi sin hablar, el amor el resto de la tarde. Yo recordaba otra tarde de mayo en el infierno, cuando nos acostamos juntos sin saber que sería la última vez en Cuba. Recuerdo el calor de su cuarto con aquel techo de fibrocemento que era un horno, la incertidumbre de aquellos días. Lo que nos confesamos, la caminata discutiendo, recorriendo juntos por última vez, sin saberlo, un camino que nos conocíamos de memoria. Hubo muchas «última vez», unas sobre otras, como patadas al hígado, como burlas (o como venganzas) ese día. Después la despedida en mi casa, un aguacero y la primera granizada que veía en mi vida. Le había dejado mi diario, las fotos que nos hicimos juntos (que él después se encargó de hacerme llegar; todo, diario, fotos, cartas). Ahora, exhaustos, descansábamos abrazados sobre la cama y era como una primera vez. Yo no reconocía aquel cuerpo y estaba seguro de que a él le pasaba lo mismo. Tres años es mucho tiempo, demasiado tiempo. Lo seguía queriendo igual (o más), pero yo había encaminado mi vida. Si bien es cierto que me había hecho el firme propósito de no volverme a acostar con un hombre (sí, ya sé que es estúpido, ridículo, que eso no me lo cree nadie, etc. con etc., pero me da lo mismo lo que piense cualquiera, me paso cualquier opinión por el forro de los cojones y después la escupo), en el mismo 80, en diciembre, conocí a Cristi en un viaje que hicimos a Disney World, con mi familia y la suya. Nos enamoramos, empezamos a salir y nos casamos en agosto del 81. En el 82 nació Gilbert, que hoy tiene 21 años, no me habla ni quiere saber de mí y que está preso por imbécil (oficialmente por «conspiración para el narcotráfico»), 15 años, en una cárcel de máxima seguridad en Atlanta. Hace tres años que me divorcié de Cristi, aunque los problemas comenzaron mucho antes, a mi regreso a Miami, después de este reencuentro con Tavi que cuento aquí. Pero en ese entonces todo iba bien, éramos una pareja feliz (lo que se sobreentiende por feliz), ella cuidaba al niño, trabajaba en una factoría y yo ahora estaba en otro continente templando con mi pasado.

En esos once días, pateamos todo Madrid, fuimos juntos al Prado a ver el Bosco que nos dejó muertos. Lloramos con Velázquez, con Goya, y descubrimos el grupo de San Ildefonso, un mármol precioso que estuvo en Roma en la Villa Ludovisi hasta que en 1664 fue adquirido por Cristina de Suecia. Luego pasó a la colección de Odescalchi y de ahí a Felipe V. Unos dicen que son Cástor y Pólux, otros que Orestes y Pílades haciendo un sacrificio ante la tumba de Agamenón, otros más eruditos que si Hipnos y Thánatos. Tavi decía que éramos él y yo (en Miami, algunos años después, nos hicimos una foto —*polaroid*— posando como ellos). Sacamos cuentas y no nos alcanzaba el dinero para ir a Barcelona a ver la Sagrada Familia de Gaudí, pero nos fuimos al Escorial y a Toledo. Todavía me duele demasiado la vida que viví y no puedo, hoy, contar aquellos días. Fui demasiado feliz (me atrevería a decir que fuimos), y eso a la larga es una fatalidad. Tampoco quiero que esto se convierta en un mamotreto interminable, no es mi objetivo. De cualquier forma es inútil cualquier cosa que haga, lo que para mí o para él constituyó la razón de la existencia, para los demás, en el mejor de los casos, es literatura. Cierta habilidad para narrar una historia con mayor o menor acierto, unos cuantos recursos usados hasta la saciedad, la búsqueda de ciertos paralelismos cómplices que tranquilicen la conciencia, y poco más. Pero eso a mí no me importa en lo absoluto, lo que interesa es mi sangre, mi leche y mi mierda fundidas con las suyas. Si algo de eso queda (al menos el olor) me sentiré satisfecho.

Conversamos mucho en esos once días. El once, al igual que el siete y el nueve, jugaron un papel en todo lo que escribió en Cuba. Recuerdo un capítulo de una novela perdida donde narraba con mucha desolación lo que vivimos juntos, del 71 al 80, en aquel infierno (él decía que aquellos nueve años los había reunido en un «instante»). Once eran los campos de adelfas, los ladrillos que soportaba en su bolsa el pelícano en los muelles pestilentes de Tallapiedra y la edad de su Antínoo, entre otros detalles. Yo le hablé de sentarse a organizar sus papeles, que los seis primeros capítulos (o lo que fueran) de *Dile adiós a la Virgen* estaban prácticamente listos, que era cuestión de sentarse a trabajar. Y él me escuchaba lejano, ensimismado, con una sonrisa muerta que nunca supe qué significaba. Tal vez cuando llegue a Miami, me decía, ahora no tengo cabeza para eso. Tienes que publicar esa novela, yo te ayudo a pasarla, le contestaba yo.

—Ahora lo que me interesaría sería publicar algunos artículos, descargas, denuncias, cosas así. Sé que es inútil, pero algo hay que hacer. ¿Tú has mirado bien dónde estás? Este es un país libre, tú puedes leer lo que desees. Ver lo que te dé la gana en el cine, en el teatro. Toda la información que necesites está al alcance de la mano. ¿Y cuál es el resultado? Ninguno, la gente aquí está más desinformada que en Cuba o es más estúpida, yo no lo sé. Demasiada mediocridad, bodrios comerciales para reír y no pensar mucho, que ya se sabe que daña la salud. La gente joven va por la calle despreocupada, no tiene miedo. No hace tanto que aquí había un ridículo dictador (sí, San Paco era un arcángel comparado con el nuestro, ya lo sé), pero fusilaba y forzaba al monodiscurso (el suyo). La loca de la aldea aparecía en la fuente de la plaza con una cabilla clavada en el culo. ¿Hoy alguien se acuerda de eso? La movida y el destape, los porros, los colgados y los enganchados, las chuchetas en los cueros y los pelos parados y pintados de verde y amarillo (poco después Ana Belén diría que esos eran «aires de libertad») acabaron con el miedo. Yo pienso que si no se tiene miedo a perder lo que se ha ganado, la gente se descuida y se vuelve vulnerable. El miedo nos mantiene alertas. Yo sigo teniendo mucho miedo, por eso quiero escribir esos artículos.

Yo lo escuchaba sin hacerle mucho caso. Sabía por experiencia que mañana me haría otro discurso defendiendo lo contrario (era su estilo). Sin embargo le prometí que averiguaría. La víspera de la partida me presentó a Almudena (fuimos a comer juntos a un restaurante gallego, yo le dije que era su primo). En verdad me alegré de aquella relación (estaba al corriente de todos los pormenores); a Tavi, aunque lo negara, le hacía mucho daño la soledad. Al otro día me acompañó al aeropuerto. No tuve valor para contarle de Cristi. Al principio pensé que sería inevitable porque iba a tener problemas para comunicarme con ella, pero como Tavi no podía faltar al trabajo, a mí me quedaba mucho tiempo libre que aprovechaba para caminar solo por la ciudad, jugar en los bares con las maquinitas y para llamar a mi mujer desde las cabinas de Cibeles. Quería que le llevara una mantilla. Jamás vi a nadie en Madrid con una mantilla, pero se la compré (a Tavi le dije que era para mi mamá) y también unas castañuelas, cursis muñecas españolas, toreros, llaveros, portavasos y otras cosas por el estilo para mi familia. Para mí compré libros y algunos discos (también un par de zapatos). Los dólares que me quedaron, que no eran muchos, se los dejé a él.

Antes de pasar los controles del aeropuerto, nos abrazamos y lo besé en la boca a lo salvaje sin importarme cuatro cojones si nos miraban o no. Viré la espalda y entré, no volví la vista. Sabía que estaba llorando y no quería verlo.

Tavi todavía tuvo que esperar varios años, la lista de la reclamación no avanzaba y por sus cartas (yo era siempre el que lo llamaba, le había dicho que no tenía teléfono para evitar accidentes si se le ocurría hacerlo él, cualquier recado urgente si se presentaba podía dejarlo en casa de su madre), noté que con el tiempo se volvía más amargo. Me hacía largas cartas hablándome, por ejemplo, de la Parada de los Reyes Magos o de la Feria del Libro de Madrid (había hasta esbirros de Cuba, escribió). También de la llegada del verano, de la única vez que fue a una piscina pública (quedó puesto y convidado: el agua helada, los cuerpos desteñidos exhibiendo unas uñas en los pies que no se habían cortado en meses, y muchas tetas caídas). En su momento, me habló del otoño, de cómo en unos días los árboles del Paseo del Prado se quedaban sin hojas (y de los tulipanes que se sembraban en primavera). Me llegó por mi cumpleaños una postal que reproducía el poema *La ciudad* de Kavafis (por detrás me copió dos citas, una del *Gilgamesh* y la otra de Goethe). Un día me llevé la sorpresa del siglo cuando abrí *The Miami Herald* y me encontré con un artículo suyo. Después a cada rato aparecía alguno, siempre relacionado con el tema cubano. Los conservo todos, pero el que más recuerdo fue uno que se publicó el sábado 13 de junio de 1987. Estaba al lado de uno de Heberto Padilla (él se sabía de memoria *Fuera del juego*), y eso solo ya me alegró. Se titulaba *El internacionalismo de Castro y el AIDS* y planteaba la tesis de que el sida (o AIDS, como se conoce aquí en Estados Unidos la enfermedad), lo introdujeron en Cuba los soldados internacionalistas que regresaban de África (se lo censuraron mucho, me dijo, y hasta le cambiaron el título). Pero si recuerdo ese por sobre todos los demás es porque me llegó con la noticia de la muerte de Carlos Miguel. A tu amigo Carlos Miguel, el primo del loquito inaguantable —sí, ya sabes, no me gusta ni nombrarlo, me sigue cayendo como una patada en los mismísimos—, le contaba Abel en una carta, lo detuvieron y lo encerraron en Los Cocos. Tiene sida, me dijo la abuela que está en fase terminal, que se está muriendo. Pero cuando esa carta llegó ya estaba muerto. Yo sabía lo que significaba ese nuevo golpe para Tavi y lo llamé por teléfono. Estaba destruido. Ahora más que nunca tienes que preparar tu novela, *mon amour*, hazlo por él. Se lo debes. Carlos Miguel se había podrido en vida, había muerto solo, humillado por la enfermedad y lo velaron con la caja sellada en la funeraria de Barrio Azul (la madre quiso alejarlo, por vergüenza, de las miradas de sus vecinos en La Habana Vieja). Arturo y Abel se vieron en la funeraria. Le contó (ya se sabe que es una puta chismosa), que un primo de ambos que había regresado de Angola enfermo y con el cuerpo lleno de esquirlas había muerto misteriosamente un año antes, aislado en el sexto piso del Hospital Nacional. La insinuación era obvia: el primo había muerto de sida y contagió a Carlos Miguel (templaban desde antes de la misión internacionalista). Ya Arturo no era el mismo, había cambiado mucho, poco quedaba del rubio desgarbado y torpe. Ahora era un hombre avejentado, con los primeros síntomas de una calvicie prematura, corpulento y de pelo en pecho. Se había casado con Laura y tenían un hijo (nada de los ansiados jimaguas). A un año y meses de la caída del Muro de Berlín (11 de noviembre de 1989), del derrumbe del campo socialista y el comienzo del «período especial» en la Isla del Diablo, ya era un maceta. Un tipo billetudo que manejaba toda la bolsa negra de Barrio Azul (de paso había recibido las manos de Orula y se había hecho babalao, aunque no consultaba). También se había rayado en palo y pertenecía a un juego abakúa de Guanabacoa (todo para su protección). Se había convertido en un tipo respetado y temido. Pinguero antes de que existieran los pingueros, jinetero antes de que la necesidad los inventara, Arturo era un precursor en la tierra del picadillo de soya texturizado y la dolarización por venir, un prócer de Barrio Azul, ahora convertida en Capital del Barrio-Isla de Campeche. Un producto típico del básico, el adicional y el dirigido. El derivado final de las croquetas del cielo, la libreta de abastecimiento y la de productos industriales (pródiga en casillas y cupones cancelados). Un hijo de la pañoleta, del *seremos como el Che* y el café mezclado. El amo de las colas, los platos fríos y la guachipupa. En fin, el hombre nuevo.

Tavi llegó a Miami el 27 de junio de 1988. Yo fui con su familia a recibirlo al aeropuerto. A pesar del horror que traía cosido detrás de los ojos, creí adivinar cierto brillo, cierta alegría, cierto recomienzo. Había engordado (salió de Cuba pesando 160 libras y llegaba a la capital del exilio con 190 bien distribuidas) y se le veía muy, pero que muy bien (aunque ya también se le estaba empezando a caer el pelo). Se fue a vivir con sus padres que le tenían acondicionado un rincón. Esos primeros días (él también entró con residencia permanente) fue feliz. Sé le notaba en los ojos, se ponía a bailar solo con un disco de los Van Van que trajo de España (*La titimanía,* ese era su número preferido). España, *carino,* es un lugar maravilloso, me dijo haciendo alarde de su rejodida ironía, yo lo que no puedo soportar es a los españoles. Un día —ya era imposible con las idas y venidas a casa de sus hermanos mantener el secreto— lo invité (después de una visita a la Ermita de la Caridad; ya habíamos ido al Rincón de San Lázaro en Hialeah), a Crandon Park. Allí en la playa —él se sentía en el paraíso conmigo junto al mar—, empezó a decirme, que en un futuro, cuando empezara a trabajar y normalizara su ritmo, podíamos pensar en alquilar un apartamento, algo chiquito, vivir juntos por primera vez y viajar.

—No podemos, mi amor. Hay algo que no te he dicho.

Era martes y la playa estaba casi desierta. El agua era una plancha con plastones oscuros. Estábamos acostados sobre la arena y el sol nos forzaba a cerrar los ojos.

—Bueno, dime lo que sea.

—Hace siete años que me casé. Vivo con mi mujer, se llama Cristina. Tengo un niño que va a cumplir seis años. Es muy bonito, se parece a la madre y me ha salido inteligente. Mi matrimonio no es la maravilla del siglo. Lo fue al principio, ahora es casi un desastre. Yo le hablaba de ti como de un hermano. No le gustó que yo fuera a España solo, en mi ausencia se puso a revisar mis papeles y encontró tus cartas. Todas empezaban igual, con aquella frase de Hemingway en *Después del río y entre los árboles*: «Mi único verdadero y último amor». No se tragó nada de lo que dije para justificarlas. Tú sabes que yo siempre quise tener un hijo. Saqué los cajones con tus cosas y los llevé para casa de mi madre (en su furia ella me había roto algunas fotos tuyas y temía que la fuera a coger con tus papeles). En fin, que tengo que seguir, al menos por un tiempo, cargando con mi cruz. Sobre todo por el niño. Estuvo unos meses tranquila, pero ya se enteró que estás aquí —no sé cómo pinga se enteró— y está hecha una yegua tirando patadas.

Fue un largo monólogo, dije muchas más cosas, algunas no tenían ni sentido. Tavi me escuchó en silencio. Le dije, claro, que íbamos a seguir viéndonos igual, que nada cambiaría entre nosotros, pero que no podríamos vivir juntos, al menos por el momento. Él pareció aceptar la situación y no me recriminó nada. Ahora no era fácil estar juntos, lo que hacíamos era que los fines de semana alquilábamos en la playa. Un domingo arrancamos para Orlando para que viera Disney (se divirtió más que Gilbert la primera vez que lo llevé; parecía un muchacho, conocía a todos los personajes y se sabía las canciones). Cuando salimos alquilamos un cuarto en Kissimmee y al otro día regresamos a Miami. Hablamos de ir preparando un viaje a México (vivía obsesionado con la hamaca para Aracely).

Tavi empezó a trabajar en un Seven Eleven y estaba aterrorizado pues no conocía los productos y tampoco entendía bien las monedas (aparte del inglés, aunque se defendía bastante). Cuando algún cliente entraba y le pedía alguna cosa (que él no tenía ni puta idea de lo que era), desde su puesto junto a la caja desplazaba el brazo con el índice enhiesto en una panorámica circular sobre toda el área del local, en un intento por indicar su localización. El turno de la noche lo dejaba aturdido (y algo deprimido) al comprobar la enorme cantidad de personas que padecían de problemas estomacales, ya que los dos productos más vendidos en ese horario eran, en ese orden, el Baking Soda (bicarbonato de sodio) y los papeles para cigarrillos (es decir, la mayoría de sus clientes eran comelones o masoquistas confesos que preferían liar su cigarrillo antes de comprar una cajetilla). Eso para no hablar de la tensión en que lo mantenían los que se encerraban en el baño y no salían (llamaba al 911 y casi siempre atrás venía el rescate a llevarse al tipo con la jeringuilla todavía en el brazo), los ladrones de perros calientes que se iban corriendo sin pagar, los travestis que terminaban su show y se detenían a refrescar, los borrachos que venían a comprar cerveza (estaba prohibido vendérsela a borrachos), las negras que (contra la ley) querían cambiar sus cupones de alimentos *(Food Stamp)* por verdes dólares *(Green Paper)* y los asaltos a mano armada (él sustituía a un marielito que habían matado a tiros). La violencia engendra la violencia, decía Stefan Zweig, pero eso era antes. Ahora está respaldada por la Segunda Enmienda (es un milagro que no fuera la Primera) a la Constitución de este gran país, que autoriza a cualquiera a comprar y portar armas. Eso no es lo que decía la Segunda Enmienda (más o menos de la época en que los indios y los colonos se mataban a tiros y flechazos), en realidad pocos entienden ya qué dice la Segunda Enmienda, porque está tan mal redactada que puede significar cualquier cosa, pero así la interpretan los abogados (eso es lo que vale), de la Asociación del Rifle (y otros por el estilo) que dirige Moisés, el de los 10 mandamientos (la película), un actor grandilocuente y fatal, valga la aclaración. El resultado es que cualquier chofer le toca el claxon a otro en un semáforo y ahí mismo se arma el tiroteo. *Mother Superior jump the gun!* El perro del vecino meó mi césped y yo voy, saco mi AK-47 y le declaro la guerra. Los niños (de verdad) juegan con las pistolas de sus padres y de paso alguno se vuela la tapa de los sesos, mientras los adolescentes (niños de mentira esforzándose para ser juzgados como adultos) se baten a tiros a la salida de las discotecas. Hay más armerías que McDonalds y qué viva la Segunda Enmienda que aquí lo que importa es el *cash*. Tavi tenía escondida una cabilla debajo de la caja registradora, pero aspiraba, en un futuro no muy lejano, a comprarse una pistola (esto era el oeste y como en el de las películas, imperaba la ley del más fuerte y él estaba acostumbrado a sobrevivir tarareando *Happiness is a Warm Gun*, literalmente, sin sus connotaciones eróticas). Por otro lado no soportaba la televisión ni la radio (las comparaba con las de Madrid). En las estaciones hispanas no ponían canciones en inglés ni en ningún otro idioma, y en las americanas inglés *only*. También le pareció insólito que aquí casi nadie conociera a Elena Burke o los Van Van. En las noticias utilizaban onomatopéyicas y nombretes para referirse a personajes que no le caían bien al locutor o a sus oyentes. Esto no es serio, me decía Tavi. No tuvo que pasar mucho tiempo para que Miami se le transformara en «un sitio inhabitable».

Esta es una ciudad infernal, se quejaba. Bueno, en realidad es un insulto para las ciudades llamar a esto ciudad. Aquí las personas han sido sustituidas por los carros. Millones de carros herméticamente cerrados y con las ventanillas oscuras para que nadie pueda romper la privacidad de esa cárcel con ruedas; a toda velocidad en todas direcciones. Nadie caminando por las calles (que por otro lado no tienen árboles ni aceras). Las casas (el sueño americano) son cajones de cartón colocados unos al lado de los otros para aprovechar al máximo el espacio en venta, sin ningún tipo de orientación porque como no hay aceras no hay que preocuparse (aquí la única preocupación es el parqueo) por el sol y la sombra (sin hablar de la «zonificación» que convertía el territorio en cuartones segregados según su rentabilidad —zona comercial o residencial—, lo cual forzaba a manejar para comprar el pan o la leche, y cuyo único objetivo era que los políticos cobraran por cambiarla). Una «ciudad» pensada No para ser andada sino como inversión privada de los políticos, que cada año suben el valor de los cajones refrigerados para que el impuesto de la propiedad (y todos los demás) también suban con el fin de asegurar su renta vitalicia cuando se retiren o los saquen por corrupción. Lo más simpático es que los felices propietarios se enorgullecen y alardean: ¡la casa que compré en 75,000 ya vale 150,000! Eso, mientras luchan una batalla perdida contra las termitas (¡Chicho, pon la carpa!) y las rutinarias invasiones de las indestructibles cucarachas que viven «dentro» de las paredes (esto es incomprensible para cualquiera que posea una casa en cualquier país que no sea este y merece una breve explicación para que no me acusen de absurdista: las paredes la conforman dos planchas de cartón separadas por unas pulgadas y por lo tanto son huecas). Los viejos voluminosos, que abundan, viven en constante peligro de recostarse a la pared de la sala e ir a parar al cuarto, fracturándose, de paso, la cadera. El emigrante se ve obligado a comprarse enseguida un cacharro (*transportation*) para poder moverse hacia el trabajo (ya que los políticos se han confabulado para impedir a toda costa que exista un sistema de transportación eficiente), cuidándose muy bien de por dónde lo hace porque la ciudad (ya se terminó la discriminación) está dividida en reservaciones (de negros, de hispanos, de blancos, de judíos). Un negro de Guanabacoa no es un negro, es un hispano, cualquier cosa que eso signifique. Un blanco no va a vivir al barrio de los negros (no se le ocurriría; además, no le alquilarían) y viceversa. Los únicos, más atrevidos, son los hispanos de cualquier color, que con sus precauciones obvias se mueven con más libertad. Son más desprejuiciados, acostumbrados como están en sus países de origen a la mezcla y la convivencia. En esta planicie calcinada por el sol sobreviven, no obstante, el pastelito de guayaba, el tamal en hoja, el guarapo y el café cubano. Los cubanos han abierto una trocha y levantaron un país dentro de la península con su capital que es La Pequeña Habana (todos los que llegaron después los han imitado y ya existen La Pequeña Haití, La Pequeña Managua, La Pequeña Caracas, La Pequeña Colombia, entre otras). Muchos se sienten felices rodeados de teléfonos, televisores, equipos de sonido, hornos de microondas y demás artilugios, mientras se preocupan, eso sí, de que sus hijos aprendan a leer y escribir antes de entrar a la universidad (algo bien difícil) y de conseguir un seguro médico que no los obligue a declararse en bancarrota y que les cubra las medicinas (algo imposible). Los gringos huyen despavoridos hacia el norte (los que no hablan español ni siquiera encuentran trabajo como jardineros). Pero no sé por qué se extrañan, Ponce de León ya hablaba de la «Isla» de la Florida (un espejo de la Isla de Cuba), y a Hernando de Soto lo único que le interesaba era el *cash* (la Bobadilla lo esperaba escribiendo largas cartas mientras atendía al regimiento de la fortaleza que mandó a construir para la espera interminable). Desde que desembarcó por Tampa solo avanzó y avanzó en busca del *cash* (embullado por los indios que para quitarse de arriba aquella peste le decían que «más allá, más allá», había mucho *cash*). Claro, parte de la culpa la tenía el loco de la Cabeza de Vaca, que le llenó los sueños de fantasías. Al final, cuando las fiebres acabaron con él, lo sumergieron en el Mississipi (en el interior de un tronco) y por ahí debe de andar todavía. Esta otra Isla —aunque no aparezca en los cuadernos escolares— es fruto de la fantasía y la avaricia española, concluía Tavi tomándose la segunda Budweiser

—Dios mío, ¿todas las cervezas aquí son tan malas?

—No, las hay peores.

Estábamos en la salita de su casa, los padres se habían tirado en la cama a ver las telenovelas, y los dos fumábamos como dementes. Tavi llevaba varios días deprimido, el problema con su madre lo tenía mal. Todavía, por el tiempo que llevaba residiendo (la solicitud no podía hacerla hasta cumplir cinco años), no tenía derecho a pedir ayuda del gobierno para médico, medicinas o sellos de alimentos. Había logrado apuntarla en una clínica cubana, no pagaba tanto al mes, pero no cubría las medicinas. Tampoco psiquiatría, las consultas de la doctora (una delincuente que estaba más loca que ella) había que pagarlas aparte, más las medicinas para los nervios que eran carísimas. Su sueldo se le iba en eso. En ese sentido España era una maravilla, todos los españoles tenían una seguridad social que les garantizaba la atención médica y las medicinas (tampoco los extranjeros eran abandonados a su suerte, su madre tenía un carnet de la Cruz Roja Española que le valía para cualquier hospital sin costo alguno). El padre, por su parte, muy campechano, se levantaba todas las mañanas y se ponía a recoger en una carretilla latas vacías, separaba el aluminio de la plaquita para abrirlas y aplastaba el resto. Todo aquello lo iba acumulando en la sala (igual que hacía en Madrid, lo que enloquecía más a Concha) y se sentaba a esperar por Alberto, el marido de Actina, para que en su camión (un cacharro que andaba de milagro) llevarlo todo a vender. Dago regresaba con su dinerito y se iba a caminar. Lo va a matar un carro, mira que te lo estoy diciendo, esto no es España ni es Cuba. Aquí no se puede caminar, la gente anda como loca por las calles, decía Concha peleando.

Pero a Dago no lo mató un carro. A ella sí. Acabábamos de regresar de nuestro segundo viaje a México (en el primero habíamos ido solo a Mérida, tres días, en marzo del 91, para ver el descenso de Kukulcán en Chichén Itzá; por supuesto, Tavi aprovechó para comprar la hamaca y se la mandó a su tía Aracely desde Miami, para mayor seguridad, por una de las agencias castristas que se dedican a ese negocio). Poco tiempo después logró hablar con su tía, que estaba más que feliz con su hamaca yucateca. Ese mismo año murió. Nunca se supo la fecha exacta ni de qué había muerto. Después que le viraron una carta con un extraño cuño junto al remitente con varias opciones que supuestamente aclaraban el porqué de la devolución (una de ellas era *fallecido* y ahí aparecía la marca), empezó a preocupar-se. Tavi estuvo meses llamando en vano, insistiendo, hasta que al fin alguien contestó en el número de su tía, solo para informarle que la señora que vivía ahí «había permutado». Probablemente el médico Leandro estuvo detrás de eso. El caso fue que jamás volvió a saber de ella y la única constancia de su muerte siguió siendo aquella marca en el remitente de la carta devuelta. En el 92 el huracán Andrew arrasó Miami. Los dos años siguientes fueron de recuperación en todos los sentidos y tampoco pudimos salir de la ciudad (si descontamos tres días para conocer los museos y la ciudad de Nueva York, que a mí me arrebató y a él lo dejó indiferente). En Cuba la *perestroika* no había tumbado al caballo (como se esperaba), y la gente, en pleno período espe-cial (opción cero), rompía las cercas de sus casas para acopiar la madera y tirarla al medio de la calle, junto con sillas viejas, muebles en ruinas, marcos antiguos, cualquier cosa que ardiera, para preparar una fogata y hacer la caldosa colectiva (cada vecino aportaba lo que podía, un plátano, una papa, un poco de cebollino, un diente de ajo, un tomate, un pedazo de calabaza). En fin, Campeche institucionalizado para regocijo del Máximo Máximo. Y en el 94, a desmantelar los techos de las casas, los escaparates, las cercas, cualquier cosa que contenga madera, cualquier mierda que flote, ¡a construir balsas!, porque el Conquistador en Jefe ha or-denado una invasión de balsas contra la Florida y hay que aprovechar que el loco está loco y es por lo que le dé (Tavi abrigaba la esperanza de que alguno de sus ami-gos pudiera escapar). Conservo una foto impresionante donde se ve una balsa enorme, escoltada por cientos de personas, avanzando por una calle de La Habana hacia el Malecón. Los cubanos se agitan en Miami y los gringos mandan sus barcos fuertemente artillados para contrarrestar la invasión. Muchos se ahogan, a otros se los comen los tiburones (así y todo logran llegar más de 30,000 después de pasar una temporada encerrados en la Base de Guantánamo). A principios de marzo de 1995 (coño, esto se está pareciendo un *Almanaque Mundial* cuando debía ser otra *Crónica de los pobres amantes* o al menos las marcianas), hicimos nuestro segundo viaje a México. Estuvimos en Mérida, en la capital y en Acapulco (once días en total, conseguimos un magnífico *package*). Mérida lo disfrutamos como la primera vez, era una ciudad con un encanto y una paz, definitivamente en extinción. Si uno se adormilaba en un banco del zócalo y se le caía la cartera, cualquier transeúnte te tocaba en el hombro, se agachaba y te la alcanzaba: Señor, se le ha caído su cartera. La comida era de dioses (sobre todo la cochinilla pibil que hacían en Los Almendros) y el simple tomate recuperaba el sabor perdido en los Estados Unidos (donde nada sabía a nada). Por las tardes, una banda de música tocaba la retreta en el parque y luego los padres se sentaban en los bancos a coger fresco mientras los niños jugaban tranquilamente. Eso, que aquí parece ciencia ficción, a Tavi lo transportaba a su niñez en La Habana. El Distrito Federal era otra cosa, mucha delincuencia, una atmósfera irrespirable y la maldición de Moctezuma pendiendo sobre cada vaso de agua. Pero fuimos al cerrito de Tepeyac a ver a la Virgen de Guadalupe, estuvimos en Teotihuacán, nos subimos en las pirámides del Sol y de la Luna y, desde luego, visitamos el Museo de Antropología. Los últimos dos días antes de regresar nos la pasamos de puta madre en Acapulco. Tavi cantando: *Todo me habla de amor, el aire, la roca y la flor, ¡en Acapulco! Todo me habla de amor, el mar, las estrellas, y el sol, ¡en Acapulco! Mi boca se llena de ti y siento un delirio sin fin, ¡en Acapulco! Algo me arrastra, algo me quema, algo que existe en Acapulco. Puede ser la luz del cielo o el color del oro viejo de las chicas y los chicos bajo el sol…* La erotizante Avenida Costera llena de restaurantes, de música y de chicos y chicas del «color del oro viejo» que nos colgaban al cuello unas tacitas de barro cocido y las iban llenando de tequila. Una tacita con tequila a la entrada de cada restaurante (cuando uno terminaba de recorrer la avenida, ya estaba borracho sin necesidad de gastar un centavo), cada uno emulando con el de al lado, un barco pirata, selvas con leones en la entrada, laberintos misteriosos, imaginación y locura dándose la mano. Y nosotros caminando hasta que nos decidimos, riéndonos como dos imbéciles por uno que tenía una terraza al aire libre colgando sobre la playa y unos muchachos bailando en la puerta y seduciendo a los caminantes para que entraran. Pedimos dos cerveza (Coronita) y Kukulcán en persona (un dios sonriente con los pantalones remangados, descalzo y sin camisa) nos trae dos cubos con hielo y cuatro botellas en cada uno (se paga una y las otras tres van por la casa) y ordenamos guachinango a la parrilla con guacamole. Mientras, las olas del otro lado de la baranda, altísimas, como una sola lengua que se eleva en abierta provocación contra la espuma, y allá, arriba, se enrosca, se detiene, hace una pausa mínima y silenciosa, y luego cae arrastrándolo todo a su paso hasta lamer la orilla pedregosa. Igualito que en las películas. ¡Dios mío, qué felices fuimos esos días! Ni sé cómo subimos la cuesta del hotel (tenía una piscina con un bar que había que ganar nadando), ni cómo nos desvestimos ni cómo nos acostamos. Solo sé que al otro día el sol entrando por la enorme puerta de cristal nos despertó y la ropa estaba tirada por todas partes. Encuero salí al balcón, tenía la bahía a mis pies con sus peñones y su ciudad todavía aletargada. Tavi se me unió y estuvimos un rato en silencio llenándonos de una belleza monumental, demoledora. Todavía por la tarde, después de pasear por la Quebrada, montamos en un paracaídas (que una lancha arrastraba por la bahía) y por la noche volvimos a emborracharnos. Al otro día regresamos a Miami.

El 22, como a la una, Tavi me puso un *beeper* desde un teléfono público en La Pequeña Habana (hacía tiempo que había dejado el Seven Eleven y ahora estaba trabajando en un *warehouse*, llenando contenedores con cajas de zapatos —de pésima calidad— que se importaban, creo, para Haití). Lo llamé enseguida, me dio la dirección de donde estaba (en la esquina del Libanés, en Flagler y la 20 del SW). Su mensaje fue muy breve: ven para acá ahora. Yo dije en mi trabajo que tenía una emergencia, que me iba y regresaría lo antes posible. Como yo no estaba acostumbrado a ausentarme por cualquier bobería, no tuve ningún problema para marcharme. Sabía que algo muy malo tenía que haber ocurrido, su voz sonaba calma, pero había un hueco terrible en los silencios que se sembraron entre cada una de las cuatro palabras que pronunció. Cuando llegué me lo encontré sentado en el quicio.

—¿Qué pasa?

Levantó la cabeza y me miró. Nunca había visto tanta desolación en el hueco de unos ojos. Luego señaló hacia la calle. De momento no supe precisar qué quería que viese, hasta que descubrí el círculo. Tavi se levantó y caminó conmigo. Allí, sobre el asfalto, a escasos dos metros de la acera, había como una roseta oscura. Sentí algo que me subía desde los pies exprimiéndome el habla. Él estaba como ido. Me lo llevé de allí, fuimos directo para el Ryder Trauma Center, quería alejarlo de los comentarios que se escuchaban alrededor (atrocidades) y comprobar en realidad qué había pasado. Entré en el *driveway* semicircular y enseguida Tavi vio a la hermana que estaba caminando junto a unos canteros a la sombra de unas palmas raquíticas. Me detuve, lo dejé bajar y me fui a buscar dónde parquear. Cuando regresé no necesité que me dijeran nada. Había llegado con vida al hospital pero no pudieron hacer nada, estaba destrozada por dentro. Una yegua apurada se llevó un stop y la mató. Más como consuelo que como otra cosa, supongo yo, los médicos explicaron que al caer producto del impacto se había golpeado la cabeza perdiendo el conocimiento, que no sufrió. Liriano, Félix y Actina habían entrado a reconocer el cadáver. Tavi y yo nos quedamos afuera. Actina apretaba en una mano los pedazos de la pulsera roja (una reliquia familiar que había pertenecido a Tata Torres) y que había recogido de la calle, en el lugar del accidente, a un lado de la roseta que habíamos visto. Yo llevé a Tavi de regreso a su casa. El padre lo estaba esperando en la puerta, entraron sin hablar, y ya en la cocina, se quedaron uno frente al otro. No hacían falta las palabras. Dago se volvió lentamente hacia la pared y empezó a golpearla. Eran unos puñetazos secos que lo fueron vaciando. Luego se recostó y fue resbalando hasta quedar sentado con los ojos vacíos mirándose los puños ensangrentados. Ella salió un momento a comprar pan, dijo al rato, y como se demoraba me paré en la puerta del edificio. Alguien, ya no me acuerdo quién, vino y me gritó que la habían arrollado en la esquina y que se la habían llevado para el hospital. Entonces te llamé. Yo dije que iba a comprar una colada y volví a la esquina. El pasar de la vida, que siempre continúa, se había llevado en las gomas de los carros la roseta. Nadie diría que allí había muerto Concha. La misma rutina de siempre llenaba la esquina. Le pregunté a la mujer de la cafetería que qué había pasado. Por supuesto, ella, al igual que todos los que estaban por los alrededores, afirmaba haberlo visto todo. La señora, dijo la dependiente, venía de la panadería de allí enfrente, el carro dobló por ahí y la golpeó. La goma de alante le pasó por arriba y ella, la pobre, estaba quejándose. Desde aquí yo la oía. No, dijo un viejo, la señora ni se movía y tenía los ojos cerrados, era la que estaba manejando la que gritaba como una loca. Yo ayudé a unos muchachos a levantar el carro para sacarla de abajo. Enseguida vino el rescate y se la llevaron. No demoró nada. A mí la cabeza me daba vueltas y no quise seguir escuchando más. Volví a casa de Tavi con la colada. El padre estaba sentado en la sala y parecía mirar la televisión. Seguí para el cuarto y serví el café. Aquí todo está igual, me dijo, y no había matices en su voz. Era como una línea que enumeraba cosas, como una factura, como un inventario definitivo, donde todo ocupaba un orden meticulosamente preciso. ELLA estaba en los labios de Alberto allá en Guanabacoa, esparciendo los caracoles y los círculos, y se asomaba otra vez como en una película, por la boca oscura de la ermita. Luego, entró y salió en la séptima casa, uno de los rostros sumidos en la niebla, que no pudo identificar la primera vez, ahora se encimaba, salía hacia la luz y vio que era su madre. El pelo teñido, los labios contraídos en un último grito que tal vez no dio, unas manchas ridículas de colorete en las mejillas que intentaban esconder el color de la muerte. Todo acostado, disfrazado, engarrotado, engarzado con hilo de sutura, horizontal bajo una blusa blanca, a todas luces tan inadecuada que hubo que reforzar con un paño. Las toscas manos sobre el pecho, unas manchas extrañas en las uñas (acaso sangre, acaso pintura), una saya plisada. Todo cerrado, todo acabado. Abrió los ojos y le dijo que «si de verdad uno muriera, hijo» (fueron sus únicas palabras después de muerta); pero no, el rostro se esfumaba, se preñaba en el humo que asciende y se hace denso. Mariguana de niño, ¿te duele? Ven y mira, reiteró ELLA, esta es la séptima villa y ya no habrá otra. ¿Lo entiendes ahora? La argolla que tintineaba en los brazos de Tata está rota. El círculo se abrió hace siglos y acaba de cerrarse de golpe contra el asfalto. La boca de la lámpara de luz brillante alumbra la embestida en la espiral. Ven y mira, compruébalo, ya el círculo de acero empieza a ceñirse sobre la cabeza de tu padre. Tavi vio los pomos de pastillas de su madre sobre la coqueta (junto a la motera donde guardaba sus pulsos, aretes y collares, todos de fantasía), el agua de jazmín sobre la taza del inodoro, la muñeca de trapo que le trajo de Mérida, la botella de agua bendita con la imagen azul de la Caridad del Cobre, sus santos en el altar (también un esquinero como el de Cuba), su ropa en el clóset, sus folletos sobre la depresión y sus libros religiosos. Todo ascendiendo, todo transfigurándose. Todo vaciándose. A los tres días, cuestión de papeleo, la enterraron en uno de los horrendos cementerios de Miami que son como silos de almacenamiento. Una ciudad subterránea de concreto, bajo hierba cultivada en cuartones (parecida a la hierba pinchaculo del Parque Lenin) concebida, como todo aquí, para rendir enormes beneficios. Un negocio muy rentable que produce arqueadas y dolores de cabeza (los americanos, tan previsores, empiezan a los 20 años a pagar a plazos su tumba). Dago no asistió al velorio ni al entierro (tampoco había ido al de su madre). Eso a Tavi le pareció muy bien, pero él no tuvo fuerzas para imitarlo. Después de aquel suceso inesperado, su vida cambió por completo. Se volvió más apático y no quería ni oír hablar de literatura (sin embargo, seguía leyendo). Apenas salía y conversaba con su padre (cosa que era bastante difícil, pues el padre no era de hablar mucho). A veces los tres íbamos al Valentino, que es el único cine en Miami que pone películas subtituladas en español y después comíamos en La Habana Vieja o en Las Delicias, que eran los restaurantes preferidos del padre (total, pensándolo bien cualquiera daba igual, siempre pedía lo mismo: bistec con papas fritas, arroz y frijoles negros). A partir de ese momento Tavi comenzó a construir una nueva rutina que le permitiera sobrevivir y yo me compré una computadora para pasar en limpio los seis primeros capítulos (o lo que sean) de su novela. Cada vez que terminaba alguno iba por su casa y se lo leía. Siempre se negó a realizar cualquier tipo de corrección (ya no vale la pena, tú lo sabes, se justificaba); pero sí decía cosas, observaciones, comentarios acerca de la familia (su gran obsesión), frases, que yo anotaba y luego incluía, si encajaban bien. Mi lectura lo transportaba (a pesar de lo mal que leo). Siempre me escuchaba con los ojos cerrados y yo me daba cuenta (por las contracciones de su rostro) que le hacía daño.

Dago se levantaba por las mañanas y se iba a jugar dominó hasta el mediodía. Cuando regresaba se sentaba a comer (Tavi le había puesto una cantina), en su reclinable, frente al televisor, y ahí le daba la noche. Pero cada día se le notaba con la mente más perdida. Los domingos, Félix lo venía a buscar y lo tenía todo el día en su casa. A veces Actina coincidía allí y el viejo la pasaba bien con sus nietas (tenía delirio con ellas). Por otro lado, muchas veces ya empezaba quedarse dormido en cualquier parte.

En enero de 1998 me le aparecí en la casa con el periódico del domingo donde salen los anuncios de ofertas de viaje. Había un especial a Grecia increíble (368 dólares ida y vuelta finalizando el viaje antes del 31 de marzo). Una aerolínea que empezaba la ruta o algo así. Se debía salir de Miami, cambiar de avión en Nueva York y de ahí hasta Franckfurt, donde cogeríamos otro para Atenas. La idea lo entusiasmó y empezamos los líos para renovar su *Reentry Permit* que estaba vencido (ya tenía de sobra los cinco años de residencia necesarios y podía haber «aplicado» hacía rato para la ciudadanía pero estaba renuente y prefería pasar trabajo con aquella cosa que era la consternación de todos los aduaneros del mundo por el aviso que ostentaba en su primera página: *This is not a United States Passport*). A mediados de marzo estábamos volando, conseguimos un hotel (que me recomendó un amigo), baratísimo, a unas cuadras de la Acrópolis, en el mismísimo centro de Atenas, el Phidias Palace Hotel, en el 39 de la calle Apostolou Pavlou. Aquello no era un palacio ni mucho menos (había peste a meado de gato hasta en los pasillos), el cuarto era una miniatura donde apenas cabían dos camas personales pero para el tiempo que pasábamos dentro (solo dormir) era la octava maravilla. Fueron once días de ensueño, no voy a contar aquí lo que tuvo que inventar Tavi para justificar su ausencia laborar (de cualquier forma no sirvió para nada: a su regreso lo despidieron), ni otras vicisitudes (sobre todo con el padre que estaba cada día más débil, Actina acabó llevándoselo para su casa), porque prefiero pensar en la felicidad de entonces, sobre todo de los primeros días. Habíamos alquilado un carro en el aeropuerto (el contrato lo hicimos, por la agencia, desde Miami) y teníamos entera libertad de movimiento que no desaprovechamos. Por la noche lo dejábamos en la acera, frente al hotel. El primer día fuimos caminando a la Acrópolis, visitamos Plaka y los alrededores. En un restaurante en Monastiraki comimos giros, acompañados de una ensalada que era para dar alaridos, con abundante queso feta y un pan de dioses (parecido a las famosas «pistolas» de Madrid). Al otro día salimos para Delfos (guiándonos por un mapa). Aquella tierra tantas veces leída, ver con sus propios ojos aquel lugar milenario y sagrado, a pesar del frío, lo mantenía más que alegre. Sí, estábamos allí, al pie del monte Parnaso, bajo las rocas Fedriadas, frente al monte Kirfis (el río Plistos en lo profundo del valle), en el ombligo del mundo (el onfalus), en Delfos. A la entrada yo me alejé un poco y cuando me viré lo vi solo en medio del camino pedregoso, junto a un extraño árbol florecido de blanco, escuchando el canto de los pájaros. Era un canto que el eco de las montañas hacía rebotar sobre las piedras electrizando el aire. Un canto antiguo y ceremonial que nos siguió hasta la roca de la Sibila. Nada de lo que ya habíamos visto en Atenas, ni lo que vimos allí caminado por las ruinas del santuario de Apolo o por el inmenso estadio: ni el tesoro de los atenienses ni el de los sifnios (ni siquiera la melancolía y los pendejitos encaracolados de la estatua de Antínoo), nada podía compararse al canto de los pájaros de Delfos. Fue una sensación que duró días (que aún a cada rato revive) y que solo encontró su contrapartida, unos días después, en Micenas. Nos habíamos perdido por aquellas montañas de la locura (vimos pastores recogiendo extrañas hierbas aromáticas y nos revolcamos en unas cumbres nevadas junto a un precipicio), y de pronto empezó a llover (un frío de miedo) y nosotros —éramos los únicos visitantes— paralizados frente a la Puerta de los Leones. Nosotros, un par de habaneros imbéciles, dándole la vuelta al círculo (uno más) de las tumbas reales (Tavi llenándose los bolsillos de piedras) buscando la tumba de Clitemnestra. Por aquí caminaron Orestes y Pílades, me dijo Tavi. Solos en medio de aquella desolación, escalando, trepando, hasta la entrada del palacio de Agamenón. Un palacio sin paredes, apenas los cimientos de la tragedia. Cimas nevadas, abismos bellísimos, y de súbito se escucha el tronar del viento (pero no se siente aún) que viene hacia nosotros, sabe Dios de dónde, y nos abrazamos temblando de frío, de miedo y de orfandad, porque no sabemos qué pasará cuando nos alcance (ni mañana). La loma, como cuando era niño, está nevada. Tavi, ayúdame, dice Clitemnestra y se aprieta el pecho por donde escapa el viento, sonoro, devastador, envolvente como el remolino que atraviesa la zanja del medio de la calle y saca chispas de agua, levanta hojas secas, campamentos, papeles de libreta, pies descalzos, en su carrera desesperada hacia Primera (a la derecha está el placer con la poceta), mientras en el centro del castillo se va dibujando la roseta. Mira

276

la sangre, dice Tavi y coloca los ladrillos alrededor (el techo será la tapa de la cazuela). El hueco es como la boca de la ermita y dentro debe esconder su tesoro —vidrios, pedacitos de vidrio—, olvidarlo ahí sobre la sangre. Porque en el Tholo de Agamenón, al levantar la máscara de oro, vio, por unos segundos, el rostro dormido de su padre. Dago, cómprame un fogón chino. Ven por la casa, tengo un budín que está rico… Mamá, mamá, ¿dónde pusiste las agujas? Cilindro azul, supe que no hay cilindro azul. La sangre del carnero degollado gotea sobre su rostro y entonces llega el viento, lo golpea y lo barre todo.

Esa tarde en el hotel de Atenas vi mi primera nevada, una nevada monumental, única e indescriptible (al menos para mí). Salimos al balcón y extendimos las manos (detrás de la niebla sucia, el Partenón) para sentir los copos y entonces sonó el teléfono. Era Actina, desde Miami. Le dijo que quería que viniera pronto, que pipo no está bien, no hace nada más que dormir y cada vez me cuesta más trabajo despertarlo. Llamé a su médico y me dijo que se lo llevara, lo va a ver mañana. Pero yo tengo miedo. No lo veo bien. Tavi empezó a llorar, quería que llamara a la línea aérea a ver si había pasaje para el día siguiente, costara lo que costara (no sé con qué culo lo iba a pagar), y en esa discusión estábamos cuando volvió a sonar el timbre y era Félix. Solo faltaban dos días para el regreso. Pipo no está de muerte, no se va a morir en dos días, tú sabes que Actina es una histérica. Ahorita él estuvo hablando conmigo y se puso a joder como siempre, que le comprara cerveza y cigarros. Tavi le hizo jurar que no le decía eso para tranquilizarlo y Félix lo mandó al carajo. De cualquier forma ya los últimos dos días no fueron iguales. Él estaba desesperado por irse. Ni recuerdo qué fue lo que hicimos, creo que caminamos por Sintagma (donde está la bobería esa del cambio de guardia, con unos ejemplares de seis pies con pompones colgando de la boina levantando la pata 90°) y nos llegamos, ya de noche, hasta Omonia. Aquello era otro mundo de noche (nada que ver con lo que habíamos visto por el día), todos los estanquillos se metamorfoseaban y los que antes vendían flores y caramelos, ahora se dedicaban al negocio de la pornografía (revistas, películas, postales: pingas y bollos de plástico en plena calle). La plaza se llenaba de chaperos albaneses (se nos acercó uno que hablaba español). En la escalerilla del metro te los encontrabas fumando, las portañuelas abiertas y las morrongas por fuera (para vender hay que enseñar) y abajo, en el inmenso baño público de la estación, era peor. Salimos huyendo porque no era necesario ser Thales de Mileto (uno de los Siete Sabios que se entretuvieron escribiendo máximas —mierdas— en las piedras de Delfos, el «conócete a ti mismo» y cosas así) para darse cuenta de que aquel sitio era extremadamente peligroso. Los griegos armoniosos de Homero no se veían por ningún lado. El viaje de regreso, a pesar de la tensión, fue bello. Vimos los glaciares de Groenlandia y cuando llegamos a Nueva York, estaba nevando. Tavi salió a fumar y afuera todo estaba cubierto de nieve. Yo hice un pequeño muñeco que me quedó bastante bien (Tavi se rió y le tiró fotos y todo). Fue como el último enlace entre Atenas y los tiempos benévolos.

A Dago le detectaron un tumor inoperable en el cerebro que era el que le provocaba el sueño. Lo sometieron a los *gamma knife*, después de un par de meses en turno y una operación para aliviar la presión del cerebro (con un tubo debajo de la piel que salía del cráneo, corría por detrás de la oreja, bajaba por el cuello y moría en el peritoneo), que lo alivió, es cierto, pero también le regó la inmundicia por el organismo. A eso de los *gamma knife* lo calificaban de «tratamiento neuroquirúrgico no invasivo» y consistía en extirpar el tumor con un «cuchillo» de rayos gamma. Quizás eso hubiera funcionado si antes no le hubieran puesto la regadera que esparcía las células malignas por todo el cuerpo (pero no había opción, decían que si no lo hacían, moriría antes de que le tocara el turno para lo otro). Los pocos que quedaban de la familia (y yo) fuimos ese día al imponente The Gamma Knife Institute (que pertenece al Jackson). Nos dejaron entrar de dos en dos cuando ya lo tenían preparado. Estaba sentado en una silla que parecía de dentista, de su cabeza salían cientos de pinchos (como rayos de bicicleta), que estaban literalmente encajados en la piel. Todos aquellos pinchos iban a morir en una campana que le rodeaba la cabeza. Su cabeza dentro de aquella esfera monstruosa todavía tenía fuerzas para mirar y sonreír. ¿Cuándo me van a quitar esta mierda de la cabeza?, fue lo único que preguntó. Era el último círculo, el mismo que entrevió en el patio de Alberto, la siniestra aureola entre los caracoles. Luego ellos tuvieron que salir y por los pasillos vieron una habitación donde unos seres asépticos seguían tranquilamente por distintos monitores, el bombardeo invisible sobre aquella mancha (como una moneda) que, decían, se iba reduciendo, encogiendo, achicando. Tavi salía y entraba del edificio (a tomar café y a fumar) y cuando se lo permitían, veía a lo lejos, a través de varios cristales, los pies de su padre asomando por la boca de un tubo metálico. Varias horas después hablaron con un médico (era la segunda vez que lo veíamos y Tavi estaba convencido de que era absolutamente imbécil). El especialista lucía molesto (el padre había logrado propinarle una linda patada en los cojones). Dijo que había tenido que sedarlo y que ya lo que quedaba del tumor era una minucia, más pequeña que la uña del dedo meñique, pero que en las placas que le habían hecho se veían varios tumores más a lo largo de la sonda de drenaje. En conclusión (aunque eso no lo dijo), aquello que estaba haciendo era absolutamente inútil para el viejo (no así para su cuenta bancaria). ¿No lo sabían?, preguntó asombrado. Claro que no lo sabíamos, en el chequeo completísimo que le habían realizado antes de ponerle la manguera, no aparecían, desde luego, todos aquellos tumores. Si lo hubiesemos sabido, dijo Félix, no lo hubiéramos torturado hoy. Esto es absolutamente indoloro, dijo el médico. Así y todo no lo hubiéramos hecho. No valía la pena seguir hablando con aquel animal bursátil. Por la tarde vieron a su padre en una camilla profundamente dormido, estaba tan cambiado, con la boca desmesuradamente abierta, que parecía que ya estaba muerto. Solo la respiración indicaba que todavía formaba parte de la familia. Casi al atardecer, un poco despierto ya, se lo llevaron para la casa. Actina le había acondicionado un espacio en su cuarto y allí vivió hasta su muerte (a veces Tavi lo llevaba a su casa). Los primeros meses en franca recuperación, cogió libras, nueva energía (la mente sí que no le mejoró, ni siquiera se acordaba que lo habían operado), y volvió a salir con Tavi al cine y a comer. Yo solo quiero llegar al 2000, acostumbraba a decir.

Tavi siguió viviendo solo en el *efficiency* detrás del edificio, no tenía trabajo aunque tampoco estaba apurado por encontrarlo (cobraba *unemployment compensation*, que era una mierda, mas le servía para ir resolviendo). Yo iba casi todas las tardes a verlo y salíamos a comer o pedíamos una pizza. No quiero ni hablar del tema, pero las relaciones con mi mujer ya no eran relaciones: no eran nada. La mayor parte de las veces iba y me quedaba a dormir en casa de mi mamá (allí tenía la computadora, las cosas de Tavi y parte de las mías), por eso le propuse compartir el *efficiency* y, de paso, los gastos. Estábamos en el cuarto, sentados en la cama (no había otro lugar), él de frente al espejo de la coqueta, mirando los millones de mierdas que tenía arriba y que no se decidía a botar. Era uno de esos días, cada vez más raros, que parecía inspirado, con deseos de hablar.

—Alguna vez soñé con haber crecido en un pueblo de pescadores. Ahora me alegro de que no haya sido así. No podría soportar la agonía de los peces, sus ojos inexpresivos, sus contracciones inútiles mientras les sacan el anzuelo. Y luego verlos boquear sobre la arena. Yo me siento como un pez al que se le está acabando el agua.

—Bueno, eso es porque hace como una semana que no te bañas. La peste a pata me tiene anestesiado y, en general, hueles a cojón de oso putrefacto en salmuera. ¿Crees que alguien te la podría mamar así? Si quieres te invito a bañarnos juntos, ahora.

Se sonrió. Empecé a buscar por las gavetas un calzoncillo limpio y un par de toallas.

—¿No te has fijado en la agonía de los peces? No es igual que la de los pájaros, los perros, los gatos o cualquier otro animal. Los animales se asustan cuando van a morir. A mi perro Negrito me lo envenenaron. Nunca se me va a olvidar. Todavía cuando me vio llegar hizo por levantarse y menear el rabo. Se me murió arriba, cagándose de miedo y echando espuma por la boca. Los peces no transmiten emociones. Fuera del agua no parecen cosas vivas. Yo me imagino que por eso hay tantos pescadores. Aunque no, porque hay más cazadores aún y matan de lo más felices.

—La higiene es fundamental en la vida, con el cuerpo limpio la cabeza se despeja y uno se siente de maravillas. No se habla mierda ni nada. Yo prefiero bañarme que comer o templar. Es más, el sábado voy a pasarle el *vacuumcleaner* a esta pocilga que se la está comiendo el churre y la inmundicia.

—Yo nunca podré entender por qué la gente mata. Es como para adelantársele a la naturaleza.

— ¿Estás seguro que no te disolvieron una «piedra» en la sopa que te tomaste? Hoy estás rompiendo todas las agujas del hablamierdómetro. Eres un fenómeno.

Siguiéndole la corriente, en un juego a dos, logré ir quitándole la ropa y meterlo en el baño.

—¿Tú sabes lo que me haría falta? ¡Un estropajo de soga como los de Cuba! —le dije mientras le enjabonaba la espalda.

Después nos callamos. Hicimos el amor angustiosamente. Bajo la ducha y luego en la cama. Hacía tiempo que no estábamos así, que no nos acariciábamos con tanta urgencia, con tanta desolación. No lo sabíamos, pero iba a ser la última vez. Por eso lo recuerdo con tanta precisión y tengo tan bien grabada toda la porquería que hablamos. Lo que sentí. Todavía en la cama me dijo que era mejor que no. Que era preferible, al menos por ahora, que siguieran las cosas como estaban. Él necesitaba tiempo, quería estar solo para resolver muchos problemas pendientes. Le pregunté que cuáles problemas, pero lo que hizo fue que me acarició la cabeza y cerró los ojos.

El 28 de junio de 1999 murió Dago. El día anterior a que lo ingresaran se comió un ajiaco. Estaba muy delgado, pero no tenía ningún dolor. Los ojos envueltos en una niebla veían cosas que los demás no podían y hablaba enredado con sus muertos. Con su padre, con su madre y con Concha, peleando a veces como en sus buenos tiempos. Lo ingresaron y ese mismo día, a media tarde, murió. Tranquilamente, se fue en un sueño con la misma gente que llevaba días susurrándole cosas en los oídos. Quizás argumentándole que no valía la pena esperar hasta el 2000, que no se perdía nada extraordinario (ni ordinario tampoco). Lo enterraron junto con la mujer que lo aguantó más de cincuenta años (en las cuevas esas que se hacían para dos) y Tavi regresó al otro hueco que había compartido con ellos desde que vino de Madrid como si hubiera finalizado una misión. Se había hecho todo lo que se pudo y no sufrió. Eso ya era bastante.

La vida siguió, Tavi consiguió trabajo en la cocina de un restaurante en La Pequeña Habana y empecé a notarlo más animado. Yo cuando salía de lo mío pasaba por el patio del restaurante y casi siempre lograba verlo. El día que le tocaba descansar, que variaba todas las semanas, sacábamos películas de algún videoclub y las veíamos tirados en su cama. Era lo más próximo a la felicidad. El 2000, que unos decían que era el fin de siglo y de milenio y otros que no, pero que todos esperaron como si fuera el fin del mundo (con Nostradamus resucitado y escupiendo espeluznantes cuartetas a diestra y siniestra y las computadoras amenazando con volverse locas), cruzó con su carga (por la TV) de fuegos artificiales de un lado a otro del mundo. Poco más; en enero a seguir trabajando para pagar los *biles*. Yo que me divorcié de Cristina y en abril (finalizando la semana santa) un grupo de esbirros asaltaron la casa donde vivía un niño balsero (sobreviviente de uno de los tantos naufragios provocados por el Máximo Máximo) y se lo llevaron a la fuerza. Los cubanos llenaron como nunca la Calle 8 y por la forma en que los reprimieron pudieron (o debieron) comprobar al fin cuánto los odiaban (y cuánto los envidiaban) en este gran país.

El 11 de septiembre de 2001 fue el ataque terrorista a las Torres Gemelas de Nueva York con su carga de muerte y destrucción. La vida en este país cambió de un día para otro. El 22 de marzo de 2002, en el séptimo aniversario de la muerte de su madre, Tavi me llamó temprano al celular. Me dijo que anoche había terminado de leer a Jung (*Recuerdos, sueños y pensamientos*, Seix Barral) y que no me llamaba para nada especial, que solo tenía ganas de escuchar mi voz. Le pregunté si le pasaba algo y me respondió que no, que nunca se había sentido mejor. Aquello me dio una mala espina del carajo, sobre todo porque no me dijo nada de ir al cementerio (él iba todos los 22). Oye, mentí, espérame que yo estoy al salir ya. Hoy esto va a cerrar temprano, no sé por qué (seguro que al dueño se le salieron las hemorroides). Pero ya había colgado. Arranqué como un loco para su casa (yo estaba como a quince minutos en carro) y desde que doblé por la Primera ya me olí algo. El aire estaba raro, había gente por la esquina.

—Ay —se me acercó una negra que era vecina y se llevaba muy bien con él—, tengo la azúcar por el suelo. A mí me va a dar algo, menos mal que llegó alguien. No sabíamos a quién a avisar.

—¿Qué pasó?

—El señor que vive allá atrás tuvo un accidente, se lo llevó el rescate.

No tuve que preguntar nada más. Corrí hacia la esquina del Libanés y allí todavía estaban las huellas (en el mismo sitio donde había caído su madre). Había un pedazo de camisa pegado al contén. Era como si lo hubieran cortado con una tijera. Parece que trataron de reanimarlo, que tenía algo de vida porque si no es así no lo llevan para el hospital, no lo mueven. En fin, la misma historia. Llamé a Félix y le dije que yo iba para el Trauma Center, que lo vería allá. Lo esperé afuera, fumando (hacía dos años que había dejado el asqueroso vicio), y entré con él a reconocer el cadáver. Lo tenían tapado hasta el cuello y parecía que le hubiesen lavado la cabeza porque su pelo (gris, ya casi blanco) le brillaba. No tenía una expresión dolorosa en el rostro, parecía dormir. Sin embargo, el cubículo estaba en desorden y había muchos trapos y sábanas amontonados a la cabecera de la cama. Lo enterraron en el mismo cementerio donde están sus padres, aunque no muy cerca, en el agujero (para dos) que ya yo estaba pagando a plazos pensando en mis futuros muertos. En estos cementerios de mierda no se puede inventar nada especial (todo está regulado por alguna ley), es apenas un espacio mínimo lo que hay para escribir algún recordatorio. Normalmente la gente pone el «no te olvidaremos nunca, siempre te querremos», etc. (aunque al año no pasen por ahí ni a coger fresco). Yo pensé, y lo que quedaba de la antigua familia estuvo muy de acuerdo, en poner algo suyo, y nada mejor que el final de su novela (las nueve palabras), que al menos a mí me resumían su vida, todo lo que había sido. La fragilidad, ya se sabe, de los seres humanos y en particular, la suya. Porque ahora, hoy, que es diciembre y se está acabando el año, que estoy solo en esta habitación, finalizando de leer estas páginas veo como todo pasa, como todo se aglomera y empieza a rotar. Los perros y las monjas, la tomatera y las cercas dobles de alambre, un pasillo de palanganas y orines, los bolos, el trueque de alcohol por champú, los acordeones de relajo, los caracoles y los círculos, Abel y Thais, Arturo y Carlos Miguel, Rafael, Emilio y los nadis (los chacras rotando a toda velocidad, la serpiente despierta y empingada), todos borrándose y diciendo adiós (del otro lado del estrecho de la Florida, en Isla-Campeche nadie nos espera). Todos llegando, los muertos y los vivos, todos girando en la espiral, mezclados para siempre, porque le jour du départ est arrivé y yo (Hugo), también me voy, con él y hacia él, en el humo que asciende y se hace denso.

En Miami, marzo-agosto de 2002.

NOTAS

A lo largo de la novela, en ocasiones, se han utilizado textos de diferentes autores indicando su procedencia. Otros, sin embargo, resaltados en cursiva, que la omiten, se detallan a continuación.

En 2 Abel y Thais, septiembre de 1983:

«antílopes, serpientes de pasos breves, de pasos evaporados», *Ah, que tú escapes*, José Lezama Lima.

«poco a poco, pues ya en los nidos de antaño no hay pájaros hogaño», *El Quijote*, Cervantes.

En 3 Arturo y Carlos Miguel, octubre de 1983:

«Oh César, oh demiurgo, tú que vives inmerso en el poder, deja que yo viva inmerso en la palabra», Rodolfo Hinostroza, *Contra natura*.

«de aro, balde y paleta», José Martí, *Los zapaticos de rosa*.

«¡hay que vivir el momento feliz, hay que gozar lo que puedas gozar, porque sacando la cuenta en total,

287

la vida es un sueño y todo se vaaaaaaa!», Arsenio Rodríguez, *La vida es un sueño*, también conocida como *Veinte desengaños*, bolero.

«Este es mi secreto. Es muy sencillo. Solo se ve bien con el corazón. Lo esencial es invisible a los ojos.» Antoine de Saint-Exupéry, *El pequeño príncipe*.

En 4 Rafael, Emilio y los nadis, noviembre de 1983:

«todas las muecas posibles». No aparece en cursiva en el texto. Es una traducción del conocido verso de Rimbaud, también citado en otra parte, pero en el original, en francés.

«lavad, oh lluvias, el rostro triste de los violentos, el rostro dulce de los violentos, pues angostos son sus caminos y su moradas inciertas», Saint-John Perse, *Lluvias*. Utilizo la traducción de Lezama Lima.

«El objetivo del indio», etc., hasta «como la divinidad manifestándose», está sacado de C. G. Jung, *Recuerdos, sueños, pensamientos*.

Los fragmentos de la declaración de la UNEAC, Casa de las Américas y Brigada Hermanos Saíz, relacionados con los sucesos de Granada, están tomados de Cartelera, No. 88, semana del 3 al 9 de noviembre de 1983. Cartelera era un suplemento semanal de la revista Revolución y Cultura. Fue la misma fuente consultada para la programación de los cines —en especial de la Cinemateca—, teatros, y eventos culturales en general, citados en la novela.
Las frases atribuidas al sonero venezolano Oscar D'León, son textuales, tomadas del video *Oscar D'León en Varadero*.

Para los dos artículos sobre el Sida, véase *Juventud Rebelde*, 13 y 22 de noviembre de 1983.

«No decía palabras, acercaba tan solo un cuerpo interrogante», Luis Cernuda, *No decía palabras*.

«¿Volver? Vuelva el que tenga…» hasta el final del
capítulo. Luis Cernuda, *Peregrino*.

En 5 El adiós a la Virgen, viernes 2 de diciembre
de 1983:

«Recuerde el alma dormida…» hasta «fue mejor…»,
Jorge Manrique, *Coplas a la muerte de su padre*.

«solicitaban la limosna para la redención de cautivos…»,
José Martín Félix de Arrate, *Llave del Nuevo Mundo*.

En general, para la historia de La Habana y, en particular, de la Iglesia de Nuestra Señora de la Merced, aparte
de Arrate, consulté fundamentalmente los siguientes
textos: *La arquitectura colonial cubana* de Joaquín E.
Weiss; *Iglesias de Cuba* de Ana Lucía Ortega Álvarez;
Las antiguas iglesias de La Habana de Manuel Fernán-
dez de Santalices y *Las primeras ciudades cubanas y sus
antecedentes urbanísticos* de Guillermo de Zéndegui.

Cuando escribí «el palo cilíndrico y sedoso de almácigo» estaba pensando en la frase de Martí en su *Diario
de campaña*, «el almácigo, de piel de seda».

«… dulce horror el nacimiento de la ciudad apenas
recordada…» *Noche insular: jardines invisibles*, José
Lezama Lima.

«Los niños nacen para ser felices», utilizada como
consigna en la época de la novela está sacada de la frase
«Lo que queremos es que los niños sean felices», que al
igual que «los niños son la esperanza del mundo», «los

niños son los que saben querer», pertenecen a la *Edad de Oro*, de José Martí.

«Todos los niños del mundo vamos una rueda...», etc., de una canción presuntamente infantil. Su autora es Tania Castellanos, si no recuerdo mal. No he podido verificar el dato.

«La muerte siempre es la misma», Carson McCullers, *Reloj sin manecillas*.

«con que seguro paso el mulo en el abismo», José Lezama Lima, *Rapsodia para el mulo*.

«La eterna miseria que es el acto de recordar», «¡musa paradisíaca, ampara a los amantes!», «El olor sabe arrancar las máscaras de la civilización, sabe que el hombre y la mujer se encontrarán sin falta en el platanal», son versos de *La isla en peso* de Virgilio Piñera.

En este caso, al igual que en todos los poemas o fragmentos de poemas de diversos autores incluidos dentro de texto no se ha respetado la estructura original de los versos.

«No hay más que un problema filosófico verdaderamente serio: el suicidio», Albert Camus, *El mito de Sísifo*.

En 6 Le jour du départ est arrivé, lunes, 5 de diciembre de 1983:

Al final del capítulo dice: «Iré a otra tierra...» hasta «... en toda la tierra». *La ciudad*, de K. Kavafis.

En 7 Veinte años después, diciembre de 2003:

«*Mother Superior jump the gun*», de la canción de Lennon y McCartney, *Happines is a warm gun*, incluida en su *Álbum blanco*.

«Todo me habla de amor, el aire, la roca y la flor, ¡en Acapulco!», etc., canción de Manuel Alejandro cantada por Raphael.

Explicación de algunas siglas que aparecen en la novela:

UMAP, Unidades Militares de Ayuda a la Producción. En realidad, campos de concentración de los 60, para desafectos al régimen.
FOC, Facultad Obrera Campesina.
SMO, Servicio Militar Obligatorio.
MININT, Ministerio del Interior.
RD3 (el rojo y el azul). Registro de Dirección, un libro oficial que llevan los Comité de Defensa de la Revolución, donde están registradas, casa por casa, todas las personas que viven en la cuadra. Cuando una persona que no es de la cuadra pretende quedarse a dormir temporal o permanentemente, debe solicitar el modelo, rojo o azul, según sea el tipo de estadía.
OFICODA, oficina encargada de las llamadas Libreta de abastecimientos y de Productos Industriales.
C8, modelo que entregan en Inmigración denegando la autorización de salida del país.

ÍNDICE

1. *Dile adiós a la Virgen* (novela), de José Abreu Felipe
2. *Al norte del infierno* (novela), de Miguel Correa
3. *La travesía secreta* (novela), de Carlos Victoria
4. *Este viento de Cuaresma* (novela), de Roberto Varelo
5. *Miami en brumas* (novela), de Nicolás Abreu Felippe
6. *Curso para estafar y otras historias* (cuento), de Leandro Eduardo (Eddy) Campa
7. *Del lado de la memoria* (cuento), de Luis de la Paz
8. *Impresiones en el viento* (cuento), de Rolando Morelli
9. *La loma del Ángel* (novela), de Reinaldo Arenas
10. *Boarding Home* (novela), de Guillermo Rosales
11. *El gen de Dios* (novela), de Juan Abreu

www.ingramcontent.com/pod-product-compliance
Lightning Source LLC
Chambersburg PA
CBHW060430030726
47495CB00003B/814